金元曲选读

中华诗文选读丛书 伍恒山 主编

伍恒山 编著

长江出版传媒 崇文书局

中华诗文选读丛书
编著人员

主　编　　伍恒山

编著者　　（姓氏笔画为序）

　　　　　王滔滔　伍恒山　余瑞思
　　　　　姜　焱　徐　全　唐　焱

出版说明

"中华诗文选读丛书"是一套实用的、系统的中国古代文学普及读本,面向初、中等文化程度以上的读者。

丛书所选诗文,从先秦至近代,按文学发展的时代脉络分若干段,每时段中,以诗、文、词、曲、联分列编选并加注释、解读,每一编内大致以作者生年先后为序。

一、选编原则

1. 代表性。所选诗文以其思想性与艺术性在中国文学史上有相当代表性为原则。

2. 普泛性。所选诗文涵盖古文献经、史、子、集四部,比较系统全面。

3. 经典性。所选诗文注重质量,以经典美诗、美文为主,情、词、义并茂,有相当的文采和审美价值。

4. 可读性。所选诗文和解读不为艰深,务求简约,雅俗共赏。

本编虽以短小隽永、内涵丰富、个性特出、意境较高的美文(诗、词、曲、联)为重,但仍收有一些篇幅较长的文章。如先秦庄周等人的散文,短章径自选入,长篇则择其重要片段;屈原的诗歌《离骚》,有二千余字,比较长,但因为它在文学史上有极为重要的地位,且其内容非常精彩,所以整篇收入。

又因为文学不是孤立的存在,与中国文化的发展有密不可分的关系,所以选诗选文有意作文化与文学的会通,采取了与以往选本不同的视角,适当选择在中国文化史上有重要作用和地位的篇目,以求尽可能反映中国文学或文化的面貌。如汉代董仲舒《粤有三仁对》,其中"正其谊不谋其利,明其道不计其功"的论点是后代儒者着力之处,并被朱熹列入《白鹿洞书院学规》;宋代周敦颐《太极图说》、张载《西铭》等,都是在文化思想史上具开辟性,产生过重要作用、影响和意义的文章。同时兼顾了艺术上的丰富多彩,收录了一般文学选本很少涉及的书、画以及音乐内容,如先秦的《乐记》、汉蔡邕的《笔论》、唐孙过庭的《书谱》、唐末五代荆浩的《画山水赋》等,这些文章既有精美的文采,又有艺术上的指导作用,对后世影响巨大。还有一些倾向于史论、政论、哲学类的文章,如唐慧能的《坛经·自序品》,刘知幾《答郑惟忠史才论》《直书》,明黄宗羲的《明儒学案序》,顾炎武的《正始论》《论廉耻》,近代陈寅恪的"看花愁近最高楼",等等,这些文章或诗歌要么从史学角度出发,要么从思想角度立论,要么因感时伤世抒情,都有如曹丕《典论·论文》中所说是"经国之大业,不朽之盛事",所以是必须让我们现代的读者约略了解的。这也是本套丛书一个重要的特色。

二、选编依据

1. 总集(选集):刘义庆编《世说新语》,萧统编《文选》,洪兴祖《楚辞补注》,郭茂倩编《乐府诗集》,王霆震编《古文集成》,元好问编《中州集》,清高宗敕编《唐宋诗醇》《唐宋文醇》,吴之振编《宋诗钞》,沈德潜编《古诗源》《唐诗别裁集》《明诗别裁集》《清诗别裁集》,许梿编《六朝文絜》,董诰等编《全唐文》,彭定求等编《全唐诗》,阮元校刻《十三经注疏》,吴楚材、吴调侯编《古文观止》,严可均辑《全上古三代秦汉三国六朝文》,姚鼐编《古文辞类纂》,李兆洛编《骈体文钞》,蘅塘退士选编《唐诗三百首》,曾国藩编《经史百家杂钞》,黎庶昌《续古文辞类纂》,陈衍编《近代诗钞》,卢前编《全元曲》,胡君复编《古今联语汇选》,黄涵林编《古今楹联名作选粹》,逯钦立编《先秦汉魏晋南北朝诗》,唐圭璋编《全宋词》,隋树森编《全元散曲》,钱仲联编《近代诗钞》,龚联寿编《联话丛编》,王重民校辑《敦煌曲子词集》,龙榆生编《唐宋名家词选》,任中敏编《名家散曲》,曾昭岷等编《全唐五代词》,张岱年主编《中国启蒙思想文库》,戴逸主编《近代文史名著选译丛书》,钟叔河主编《走向世界丛书》,以及明、清、近代多种诗文选集等。

2.诸子、史、别集:《老子》《关尹子》《孙子》《列子》《墨子》《庄子》《荀子》《韩非子》《晏子春秋》《吕氏春秋》《国语》《战国策》及《史记》《汉书》《后汉书》《三国志》等,以及各大家如李白、杜甫、王维、苏轼等的别集。

三、选读内容

内文内容包含五项:(一)原文;(二)作者简介;(三)注释;(四)解读;(五)点评。其中,第二项,作者有多篇诗文的,"作者简介"就只放置在第一篇诗文的下面;第五项,"点评"是历代名家精到的"点睛"之语,有的点评较多,择优而选,有的没有点评,只能如孔子所说"君子于其所不知,盖阙如也"。注释和解读中,或释典故,或解词语,或点明主旨,或述其内容,或探讨源流,或普及知识,或介绍人物、背景及时代,有的还纠正通常的错误解读,如《明代散文选读》中高启的《游灵岩记》,解读中就纠正了历来以为作者"清高"、不屑与饶介等人为伍的"暗讽"主旨。

《历代名联选读》在体例上稍有例外,它不依上述五项的格式,因为很多名联的作者是佚名的,同时一联中大多上下联都有两位作者,所以"作者简介"不好固定位置,只得随文释义,将它和注释、解读融会在一起加以处理。又坊间对于名联的注释和解读向以道听途说或穿凿附会、习非成是者居多,本书力求破除牵合附会之习,以征信为原则,有理有据,几于每一联下均列出确切出典,以示体例的严谨。

全编搜罗较广,拣择精严,注释、解读务求精切、客观和通达,旨在令读者更好、更全面地了解中国古代文学和文化,并得到阅读的愉悦、知识的增进和身心的陶冶。

编 者

2022年5月31日

前　言

王国维在《宋元戏曲史》中说："一代有一代之文学。"唐诗、宋词、元曲，这是中国文学史上各时代代表性的文体。唐诗、宋词我们耳熟能详，元曲则相对陌生，除课本上选入的关汉卿《窦娥冤》杂剧（节选）及有数的几首小令如马致远《〔越调〕天净沙·秋思》、张养浩《〔中吕〕山坡羊·潼关怀古》等之外，估计一般人印象中能够熟读熟背的元曲不会超过十首，元曲的大多数作者我们也都没有多少交集。从文体的影响力来说，较之唐诗、宋词，不论在文学史上的地位，还是在后来的影响力上，元曲似乎都有些瞠乎其后。

但作为自金、元两代新兴的一种文体，元曲在当时的民间和文人学士看来，却是一种雅俗共赏、为大家喜闻乐见的文学形式。由于文人艺人的共同努力，竟至在元代文学史上，它夺得了"词"的地位，成为当时最活跃、最有生命力的诗体，在当时传播的广泛性、深入度及影响力都是十分惊人的。元代以后，有不少文学批评家认为散曲和杂剧——即"元曲"——是有元一代的绝艺，认为它可以和唐诗、宋词相媲美，因此与唐诗、宋词并称而为三。这又是为什么呢？

元曲，或者说自金兴起而在元得到兴盛的这样一种文体，盛名之下，它应当有其自足的根据，或者说有我们所不知的奥蕴。了解它，了解它的生成、状态、品质和特色，了解它发展的过程，了解当时人为什么那样喜闻乐见，对我们了解元曲真正的价值和它在文学史上的位置,以及理解文学批评家为何对它做出如此高的判断,是有意义的。

因此,我们先从元曲特定概念、发展过程和它的特性来做一个初步的解读。

什么是元曲?元曲有剧曲、散曲之分,有广义和狭义之别。广义元曲包含剧曲和散曲两种;狭义的元曲,则仅指散曲。

剧曲又叫杂剧,是有完整故事情节,有唱词、宾白(对白、独白)和科介(表情动作)的戏剧;散曲又叫清曲,是依据某种曲调创作的艺人清唱的曲词,仅从文字上看是诗歌。散曲有套数、小令和带过曲之别。小令是一韵到底的单曲,为了表现更多的内容,小令又可以带上一两首与之音韵相连的曲子,就是带过曲。套数是由同一宫调的多首曲子连缀而成的有头有尾的一套组曲。

杂剧,是在宋金时期诸宫调基础上发展起来的一种传统文学样式。杂剧的体裁,首先是一本四折的形式,这是受宋杂剧演出时分为四段的影响,四折之外又可以加一两个"楔子",起类似序幕和剧情过渡的作用。杂剧的三个构成部分——宾白、唱词、科介——交相配合,推动剧情的发展,刻画人物的性格。

杂剧的历史要追溯到宋朝。由于城市商品经济的繁盛,市民阶层对于文化生活的需求,东京(今河南开封)出现了集中演出各种伎艺的瓦肆、勾栏,为戏剧向综合艺术发展提供了条件。宋杂剧是在继承歌舞戏、参军戏、歌舞、说唱、词调、民间歌曲等中国传统艺术的基础上融合、发展而产生的。当时,杂剧在宫廷中的演出,虽穿插于诸般伎艺之中,但已具有独立演出的性质。在中国民间瓦肆,杂剧为经常搬演的节目,中元节演《目连救母》杂剧可连演七八天,观者倍增。可见当时杂剧作为戏曲形式已在中国民间广泛流传。

南宋,随着政治中心南移,杂剧又盛行于临安(今浙江杭州)等地,它在诸般伎艺中已居于首要地位。当时,在北方与宋对峙的金,则有院本(行院所用剧本)流行。金院本与宋杂剧在体裁、演出形式、脚色分工等方面大致相同,其不同在所用曲调(曲牌)方面。

据王国维统计,现存院本名目六百八十九种中,所用曲调以北方汉族和少数民族民间歌调为多,而在宋官本杂剧中所用曲调则以大曲、法曲和词调为多。在形式方面,金院本较宋杂剧有所丰富和发展,出现了某些新的形式。

同时期的南方温州杂剧虽名为杂剧,但实为南戏。元统一中国,以大都(今北京)为中心的北方地区集中了大量财富、人力(包括各色优秀艺人)和文化艺术珍宝。文人因备受鄙视而绝意仕进者,常与杂剧艺人共同进行创作,从而使元杂剧在以大都为中心的北方地区繁盛起来。南北统一后,元杂剧逐渐流传于江南。

元初到大德(1297—1307)年间,元杂剧发展至鼎盛时期,大都以及各地的杂剧演出非常活跃,作家辈出,名作如林。如关汉卿的《窦娥冤》《救风尘》《拜月亭》《单刀会》,王实甫的《西厢记》,马致远的《汉宫秋》,纪君祥的《赵氏孤儿》等不朽作品,反映了广大人民的苦难和呼声。著名演员有珠帘秀、天然秀、侯耍俏、黄子醋等,盛极一时。元末,政治黑暗,经济衰微,北方重灾,更由于科举恢复,文人转趋仕途,以及南方传奇兴起等原因,元杂剧又渐趋衰落。

但本编所入选的作品不是广义的"元曲",而是作为诗歌体裁出现的以散曲为内涵的狭义的"元曲",它不包括杂剧。

散曲,是自宋词而后产生的一种新兴的诗歌文学体裁,它承词而来,当兴起于宋、金之际,盛于元代。元代称之为"乐府"或"今乐府",和诗、词一样,可用于抒情、写景、叙事,无宾白科介,便于清唱。散曲之名最早见之于文献,是明初朱有燉的《诚斋乐府》,不过该书所说的散曲专指小令,尚不包括套数。明代中叶以后,散曲的范围逐渐扩大,把套数也包括进来。至二十世纪初,吴梅、任讷等曲学家的一系列论著问世以后,散曲作为包括小令和套数的完整的文体概念,最终被确定下来。

散曲究竟兴起于何时,由于缺乏文献,已难以确考。但它产生于民间的俗谣俚曲则是无疑的。这与词产生的情形十分相似。词本来是合乐的歌辞,由于文人参与创作,日益典雅精致,逐渐向脱离音乐的单纯书面文学的方向发展。宋、金之际,北方少数民族如女真、蒙古相继入据中原,他们带来的胡曲番乐与汉族地区原有的音乐相结合,孕育出一种新的乐曲。这样,逐渐和音乐脱离并且只能适应原有乐曲的词,在新的乐曲面前,既显得苍白无力,又显得很不合拍。一种新的诗歌形式——散曲,便应运而生。

有学者认为,金代遗民是散曲的最初创作者,有元好问、刘秉忠、王和卿、杨果、商衟、商挺等作家,其中元好问、王和卿是杰出的代表。他们创作的散曲虽还没有摆脱词的韵味,成就较后来的散曲作家们也不算高,但对元曲发展的影响则是不可低估的。

到了元代,散曲得到空前的发展。由于正统的文学观念不重视散曲,很少有人搜集编次成册,散佚的作品当不在少数。现仅存作家二百余人,作品四千三百多首,其中小令三千八百五十余首,套曲四百五十余套。

元代散曲创作可分为前、后两期,大略以元仁宗皇庆(1312—1313)、延祐(1313—1320)为界。前期散曲作家的活动中心在大都(今北京),这是散曲的兴盛时期,作家队伍中有地位显赫的达官贵人、文人雅士,如刘秉忠、杨果、卢挚、姚燧等;有著名的杂剧作家,如关汉卿、白朴、马致远等;还有教坊艺人,如珠帘秀等。由于作家的社会地位高下不同,思想感情各异,艺术素养差别也很大,使前期散曲呈现出丰富多彩的局面,而散曲作为一种新的诗歌形式也逐步走向成熟。在各类作家中,那些地位高、有才名的文人雅士如杨果、姚燧等人,对新兴的诗歌体裁虽有兴趣,但只在游宴应酬场合小试才情,而且常以词的写法绳曲,所以尽管也有清新之作,却不能充分表现散曲的艺术特点。至于教坊艺人的作品,一般说来题材较窄,艺术上也较为粗糙,加之散佚甚多,不能探其全豹。最有成就的还是那些兼作杂剧的作家,如关汉卿、白朴、马致远等人。他们的作品既有民间文艺通俗平易、质朴自然的意趣,又经过锤炼开拓,提高了散曲的境界,如马致远的《〔双调〕夜行船·秋思》套曲、关汉卿的《〔南吕〕一枝花·不伏老》套曲以及他们的小令等。他们对于散曲成长为一种富有特色的诗歌体裁,做出了很大贡献。

后期散曲作家的活动中心,逐渐移至杭州一带。随着散曲的繁盛和发展,这一时期的作家队伍有了新的变化,出现了一批专攻散曲,或主要精力、主要成就在于散曲创作的作家,如张可久、乔吉、贯云石、徐再思等人。他们对于散曲的体制和规律勤于探究,写出不少好作品,丰富了散曲园地。后期创作在数量上比前期更多。从发展趋势来看,虽然继承和发扬前期散曲通俗直白、生动活泼的特色,出现了像睢景臣《〔般涉调〕哨遍·高祖还乡》及刘时中《〔正宫〕端正好·上高监司》等难得的、有特色的作品,但是总的创作倾向却是趋于雅正典丽,逐渐失去前期的生命力。在这一时期,曲学评论与音律研究的著作也应运而生:贯云石的《阳春白雪序》,是最早出现的散曲评论文章;周德清的《中原音韵》,对于曲韵及曲的格律的研究,不论对杂剧还是散曲的创作,都有重要意义。此外,还出现了一些散曲选集,其中以杨朝英的《阳春白雪》和《太平乐府》，人称"杨氏二选"，最为著称。这些对了解元曲的历史和价值都提供了较大帮助。

　　元散曲的创作特色，一个最显著的特征就是它的"俗"，第二个特征是它的"活泼"，第三个特征是它的避世。明王骥德《曲律·论小令》："所谓小令，盖市井所唱小曲也。"散曲从民间俗谣俚曲发展而来，流行于市井巷陌，所以生活化、口语化就成为它的标志。虽然后经文人创作加工，但"俗"和"活泼"的民间文化特质仍较多地保留在众作家的作品中。避世情绪的渲染几乎充斥于元曲的整个发展过程，这是跟元代的政治现实密切相关的。元代的政治野蛮、残暴，人们的生活普遍缺乏安全感。在中国历朝历代中，读书人在元代的地位最低，所谓"八娼、九儒、十丐"，列读书人为九等（此一掌故后来成为"臭老九"的根据），居于"娼"之下，可见读书人地位的低贱。而且元代法网严密，动辄得咎，所以一般汉族读书人在元代缺乏进身阶梯，生活又无处安放，于是不得不效孟子所谓"穷则独善其身"的原则，退隐民间，潜藏山林，过陶渊明式避世隐居的生活。他们的曲子中也常常流露现实不可为、聊逍遥以避世的情绪。在曲子所反映的潜意识中，我们可看出元代读书人深刻的苦闷和绝望。

　　除此之外，元散曲还可以具体总结为以下三个方面的艺术特性：

　　一、它是合乐的，就是可用于歌唱吟咏。所以在语言方面，它必须注意一定的格律；但同时吸收了口语自由灵活的特点，因此往往会呈现口语化以及曲体某一部分音节散漫化的状态。

　　二、在艺术表现方面，它比近体诗和词更多地采用了"赋"的方式，加以铺陈叙述。

　　三、散曲的押韵比较灵活，可以平仄通押，句中还可以衬字。

北曲衬字可多可少,南曲有"衬不过三"的说法。衬字,明显的具有口语化、俚语化的特点,起到使曲意明朗活泼、穷形尽相的作用。

从艺术形式上看,元散曲继承了诗词的清丽婉转,但突破了诗词的格律约束;语言清新明快、自然朴实,有民间口语特点;表现风格大都讲究直率明快,直述白描,锋芒毕露,不留余蕴,这与诗词温婉典雅的特质存在较大的差异。从内容和思想方面看,元曲多有反映现实之作。政治专权,社会黑暗,因而元曲的反抗情绪最强,锋芒直指社会弊端,直斥"不读书有权,不识字有钱,不晓事倒有人夸荐"的社会,直指"人皆嫌命窘,谁不见钱亲"的世风。这种情绪在怀古咏史和归田退隐之作中都有表现。元曲描写爱情的作品比历代诗词泼辣、大胆,描绘自然山水的作品虽不及诗词典雅,但有清新自然的特点。这些都是元曲艺术魅力之所在。

总之,元曲作为"一代之文学",题材丰富多样,创作视野阔大宽广,反映生活鲜明生动,人物形象丰满感人,语言通俗易懂,是我国古代文化宝库中不可缺少的宝贵遗产;在艺术表现方面,其作品形式的活泼、风格的清新、描绘的生动、手法的多变,在中国古代文学艺苑中放射着璀璨夺目的异彩;在创作的成就方面,元曲诞生了一大批如关、王、马、白等成就卓著的剧曲作家,产生了一大批伟大的杂剧作品,如《窦娥冤》《救风尘》《西厢记》《汉宫秋》《赵氏孤儿》等,也同时产生了大量的短小精悍如马致远《〔越调〕天净沙·秋思》、张养浩《〔中吕〕山坡羊·潼关怀古》等艺术成就极高的小令作品,也产生了叙事恢宏的睢景臣《〔般涉调〕哨遍·高祖还乡》、刘时中《〔正宫〕端正好·上高监司》等中长篇巨制,这在中国文学史上都是令人叹为观止的,不逊色于任何一种文体。

本编遵循丛书"美而文"的选文标准,摒弃了以往元曲选文过多强调现实意义的惯习,所以选入的以脍炙人口的审美的作品居多,风格也多样。其中许多作品是以往选本疏于收集的,如卢挚《〔双调〕湘妃怨·西湖》以及诸多和作,写景抒情,倜傥风流,韵味悠然,使人不禁想见古代文人儒雅的风采。编中类此者很多,阅者按书索骥,当有所获。

伍恒山
2019年7月

目　录

赵秉文
　〔小石调〕青杏儿(风雨替花愁) ………………………………… 1

元好问
　〔黄钟〕人月圆·卜居外家东园(重冈已隔红尘断) …………… 2
　　又(玄都观里桃千树) …………………………………………… 2
　〔双调〕骤雨打新荷(绿叶阴浓) ………………………………… 6

商衟
　〔越调〕天净沙(寒梅清秀谁知) ………………………………… 8
　　又(野桥当日谁栽) ……………………………………………… 9

杨果
　〔越调〕小桃红(碧湖湖上采芙蓉) ……………………………… 11
　　又(满城烟水月微茫) …………………………………………… 11
　　又(采莲人和采莲歌) …………………………………………… 11
　　又(玉箫声断凤凰楼) …………………………………………… 11
　　又(采莲湖上棹船回) …………………………………………… 11

商挺
　〔双调〕潘妃曲(带月披星担惊怕) ……………………………… 16

刘秉忠
　〔南吕〕干荷叶(干荷叶,色苍苍) ……………………………… 17
　　又(干荷叶,色无多) ……………………………………………… 17

1

又(南高峰,北高峰) ……………………………… 17

奥敦周卿
　　〔双调〕蟾宫曲·咏西湖(西山雨退云收) ………… 21
　　　　又(西湖烟水茫茫) ……………………………… 21

严忠济
　　〔越调〕天净沙(宁可少活十年) …………………… 23

王和卿
　　〔仙吕〕醉中天·咏大蝴蝶(弹破庄周梦) ………… 25
　　〔仙吕〕一半儿·题情(鸦翎般水鬓似刀裁) ……… 27
　　　　又(书来和泪怕开缄) ……………………………… 27
　　　　又(将来书信手拈着) ……………………………… 27
　　　　又(别来宽褪缕金衣) ……………………………… 27

白　朴
　　〔越调〕天净沙·春(春山暖日和风) ……………… 29
　　　　夏(云收雨过波添) ………………………………… 29
　　　　秋(孤村落日残霞) ………………………………… 29
　　　　冬(一声画角谯门) ………………………………… 29
　　〔双调〕驻马听·吹(裂石穿云) …………………… 33
　　〔双调〕沉醉东风·渔夫(黄芦岸白蘋渡口) ……… 34
　　〔双调〕庆东原(忘忧草) …………………………… 36
　　〔仙吕〕醉中天·佳人脸上黑痣(疑是杨妃在) …… 38

王　恽
　　〔越调〕平湖乐(鉴湖秋水碧于蓝) ………………… 40
　　　　又(平阳好处是汾西) ……………………………… 40
　　　　又(采菱人语隔秋烟) ……………………………… 40

胡祗遹
　　〔双调〕沉醉东风(月底花间酒壶) ………………… 43

又(渔得鱼心满愿足) ………………………………… 43

王实甫

〔中吕〕十二月过尧民歌·别情(自别后遥山隐隐) ………… 45

关汉卿

〔仙吕〕一半儿·题情(云鬟雾鬓胜堆鸦) ………………… 47
 又(碧纱窗外静无人) ………………………………… 47
〔南吕〕四块玉·闲适(适意行) ……………………………… 49
 又(旧酒投) ……………………………………………… 50
 又(意马拴) ……………………………………………… 50
 又(南亩耕) ……………………………………………… 50
〔双调〕沉醉东风(咫尺的天南地北) ……………………… 53
 又(伴夜月银筝凤闲) …………………………………… 53
〔南吕〕一枝花·杭州景(普天下锦绣乡) ………………… 55
〔南吕〕一枝花·不伏老(攀出墙朵朵花) ………………… 58

伯 颜

〔中吕〕喜春来(金鱼玉带罗襕扣) ………………………… 65

姚 燧

〔越调〕凭阑人·寄征衣(欲寄君衣君不还) ……………… 67
〔中吕〕满庭芳(天风海涛) ………………………………… 68

卢 挚

〔中吕〕普天乐·湘阳道中(岳阳来) ……………………… 70
〔商调〕梧叶儿·席间戏作(花间坐) ……………………… 71
 又(低声语) ……………………………………………… 72
〔双调〕沉醉东风·秋景(挂绝壁松枯倒倚) ……………… 73
〔双调〕沉醉东风·闲居(雨过分畦种瓜) ………………… 74
 又(恰离了绿水青山那答) ……………………………… 75

3

又(学邵平坡前种瓜) …………………………… 75
　〔双调〕湘妃怨·西湖(湖山佳处那些儿) …………… 77
　　又(朱帘画舫那人儿) …………………………… 77
　　又(苏堤鞭影半痕儿) …………………………… 77
　　又(梅梢雪霁月芽儿) …………………………… 78

刘敏中
　〔正宫〕黑漆弩·村居遣兴(长巾阔领深村住) …… 81
　　又(吾庐却近江鸥住) …………………………… 82

盍西村
　〔双调〕蟾宫曲·咏渊明(陶渊明自不合时) ……… 84

陈草庵
　〔中吕〕山坡羊(青霄有路) ……………………… 87
　　又(繁华般弄) …………………………………… 87
　　又(生涯虽旧) …………………………………… 87

马致远
　〔越调〕天净沙·秋思(枯藤老树昏鸦) …………… 89
　〔双调〕蟾宫曲·叹世(咸阳百二山河) …………… 91
　〔双调〕寿阳曲·远浦帆归(夕阳下) ……………… 94
　〔双调〕湘妃怨·和卢疏斋西湖(春风骄马五陵儿) … 96
　　又(采莲湖上画船儿) …………………………… 96
　　又(金钗满劝莫推辞) …………………………… 96
　　又(人家篱落酒旗儿) …………………………… 96
　〔仙吕〕赏花时·掬水月在手(古镜当天秋正磨) …… 99
　〔般涉调〕哨遍(半世逢场作戏) …………………… 102

赵孟頫
　〔黄钟〕人月圆(一枝仙桂香生玉) ………………… 105

不忽木

　〔仙吕〕点绛唇·辞朝（宁可身卧糟丘）…………… 107

郑光祖

　〔正宫〕塞鸿秋（门前五柳江侵路）………………… 114

　　又（金谷园那得三生富）………………………… 114

珠帘秀

　〔双调〕寿阳曲·答卢疏斋（山无数）……………… 116

薛昂夫

　〔正宫〕塞鸿秋（功名万里忙如燕）………………… 118

　〔中吕〕山坡羊·西湖杂咏·春（山光如淀）……… 121

　〔正宫〕塞鸿秋·凌歊台怀古（凌歊台畔黄山铺）… 122

张养浩

　〔双调〕沽美酒兼太平令（在官时只说闲）………… 123

　〔中吕〕朱履曲·警世（休只爱夸强说会）………… 125

　　又（鹦鹉杯从来有味）…………………………… 126

　　又（正胶漆当思勇退）…………………………… 126

　　又（才上马齐声儿喝道）………………………… 126

　〔中吕〕山坡羊·潼关怀古（峰峦如聚）…………… 129

张可久

　〔黄钟〕人月圆·山中书事（兴亡千古繁华梦）…… 130

　〔双调〕折桂令·九日（对青山强整乌纱）………… 132

　〔中吕〕卖花声·怀古（阿房舞殿翻罗袖）………… 133

　　又（美人自刎乌江岸）…………………………… 134

　〔双调〕水仙子·次韵（蝇头老子五千言）………… 136

　〔越调〕寨儿令·次韵（你见么）…………………… 138

5

虞 集
　〔双调〕折桂令·席上偶谈蜀汉事,因赋短柱体(鸾舆三顾茅庐)
　　………………………………………………………… 140

睢景臣
　〔般涉调〕哨遍·高祖还乡(社长排门告示)……………… 143

周德清
　〔正宫〕塞鸿秋·浔阳即景(长江万里白如练)…………… 150
　〔双调〕蟾宫曲·别友(倚篷窗无语嗟呀)………………… 152

钟嗣成
　〔南吕〕骂玉郎过感皇恩采茶歌·恨别(风流得遇鸾凰配)…… 153
　〔双调〕凌波仙·吊陈存父(钱塘人物尽飘零)…………… 156

徐再思
　〔南吕〕阅金经·闺情(一点心间事)……………………… 158
　〔双调〕蟾宫曲·春情(平生不会相思)…………………… 159
　〔双调〕水仙子·夜雨(一声梧叶一声秋)………………… 160

赵禹圭
　〔双调〕蟾宫曲·题金山寺(长江浩浩西来)……………… 163
　〔双调〕风入松·忆旧(怨东风不到小窗纱)……………… 164
　　又(记前日席上泛流霞)………………………………… 164

乔 吉
　〔正宫〕绿幺遍·自述(不占龙头选)……………………… 166
　〔双调〕水仙子·赋李仁仲懒慢斋(闹排场经过乐回闲)…… 168

贯云石
　〔正宫〕小梁州(朱颜绿鬓少年郎)………………………… 170
　〔正宫〕塞鸿秋·代人作(战西风几点宾鸿至)…………… 172

〔双调〕殿前欢(畅幽哉) ……………………………… 174
〔中吕〕红绣鞋(挨着靠着云窗同坐) ………………… 175

周文质
〔正宫〕叨叨令·自叹(筑墙的曾入高宗梦) ………… 176
〔越调〕寨儿令(分凤鞋) ……………………………… 178
　　　又(弹玉指) ……………………………………… 179

赵善庆
〔双调〕沉醉东风·秋月湘阴道中(山对面蓝堆翠岫) … 180

刘庭信
〔正宫〕醉太平·忆旧(泥金小简) …………………… 182
〔双调〕折桂令·忆别(想人生最苦离别,三个字细细分开)
　　　　………………………………………………… 183
　　　又(想人生最苦离别,雁杳鱼沉) ……………… 184

王元鼎
〔正宫〕醉太平·寒食(声声啼乳鸦) ………………… 186

马谦斋
〔中吕〕快活三过朝天子四边静·夏(恰帘前社燕忙) … 187
〔双调〕水仙子·雪夜(一天云暗玉楼台) …………… 190
〔双调〕水仙子·咏竹(贞姿不受雪霜侵) …………… 191

倪　瓒
〔双调〕折桂令·拟张鸣善(草茫茫秦汉陵阙) ……… 193

鲜于必仁
〔越调〕寨儿令(汉子陵) ……………………………… 194

阿鲁威
〔双调〕寿阳曲(千年调) ……………………………… 196

阿里西瑛

〔双调〕殿前欢·懒云窝(懒云窝……无梦南柯) …… 197
　　又(懒云窝……尽自磨陀) …… 197
　　又(懒云窝,客至待如何) …… 198

景元启

〔双调〕殿前欢·梅花(月如牙) …… 199

赵显宏

〔双调〕殿前欢·闲居(去来兮,东林春尽蕨芽肥) …… 200
　　又(去来兮,坐平志不尚轻肥) …… 201
〔黄钟〕昼夜乐·冬(风送梅花过小桥) …… 202

沈　禧

〔南吕〕一枝花·题张思恭《望云思亲卷》,时父母已殁矣
　(人为万物灵) …… 204

顾德润

〔中吕〕醉高歌过摊破喜春来·旅中(长江远映青山) …… 207

杨朝英

〔双调〕水仙子·自足(杏花村里旧生涯) …… 209

张子坚

〔双调〕得胜令(宴罢恰初更) …… 211

汪元亨

〔正宫〕醉太平·警世(辞龙楼凤阙) …… 212
　　又(憎苍蝇竞血) …… 212
　　又(耳闻时做聋) …… 212
〔双调〕沉醉东风·归田(进步去天高地险) …… 215

汤　式

〔双调〕天香引·西湖感旧(问西湖昔日如何) …… 216

〔正宫〕小梁州·上巳日登姚江龙泉寺分韵得暗字
　　（天风吹我上巉岩）………………………… 217

杨讷
　〔中吕〕红绣鞋·咏虼蚤（小则小偏能走跳）……… 219

孙季昌
　〔仙吕〕点绛唇·集赤壁赋（万里长江）…………… 220

睢玄明
　〔般涉调〕耍孩儿·咏西湖（钱唐自古繁华地）…… 225

邓玉宾
　〔正宫〕叨叨令·道情（一个空皮囊包裹着千重气）……… 231

邓玉宾子
　〔双调〕雁儿落过得胜令·闲适（穷通一日恩）…… 232
　　又（乾坤一转丸）……………………………… 233
　　又（晴风雨气收）……………………………… 233

查德卿
　〔仙吕〕寄生草·感叹（姜太公贱卖了磻溪岸）…… 236
　〔仙吕〕一半儿·拟美人八咏·春妆（自将杨柳品题人）…… 238

吴西逸
　〔双调〕雁儿落过得胜令·叹世（春花闻杜鹃）…… 240

孙周卿
　〔双调〕沉醉东风·宫词（双拂黛停分翠羽）……… 241
　　又（花月下温柔醉人）………………………… 242
　〔双调〕水仙子·山居自乐（西风篱菊灿秋花）…… 244
　　又（功名场上事多般）………………………… 244
　　又（朝吟暮醉两相宜）………………………… 244

邓学可

〔正宫〕端正好·乐道(撇了是和非) ………………… 246

〔正宫〕端正好(我做的利己脱身术) ……………… 252

刘时中

〔正宫〕端正好·上高监司(众生灵遭磨障) ……… 253

无名氏

〔正宫〕醉太平(堂堂大元) ………………………… 264

〔正宫〕醉太平·讥贪小利者(夺泥燕口) ………… 266

〔仙吕〕寄生草·相思(有几句知心话) …………… 267

〔仙吕〕寄生草·情叙(恰才个读书罢) …………… 268

〔仙吕〕寄生草·遇美(猛见他朱帘下过) ………… 269

〔中吕〕朝天子(一悭,二奸) ……………………… 270

〔中吕〕朝天子·志感(不读书有权) ……………… 271

〔小石调〕青杏儿①   赵秉文

风雨替花愁。风雨过花也应休。劝君莫惜花前醉,今年花谢,明年花谢,白了人头。

〔幺〕②乘兴两三瓯③。拣溪山好处追游。但教有酒身无事,有花也好,无花也好,选甚春秋④。

【作者简介】

赵秉文(1159—1232),字周臣,号闲闲居士,晚号闲闲老人。磁州滏阳(今河北磁县)人。金世宗大定二十五年(1185)进士,调安塞主簿。历平定州刺史,为政宽简。累拜礼部尚书。金哀宗即位,改翰林学士,兼修国史。历仕五朝,自奉如寒士,未尝一日废书。积官至资善大夫、上护军、天水郡侯。工书画诗文。有《闲闲老人滏水文集》等行世。

【注释】

①小石调:词曲音乐的十二宫调之一。属于小石调的词牌主要有《法曲献仙音》《凤栖梧》等;属于小石调的散曲曲牌主要有《青杏儿》《恼杀人》《伊州遍》等。十二宫调包括:正宫、黄钟宫、般涉调、越调、中吕宫、大石调、南吕宫、商调、商角调、仙吕宫、双调、小石调等。青杏儿:词牌名,即《摊破南乡子》,又名《似娘儿》《庆灵椿》,因赵秉文有此词而得名《闲闲令》。六句,句式为五、七、七、四、四、四。

②幺:又称为"幺篇",在一个套数的曲子完了,如果意犹未尽,按上一个调重复一遍。但"幺"或"幺篇"在一个套数中只能出现一次。

③瓯(ōu):杯、碗之类的饮具。

④春秋:表时间。

【解读】

起句一个"替"字,将作者对花的关切之情刻画得淋漓尽致。暴风雨一来,娇嫩的花自然不能幸免,会受到摧残,所以风雨过后,到处落英缤纷,狼藉满地。作者由对花的爱惜,联想到人的命运也是如此。光阴似箭,青春正如娇嫩的花朵,如果不好好爱惜,转瞬间花谢花飞,已到暮年,不由得不令人伤怀感慨。

幺篇是承《青杏儿》而来。作者观察到了风雨无定,人生多变,认为要珍惜青春。不管是有花也好,无花也好,也不需要选什么时间,当下即是,随意自在,喝喝酒,到大自然的怀抱中追逐漫游,享受美好幸福的时光,过着神仙般惬意的日子,这就不枉人在世一场了。作者在这里并没有抒发高深的怀抱,只是因青春易逝,劝人及时行乐,隐微地表达了人生不能自主的无奈和哀愁。

本曲风格清新,语句明白如话,流畅自然。

〔黄钟〕人月圆[①]

元好问

卜居外家东园[②]

重冈已隔红尘断[③],村落更年丰。移居要就,窗中远岫[④],舍后长松。　十年种木,一年种谷,都付儿童。老夫惟有,醒来明月,醉后清风。

玄都观里桃千树[⑤],花落水空流。凭君莫问[⑥],清泾浊渭[⑦],去马来牛[⑧]。　谢公扶病[⑨],羊昙挥涕[⑩],一醉都休。古今几度,生存华屋,零落山丘[⑪]。

【作者简介】

元好问(1190—1257),字裕之,号遗山。太原秀容(今山西忻州)人。幼从郝天挺学,淹贯经史百家,六年学成。下太行,渡大河,为礼部赵秉文赏识,名震京师,时称"元才子"。金宣宗兴定五年(1221)进士,历任南阳、内乡县令,擢尚书省掾,除左司都事,转员外郎。金哀宗天兴(1232—1234)初年,入翰林知制诰。金亡不仕,晚年以著作自任。元好问是宋金对峙时期北方文学的主要代表、文坛盟主,又是金元之际在文学上承前启后的桥梁,被尊为"北方文雄""一代文宗"。他擅作诗、文、词、曲。其中以诗作成就最高,其"丧乱诗"尤为有名;其词为金代一朝之冠,可与两宋名家媲美;其散曲虽传世不多,但当时影响很大,有倡导之功。有《元遗山先生全集》《中州集》。

【注释】

①黄钟:宫调名。黄钟宫是元曲常用宫调之一,是以黄钟调为基音的乐曲。人月圆:曲牌名,又名《人月圆令》《青衫子》《青衫湿》。小令用,有幺篇换头,须连用。《中原音韵》入《黄钟宫》。以王诜《人月圆·元夜》为正体,双调四十八字,前段五句两平韵,后段六句两平韵。另有双调四十八字,前后段各五句,两平韵;双调四十八字,前段五句三仄韵,后段五句两仄韵变体。

②卜居:择定居所。外家:母亲的娘家。

③重冈:重重叠叠的山冈。红尘:车马扬起的飞尘,指繁华之地。

④远岫:远处的峰峦。

⑤玄都观:北周、隋、唐道观名。原名通道观,隋开皇二年(582)改名为玄都观。在长安城南崇业坊。后废。唐刘禹锡《戏赠看花诸君子》诗:"玄都观里桃千树,尽是刘郎去后栽。"

⑥凭:请求,烦劳。

⑦清泾浊渭:泾河和渭河交汇时,由于含沙量不同,呈现出一清一

浊,清水浊水同流一河互不相融的奇特景观。比喻界限清楚或是非分明。

⑧去马来牛:河水暴涨,两岸距离增大,隔河望去牛马难以分辨。比喻事难分辨,又比喻虚无,如过眼烟云。《庄子·秋水》:"泾流之大,两涘渚崖之间,不辨牛马。"杜甫《秋雨叹》之二:"去马来牛不复辨,浊泾清渭何当分?"又或指"牛继马后"之事。"牛继马后",为晋朝时谶语,谓以牛姓代司马氏继承帝位。《晋书·元帝纪》:"初,《玄石图》有'牛继马后',故宣帝(司马懿)深忌牛氏,遂为二榼,共一口,以贮酒焉,帝先饮佳者,而以毒酒鸩其将牛金。而恭王妃夏侯氏竟通小吏牛氏而生元帝(司马睿)。"

⑨谢公扶病:谓不能隐居,未遂素志。谢公,即谢安,东晋政治家。在桓温谋篡及苻坚南侵的历史关头制乱御侮,成为保全东晋王朝的柱石。晚年受到司马道子的排挤,离开京城建康,出镇广陵。太元十年(385),谢安扶病还京,经过西州门,对左右说:"吾病殆不起乎!"不久果然病逝。扶病,支撑病体,亦指带病工作或行动。《礼记·问丧》:"身病体羸,以杖扶病也。"

⑩羊昙:晋谢安之甥。《晋书·谢安传》:"羊昙者,太山人,知名士也,为安所爱重。安薨后,辍乐弥年,行不由西州路。尝因石头大醉,扶路唱乐,不觉至州门。左右白曰:'此西州门。'昙悲感不已,以马策扣扉,诵曹子建诗曰:'生存华屋处,零落归山丘。'恸哭而去。"后将羊昙醉后过西州恸哭而去的事用为感旧兴悲之典。

⑪生存华屋,零落山丘:即使生存在华丽的屋宇,死后如花之零落,终归于山丘。语出曹植《箜篌引》:"盛时不再来,百年忽我遒。生存华屋处,零落归山丘。"

【解读】
这两首小令作于元太宗十一年(1239)。金天兴三年(1234),金朝在蒙古和南宋的夹击下灭亡,元好问为蒙古军队所俘。因文名之盛,蒙古人有心接纳，但元好问绝意仕进，遂于元太宗十一年回故乡忻州秀容（今山西沂州）居住，这时他已五十岁。这两首以"卜居外家东园"为题的曲子就是在这种情况下写的。

第一首曲子，写卜居外家东园后，感觉这个村子与世隔绝，生活比较安定，加上这一年五谷丰登，所以心情比较愉快。卜居之后，就是迁居，第三句以下，写希望迁居的具体要件以及将来过怎样的一种生活。迁居第一个要件，是要凭窗就看见远方的山峦，屋后有高高的松树，至于"种木""种谷"之事，则交给儿辈。老夫自己，该过怎样一种生活呢？那就是自然萧散的日子，醒来后看见明月在天空，喝醉了有清风吹着。这是作者晚年理想生活的写照。曲中所传达出的幽深、高洁情怀，是从"窗中远岫""舍后长松"这两句中得来的。古人托物寓意，"松、竹、梅"被称作岁寒三友，都有着不畏严霜的高洁风格。这里用"长松"自然寄托着对故国沦亡的隐痛（幽怀），对侵略者绝不合作的一种态度。

第二首曲子，写尽了人世的变幻，最终都归结于"空"。用了几个典故，一是刘禹锡的"玄都观里桃千树"，寓意变化之大，花也零落，水自空流，人生如梦。这里以玄都观的盛衰和桃花流水暗示着人世的起伏变迁和时光对一个人的消磨。第二句"花落水空流"的景象说明了作者怅惘的心境和悲凉的情怀。二是用"泾渭""牛马"的典故，说明分辨清浊、是非已经没有意义，所以作者说"凭君莫问"，就是请您不要再过问这些事了，传达了作者无尽的沉痛和无可言说的悲哀。三是用"谢公扶病"喻自己重回故园的衰残，又以"羊昙挥涕"代表自己对外家人物殁亡的哀悼，紧扣题目。所谓"一醉都休"，不过是自我麻醉。这显示了作者历经国变，万念俱灰、苟延残喘的沉重心情。结尾"生存华屋，零落山丘"二句，则正是羊昙所诵曹植诗句的内容，其意在人生最终都会像花一样零落，所以再次说明，所谓是非、清浊，都不必再行分辨，万物皆空，紧扣前文，表达了作者对人生有限、世事无常的深沉慨叹。

【点评】

这两首曲子从表面上看,只是写他选择了一个具有山林之美的好住处,住在这里,不事生产,不问是非,沐清风,赏明月,把一切都付之一醉,够闲适,够消极。但结合特定情境看,则字字酸楚,句句沉痛。(霍松林《元曲鉴赏辞典》)

〔双调〕骤雨打新荷①   元好问

绿叶阴浓,遍池塘水阁②,偏趁凉多。海榴初绽③,妖艳喷香罗④。老燕携雏弄语⑤,有高柳鸣蝉相和。骤雨过,珍珠乱糁⑥,打遍新荷。 人生有几⑦,念良辰美景⑧,一梦初过。穷通前定⑨,何用苦张罗⑩?命友邀宾玩赏⑪,对芳樽浅酌低歌⑫。且酩酊⑬,任他两轮日月,来往如梭。

【注释】

①双调:宫调名。骤雨打新荷:曲牌名。本名《小圣乐》,或入双调,或入小石调。因元好问"骤雨过,珍珠乱糁,打遍新荷"几句脍炙人口,故习称此曲为《骤雨打新荷》。

②水阁:临水的楼阁。

③海榴:即石榴。又名海石榴。因来自海外,故名。

④香罗:泛着香味的绫罗,绫罗的美称。此喻石榴花。

⑤雏(chú):幼小的鸟。

⑥糁(sǎn):散落,洒落。

⑦有几:有几许,此处指有多长时间。

⑧良辰美景:美好的时光和景物。
⑨穷通前定:穷困和显达是命中所注定。
⑩张罗:原指张设罗网以捕鸟兽,引申为物色、寻找、筹划、料理等。
⑪命友:呼唤朋友。命,呼唤,招呼。
⑫芳樽:泛着芳香的酒器,泛指精致的酒器。
⑬酩酊(mǐngdǐng):大醉的样子。

【解读】

此曲上片写景,绘写夏日园亭的自然景色,辞采鲜明,气氛热烈,清新俊雅,佳句迭出,突出了园中盛夏的特征。作者先用大笔着色,铺写池塘水阁的一片绿荫,并以"偏趁凉多"四字,点出夏令。然后,在万绿丛中,点染上朵朵鲜红如罗的石榴花,令读者顿觉其景照眼欲明,进而写鸟语蝉鸣。老燕新雏欢快地叫着,蝉也在高柳上鸣叫,相互唱和,一派欢乐的景象。但是,好景不长,一场骤雨打破了眼前的美景,雨点似"珍珠乱糁",打在荷叶上,荷叶摇曳着,经受着大雨的摧残,自然燕语呢喃没有了,高柳鸣蝉也不见了,美好欢乐的景象也彻底消失了。

下片抒怀,直写胸臆。瞬间祸福,诸事无常,良辰美景原是虚幻,人生如大梦一场,从眼前的景悟出人生的理,作者的感慨便自然得到反映。生命是短暂的,穷通也自有命运安排,辛苦奔波又有何意义?不如把握当下,"浅酌低歌",及时行乐。这种思想,在很多人身上都有反映,特别是对经历过重大挫折而无法走出困境的人来说,尤其容易产生这种消极悲观的情绪。作者生当易代之际,经历的过程起落很大,受到的打击痛苦很深,产生这种幻灭的情绪也很自然,所以要喝醉,麻醉自己,以逃避人生中的困境。所谓一醉解千愁,作者的无奈和悲凉在看似畅达的文字里深深地沉浸着。

这是作者在《小圣乐》曲调基础上的自度曲,问世后流播人口,"名姬多歌之"。赵孟𫖯日后在歌筵上听歌女献唱此曲,感慨作诗,有"主人自有沧洲趣,游女仍歌白雪词"之句(见元陶宗仪《辍耕录》)。可见此曲对散曲的初创及扩大影响,起了不小的作用。早期文人的自度散曲本质是词,亦以词法为之,不同于晚期宋词的是它配上了北曲的宫调。《四库全书总目提要》:"自宋赵彦肃以句字配协律吕,遂有曲谱。至元代,如《骤雨打新荷》之类,则愈出愈新,不拘字数,填以工尺。"便指出了这一特点,言下也有视此曲为元代散曲开山之祖的含意。

【点评】

京师城外万柳堂,亦一宴游处也。野云廉公一日于中置酒,招疏斋卢公、松雪赵公同饮。时歌儿刘氏名解语花者,左手折荷花,右手执杯,歌《小圣乐》云:"绿叶阴浓……来往如梭。"既而行酒,赵公喜,即席赋诗曰:"万柳堂前数亩池,平铺云锦盖涟漪。主人自有沧洲趣,游女仍歌白雪词。手把荷花来劝酒,步随芳草去寻诗。谁知只尺京城外,便有无穷万里思。"此诗集中无。《小圣乐》乃小石调曲,元遗山先生(好问)所制,而名姬多歌之,俗以为《骤雨打新荷》者是也。([元]陶宗仪《辍耕录》卷九)

此曲上片写景,渲染了盛夏园中一片生机勃勃的景色,清新俊雅,动静结合,佳句迭出;曲子下片抒发情怀,感慨悲歌,沉郁苍凉。"何用苦张罗"虽然显得有些消沉,但也透露出作者对险恶官场的厌恶。(檀传宝《曲剧品评》)

〔越调〕天净沙①   商　衟

寒梅清秀谁知②? 霜禽翠羽同期③,潇洒寒塘月淡。暗香幽意④,一枝雪里偏宜⑤。

野桥当日谁栽⑥?前村昨夜先开⑦,雪散珍珠乱筛⑧。多情娇态,一枝风送香来。

【作者简介】

商衟(dào)(?—1231),字正叔,一作政叔。生年不详。曹州济阴(今山东曹县)人。出身簪缨世家。先祖本姓殷,因避宋宣帝赵弘殷讳,改姓商。父锡,因正叔兄仕金显贵,封朝大夫。与元好问有通家之好,交谊颇厚。元好问有《陇山行役图》诗二首,记正叔漂泊生涯及二人友谊,中有"陇坂经行十遇春"之句,说明他往来东西,客居秦陇之地甚久。元好问《曹南商氏千秋录》又说他"滑稽豪侠,有古人风"。好词曲,善绘画,曾改编南宋初年艺人张五牛所作《双渐小卿诸宫调》,为青楼名妓赵真真、杨玉娥所传唱,今已不传。又曾为名妓张怡云绘《怡云图》。明朱权《太和正音谱》评其词"如朝霞散彩"。

【注释】

①越调:宫调名。天净沙:曲牌名,又名《塞上秋》,属北曲越调,用于剧曲、套数或小令。全曲共五句二十八字(衬字除外),第一、二、三、五句每句六字,第四句为四字句,其中第一、二、五句平仄完全相同。此调主要有两种格式,均要求句句押韵。正格为五句四平韵一叶韵,第一、二、三、五句为平韵,第四句叶仄韵;变格为五句三平韵两叶韵,第一、二、五句为平韵,第三、四句叶仄韵。

②寒梅:梅花。因其凌寒开放,故称。清秀:清异秀出,美好不俗。

③霜禽:霜鸟,羽毛白色的禽鸟。指白鸥、白鹭等。典出宋林逋《山园小梅二首》之一:"众芳摇落独暄妍,占尽风情向小园。疏影横斜水清浅,暗香浮动月黄昏。霜禽欲下先偷眼,粉蝶如知合断魂。幸有微吟可相狎,不须檀板共金樽。"翠羽:本意为翠绿色的羽毛,如绿孔雀的羽毛,翠鸟的羽毛。也代指翠鸟,或者鸟的翅膀。这里指仙人。典

出宋蒋捷《翠羽吟》,其序言曰:"泛言仙,似乎寡味。越调之曲与梅花宜,罗浮梅花,真仙事也。演而成章,名《翠羽吟》。"期:希望,期许。

④暗香:犹幽香。幽意:幽深的思绪、情意。

⑤偏宜:最适宜,特别合适。

⑥"野桥"句:典出宋陆游《卜算子·咏梅》:"驿外断桥边,寂寞开无主。已是黄昏独自愁,更着风和雨。无意苦争春,一任群芳妒。零落成泥碾作尘,只有香如故。"

⑦"前村"句:典出唐齐己《早梅》:"万木冻欲折,孤根暖独回。前村深雪里,昨夜一枝开。风递幽香出,禽窥素艳来。明年如应律,先发映春台。"

⑧筛:用筛子过物。引申为穿过孔隙,漏下,分散落下。

【解读】

商衢《〔越调〕天净沙》一共有四首,都是咏梅,这里选其一、其三两首。

第一首,写寒梅有清秀的品格,白鸥与仙人都不约而同想与之为友。在寒冷的冬季,淡淡的月色下,漫天的大雪中,它不惧严寒,从容自在,独自绽放美丽的花朵。风吹来幽香阵阵,传递着深长的意趣。这里歌颂了梅花高洁、坚贞、冲风斗雪的品格,也寄托了作者幽深的情怀。

第二首是对梅的状态描写。前面的村子里,郊野的断桥边,一树树的梅花开放。一朵朵晶莹洁白,像天上飘散下的雪,像透明的珍珠在树间穿插。它在冬天里含笑绽放,那多情妩媚的姿态,让人十分喜爱。忽然一阵风吹过,送来一股浓浓的梅花幽香。

这两首曲子一写梅花的品格,一写梅花多情的姿态,抓住了梅花的特征,形象生动,特别是第二首结句"一枝风送香来",语言清新,含蕴深长。

两首短小的曲子,用了很多典故,一用"霜禽"引出白鸥,用的是宋林逋《山园小梅二首》之一的"霜禽欲下先偷眼";二用"翠羽"引出仙人,用的是宋蒋捷《翠羽吟》中的故事;三用"野桥"引出宋陆游《卜算子·咏梅》词中梅花孤独高傲的意象;四用"前村"引出唐齐己《早梅》诗中梅花那种敢为天下先的精神。它们巧妙曲折地表达了梅花独特的品格和精神,增强了曲子的文化意蕴。

〔越调〕小桃红①

杨 果

碧湖湖上采芙蓉②,人影随波动。凉露沾衣翠绡重③,月明中,画船不载凌波梦④。都来一段⑤,红幢翠盖⑥,香尽满城风。

满城烟水月微茫⑦,人倚兰舟唱⑧。常记相逢若耶上⑨,隔三湘⑩,碧云望断空惆怅⑪。美人笑道:莲花相似,情短藕丝长。

采莲人和采莲歌,柳外兰舟过。不管鸳鸯梦惊破⑫,夜如何⑬?有人独上江楼卧。伤心莫唱,南朝旧曲⑭,司马泪痕多⑮。

玉箫声断凤凰楼⑯,憔悴人别后。留得啼痕满罗袖,去来休⑰,楼前风景浑依旧⑱。当初只恨,无情烟柳,不解系行舟⑲。

采莲湖上棹船回⑳,风约湘裙翠㉑。一曲琵琶数行泪,望君归,芙蓉开尽无消息。晚凉多少,红鸳白鹭㉒,何处不双飞!

【作者简介】

杨果(1195—1269),字正卿,号西庵,祁州蒲阴(今河北安国)人。金哀宗正大元年(1224)进士,官偃师令,以廉干称。金亡后,杨奂征河南课税,起用为经历。史天泽经略河南,举为参议。中统元年(1260)官北京巡抚使,次年拜参知政事。至元六年(1269)出为怀孟路总管,以老致仕。工文章,长于词曲,著有《西庵集》。与元好问交好。其散曲作品内容多咏自然风光,曲辞华美,富于文采。明朱权《太和正音谱》评其词"如花柳芳妍"。

【注释】

①小桃红:越调曲牌名,又名《平湖乐》《采莲曲》《武陵春》《绛桃春》。句式为:七五七、三七、四四五,八句八韵。

②芙蓉:荷花的别名。

③翠绡:绿色的生丝织品。

④凌波梦:曹植作《洛神赋》,梦中与洛水女神相会,有"凌波微步,罗袜生尘"之句。凌波,在水上行走,比喻美人步履轻盈,如乘碧波而行。

⑤都来:统统,完全。一段:一片。

⑥红幢(chuáng)翠盖:欧阳修《采桑子》:"荷花开后西湖好,载酒来时,不用旌旗,前后红幢绿盖随。"红幢,此指像旌旗一样的红色荷花。幢,一种旌旗,垂筒形,饰有羽毛、锦绣,古代常在军事指挥、仪仗行列、舞蹈表演中使用。翠盖,饰以翠羽的车盖,此指像车盖一样的绿色荷叶。

⑦烟水:指水上升起的如烟雾气。微茫:若明若暗,模糊不清。

⑧兰舟:木兰舟。为小舟的美称。

⑨若耶:溪名,出若耶山(浙江绍兴南),北流入运河。溪旁旧有浣纱石古迹,相传西施浣纱于此,故一名浣纱溪。

⑩三湘:指沅湘、潇湘、资湘。晋陶潜《赠长沙公族祖》诗:"遥遥三湘,滔滔九江。"陶澍集注:"湘水发源会潇水,谓之潇湘;及至洞庭陵子口,会资江,谓之资湘;又北与沅水会于湖中,谓之沅湘。"

⑪碧云:喻远方或天边,多用以表达离情别绪。望断:向远处望直至看不见。

⑫鸳鸯梦:比喻夫妻相会的梦境。亦省作"鸳梦"。

⑬夜如何:典出《诗经·小雅·庭燎》:"夜如何其?夜未央。"夜怎样了?(夜里什么时候了?)夜还没有完。(还是半夜不到天亮。)

⑭南朝旧曲:指南朝陈后主《玉树后庭花》曲。唐杜牧《泊秦淮》诗:"商女不知亡国恨,隔江犹唱后庭花。"南朝陈皇帝陈叔宝(即陈后主)溺于声色,作此曲与后宫美女寻欢作乐,终致亡国,所以后世把此曲作为亡国之音的代表。

⑮司马泪痕多:唐白居易被贬为江州司马,作《琵琶行》,有"凄凄不似向前声,满座重闻皆掩泣。座中泣下谁最多,江州司马青衫湿"诗句。

⑯"玉箫"句:凤凰楼上的玉箫已不再吹奏了。意指情人已经离开。典出刘向《列仙传》"萧史"条:"萧史者,秦穆公时人也,善吹箫,能致孔雀、白鹤于庭。穆公有女,字弄玉,好之。公遂以女妻焉。日教弄玉作凤鸣。居数年,吹似凤声,凤凰来止其屋。公为作凤台,夫妇止其上,不下数年,一旦皆随凤凰飞去。"

⑰休:语末助词,无义。

⑱浑:全然。

⑲不解系(xì)行舟:不懂得要将远行的船系住。意指不让情人随船离去。不解,不懂,不理解。系,拴缚。

⑳棹(zhào)船:用桨划着船,划船。棹,船桨,这里用作动词,指划船。

㉑风约湘裙:风掠过湘裙。约,掠,拂过。宋周邦彦《浣溪沙》词:

"风约帘衣归燕急,水摇扇影戏鱼惊。"湘裙,湘地丝织品制成的女裙。

㉒红鸳:指雄性的鸳。鸳鸯,鸳指雄鸟,鸯指雌鸟,故鸳鸯属合成词。雌雄异色,雄鸟嘴红色,雌鸟嘴黑色。旧传鸳鸯雌雄偶居不离,古称"匹鸟"。匹鸟,就是夫妻鸟、爱情鸟。因为鸳鸯都是出双入对的,人们常用以比喻男女之间的爱情。白鹭:也叫鹭鸶,因其头顶、胸、肩、背部皆生长毛如丝,故称。腿长、颈长,全身羽毛雪白。春夏多活动在湖沼岸边或水田中,好群居。宋文同《守居园池杂题·蓼屿》诗:"时有双鹭鸶,飞来作佳景。"清蒲松龄《日用俗字·禽鸟章》:"老鸹大于寒号鸟,鹭鸶长伴打鱼郎。"

【解读】

作者用《小桃红》曲牌作了十一首有关采莲的小令,八首无标题,三首标题"采莲女"。这里所选系八首无题中的五首。

第一首,写水乡月夜美好的情景。在月色迷茫中,画船上的人倒映在碧湖之中,随着波光月影晃动,她们并没有伴月入梦,而是在船上彻夜采莲。夜露沾衣,月光如水,在这寂静的夜里,伴随她们的是那茂盛的荷花荷叶和溢满全城的荷香。这里用了曹植《洛神赋》的故事,用"凌波"二字,刻画采莲女在水上划行,姿态轻盈,如乘碧波而行。但她们目的是采莲,并不是赴约。"红幢翠盖"化用欧阳修《采桑子》第七首的名句:"荷花开后西湖好,载酒来时,不用旌旗,前后红幢绿盖随。"原意是荷花开后,西湖的风景很美,所以诗人载酒来游,不用旌旗,就是不用什么排场,一切自在随意,因为诗人把荷花、荷叶比作红幢、绿盖的仪仗。这里用"红幢翠盖",写出了荷塘绿意盎然,荷花开放的旺盛场景。

第二首,乃见景思情。主要描写的是男子在烟波水月、人倚兰舟的环境下,想念采莲的女子,情景交融,格外含蓄深婉。"若耶"点明相逢的地点以及采莲女子的美丽,"隔三湘"交代当下所在。两地相距遥远,无缘重会,所以以"碧云望断"来形容自己惆怅的心情。结尾,用美人的话:"莲花相似,情短藕丝长。"莲花美丽,开放短暂。虽然相互依恋的时间短暂,但我对你的思念却像藕丝那样绵长。藕断则丝连,"丝"与"思"谐音,双关相思。此曲以江南水乡为背景,藕又是江南常见之物,不仅可传达相思之意,还可与前面的兰舟、水月等意象相映成景。

第三首,以南朝之事抒发国家沦亡之隐痛,构思巧妙。前两句用白描手法写采莲人乘着轻舟经过楼前,一边采莲,一边唱采莲歌,欢声笑语冲破夜空的寂静。她们的天真烂漫,无所顾忌,却根本不知道楼上却别有伤心人在,一句"鸳鸯梦惊破"将作者的离愁别绪倾泻出来,全曲基调突然转向沉郁。中间插入"夜如何,有人独上江楼卧",漫漫长夜,辗转反侧,勾起了独自孤眠之人的满腔心事,以"南朝旧曲"表明家国残破,以"司马泪痕"表明伤心已甚。两种情景,两种情绪,一欢乐,一伤感,用欢乐衬托孤寂,写尽了羁旅情怀,抒发了作者心中的隐痛。

第四首,描写闺怨女子期盼爱人归来的情景,而最终却是小楼尚在,风景依旧,人去楼空。曲子以景及人,以人及景,以乐景写哀情,笼罩遗憾之气。通过对人物的形貌、行止描写以及景物的衬托,将女子思念情人的离情别恨写得缠绵悱恻,令人伤怀不已。把当前的景和以前的情巧妙地联结在一起,以追忆的方式抒发对恋人的深情,具有一种缠绵婉转的情感特色。用"玉箫声断"之典,隐含"人去楼空"。曲中的女主人公并未如弄玉一般,与丈夫一起随凤凰仙去,从"憔悴人别后"一句即可看出。"留得"紧接"别后"二字,文字上衔接得很细密,情感上则造成一种回环和转折。人既已离去,留下来的只是女子的空守、苦盼,以及"啼痕满罗袖"。作者没有直接写女子如何想念,而是通过袖上泪痕这个细节,将她的黯然神伤,以及难以自制的思念和孤独表现出来。"去来休,楼前风景浑依旧",这两句以人的"去来"与"风景"的"依旧"进行对比,这就使"离别"的主题得到了升华。最后几句,女子又迁恨于烟柳无情,不知当初留系行舟,不让其离去,更道出了女子的无奈与痴情。

第五首,描绘女主人公对远人的怀念。开头写采莲女从湖上采莲划船归来,凉风吹拂,掀起她绿色的美丽的湘裙,给读者展现了一个绰约多姿的少妇形象。荷花已经开尽,不见情人归来的消息,少妇触景生情,含泪弹起琵琶,发抒心中的思念之情。一句"晚凉多少",点明到了秋季,荷花即将"开败",也喻示着青春年华的消逝。所以见到眼前的景,"红鸳白鹭",它们都是成双成对地相守相飞,由此而及己,情人远别,独守空闺,表达了采莲女的惆怅和幽怨。

五首曲子,语言都清丽婉约,格调清新可喜。

〔双调〕潘妃曲①　　　　商　挺

带月披星担惊怕②,久立纱窗下,等候他。蓦听得门外地皮儿踏③,则道是冤家④,原来风动荼蘼架⑤。

【作者简介】

商挺(1209—1288),字孟卿,一作梦卿,自号左山老人。曹州济阴(今山东曹县)人。年二十四,北走依赵天锡,与元好问、杨奂交游。东平严忠济辟为经历,出判曹州。元宪宗三年(1253)入侍忽必烈于潜邸,遣为京兆宣抚司郎中,转迁副使。至元元年(1264)入京,拜参知政事。六年(1269)同签枢密院事,累迁枢密副使。后因事系狱。工诗善书。有诗千余篇,惜多散佚。《元诗选》癸集存其诗四首。《全元散曲》从《阳春白雪》辑其小令十九首,多写恋情及四季风景。

【注释】

①潘妃曲:北曲双调曲牌名,又名《步步娇》。六句,句式为七五三

七三五,每句入韵,平仄混押。

②带月披星:带着月光,披着星光。

③蓦(mò):忽然。地皮儿:地的表面。

④则道是冤家:只说是情人回来了。冤家,对情人的昵称。

⑤荼蘼:又名酴醿、佛见笑。蔷薇科,落叶小灌木。攀缘茎,有刺,夏末秋初开花,白、黄或红色,洁美清香,可供观赏。

【解读】

此曲大意:整夜担惊受怕,长久地伫立在纱窗下,等候他。猛然间听到门外脚步声儿踏踏,只以为是我所爱的情人来到,却原来是风儿吹动了荼蘼架。

此曲将小儿女期盼意中人到来的心思刻画得淋漓尽致。"带月披星"喻时间长,与"久立纱窗下"对应,形容女子期盼之切,用情之深;"冤家"一词写尽女子娇态;"风动荼蘼架",女子的失落跃然纸上。此曲与五代李煜《菩萨蛮》"花明月暗笼轻雾,今宵好向郎边去。刬袜步香阶,手提金缕鞋"之刻画与情郎幽会的情景有异曲同工之妙。

〔南吕〕干荷叶①　　　　　　　　刘秉忠

干荷叶,色苍苍②,老柄风摇荡③。减清香,越添黄。都因昨夜一场霜,寂寞在秋江上。

干荷叶,色无多,不奈风霜剉④。贴秋波⑤,倒枝柯⑥。宫娃齐唱《采莲歌》⑦,梦里繁华过。

南高峰,北高峰⑧,惨淡烟霞洞⑨。宋高宗⑩,一场空。吴山依旧酒旗风⑪,两度江南梦⑫。

【作者简介】

刘秉忠(1216—1274),初名侃,少时为僧,名子聪。入仕后始更名秉忠,字仲晦,号藏春散人。先世瑞州(治所在今江西高安)人,后移居邢州(今河北邢台)。少年志气英爽不羁,年十七即为邢台节度使府令史,寻弃去,隐居武安山中为僧。后游云中,为元世祖所重,以征大理、攻南宋。至元初,拜光禄大夫,位至太保,参预中书省事,对元代开国制度多有建树。又曾主持建上都、中都两城。立国号"大元",以中都为大都,皆其力。自幼善学,至老不衰,一生著述丰富,有《藏春集》六卷、《藏春词》一卷、《平沙玉尺》四卷、《玉尺新镜》二卷。又有诗文集三十余卷。《词品》卷一评其《干荷叶》曲作"凄恻感慨,千古寡和"。

【注释】

①南吕:宫调名。干荷叶:曲牌名,又名《翠盘秋》,为刘秉忠自度曲。这个曲牌本是以"干荷叶"起兴的民间小曲,"干荷叶"在当时隐喻女子色衰失偶。

②苍苍:深青色。

③老柄:老而干枯的叶柄。

④剉(cuò):折伤,挫折,摧残。

⑤秋波:秋天的水波。

⑥枝柯(kē):枝条。

⑦宫娃:宫女,吴楚间称美女曰"娃"。

⑧南高峰、北高峰:在杭州西湖边上,两峰遥遥相对,称"双峰插云",为西湖十景之一。

⑨烟霞洞:位于南高峰下的烟霞岭上,为西湖最古石洞,洞很深。传说宋高宗避难于此,后被敕封"南山第一洞天"。

⑩宋高宗:赵构,宋朝第十位皇帝,南宋开国皇帝,建都临安(今浙江杭州)。

⑪吴山：在杭州西湖东南。山势绵亘起伏，左带钱塘江，右瞰西湖，为杭州名胜。春秋时为吴西界，故名。五代吴越时山上有城隍庙，故亦称城隍山。南宋初，金海陵王完颜亮南侵，扬言欲立马于此："万里车书一混同，江南岂有别疆封？提兵百万西湖上，立马吴山第一峰！"

⑫两度江南梦：指五代吴越和南宋王朝都建都杭州又都亡国。一说指在徽钦二宗被俘之后，赵构继位于南京（今河南商丘），两次南迁，先往扬州，继建都临安，求得一时偏安。

【解读】

《干荷叶》，刘秉忠自度曲。原作共八首，这三首是其中的第一、四、五首。作者的这三首小令是因题起意，即物取喻之作。它不以含蓄蕴藉取胜，而以语言直白明快、形容尽致见长。

"干荷叶，色苍苍"一首，就曲调名立意遣词，写荷叶在深秋的风霜下翠减香消的形态和情态。前三句直截了当，用洗练的笔墨勾勒出一幅干荷图，既形象，又色彩鲜明，更具有动感。秋风中残荷的憔悴之状在作者笔下，是通过叶干、柄老、色苍，以及摇荡这四种物象反映出来的。接着，四、五两句进一步叙写荷叶的清香消减、枝叶枯黄的过程。然后，用"都因"一句重笔描写，翻进一层，将荷叶的衰残推到极致。在这里，作者没有具体描写衰败的最终景象，而是用一句"寂寞在秋江上"，让读者去想象，去感受干荷叶的凋零、孤寂、落寞。作者描画物象尽致，意象淡远，寓意丰富，余味幽长。

"干荷叶，色无多"一首，则写到残荷的最后结局，写它不耐风霜欺凌，终于枯死在秋波之中，结束其短暂的一生。以这首的前五句与第一首相对照，出现在第一首中的残荷，因霜添黄，老柄尚自摇荡而未倒，叶色只是苍中带黄；出现在这首中的，则再难支撑于风霜之下，干叶已经暗淡无色，老柄终归枯折倾倒，不复挺立在水面上，而是沉浮于水波中了。至此，把残荷的悲惨命运写得淋漓尽致。在这里，作者突然笔锋一转，追溯当日的繁华，曾几何时，南朝皇帝率宫妃同唱《采莲曲》,"争弄莲舟水湿衣",且作赋歌颂的繁华盛况,如今已一去不返,真如一梦。以往昔作对照,将当前的情景反衬得倍加凄凉。这里用笔曲折,将残荷与南朝巧妙地联系起来,自然寓有兴亡的感慨。

"南高峰,北高峰"一首,则离开对荷叶本身的刻画,而把笔触指向作为南宋都城的杭州,写到南宋的建立与覆亡。这里有吊挽南宋、寓兴亡于过眼云烟之意。天地永恒,人生短暂,这是古今所同慨。一切事功在时间的长河里,都是失败者。所以本曲虽然叙写南宋的兴亡,其实亦归结于对人生无奈、万物皆空的哀惜。具体到这首曲子,其中提到杭州三个景点,也是有寓意的。山有南北二峰,宋有南北二宋,以南北二峰起兴,写南北二宋之事,巧妙自然。同时借用烟霞洞的传说,把历史人物与亘古未变的烟霞古洞联系在一起,又有意识地把"惨淡"二字冠于"烟霞洞"前,对宋高宗等在杭州建都、惨淡经营的行为进行了描画。吴山巍巍,酒旗临风,杭州依旧,而建都杭州的吴越与南宋,都妄图偏安一隅,终不免短命而亡。作者寓感叹于两朝兴亡之中,意味深长,耐人寻味。

【点评】

元太保刘秉忠《干荷叶》曲云:"干荷叶,色苍苍,老柄风摇荡。减清香,越添黄。都因昨夜一场霜,寂寞秋江上。"此秉忠自度曲,曲名《干荷叶》,即咏干荷叶,犹是唐词之意也。又一首吊宋云:"南高峰,北高峰,惨淡烟霞洞。宋高宗,一场空。吴山依旧酒旗风,两度江南梦。"此借腔别咏,后世词例也。然其曲凄恻感慨,千古之寡和也。或云非秉忠作。秉忠助元凶宋,惟恐不早,而复为吊惜之辞,其俗所谓"斧子斫了手摩挲"之类也。([明]杨慎《词品》卷一)

(南高峰,北高峰)此曲不过借题发挥,主旨在云繁华不定,帝王家的江山总归一瞬,而大自然的江山却永恒不灭。秉忠晚年,南宋灭亡势在必然,宋高宗辛辛苦苦建立的南宋江山终将归于一空,秉忠生此感慨还是有可能的。(李昌集《中国古代散曲史》)

〔双调〕蟾宫曲①   奥敦周卿

咏 西 湖

西山雨退云收,缥缈楼台,隐隐汀洲②。湖水湖烟,画船款棹③,妙舞轻讴。野猿搦丹青画手④,沙鸥看皓齿明眸⑤。阆苑神州⑥,谢安曾游⑦。更比东山⑧,倒大风流⑨。

西湖烟水茫茫,百顷风潭⑩,十里荷香。宜雨宜晴,宜西施淡抹浓妆。尾尾相衔画舫⑪,尽欢声无日不笙簧⑫。春暖花香,岁稔时康⑬。真乃上有天堂,下有苏杭。

【作者简介】

奥敦周卿,生卒年不详。字周卿,号竹庵。女真人。其先世仕金。父奥敦保和降元后,累立战功,由万户迁至德兴府元帅。周卿本人于至元六年(1269)官怀孟路总管府判官,后历官河北河南道提刑按察司佥事、江西江东宪使、澧州路总管,至侍御史。与杨果、白朴有交往,相互酬唱。今存小令二首,套数三曲。明朱权《太和正音谱》列为"词林英杰"之一。

【注释】

①蟾宫曲:属北曲双调,俗名《折桂令》,是由唐宋词牌演变而来的一个曲牌。据《九宫大成谱》,正格是六、四、四、四、四、四、七、七、四、四(十句),但是第五句以后可酌增四字句。或单用作小令,或用在双调套曲内。

②汀洲:水中小洲。

③款棹:慢慢摇动船桨。款,缓慢。棹,船桨。

④搦(nuò):挑惹,激起。

⑤皓齿明眸(móu):洁白的牙齿,明亮的眼睛。此处代指美女。皓,洁白。眸,眼珠。

⑥阆苑:阆风之苑,传说中仙人的住处。借指苑囿,古代畜养禽兽供玩乐的园林。

⑦谢安(320—385),字安石。陈郡阳夏(今河南太康)人。东晋政治家、名士。少以清谈知名,屡辞辟命,隐居会稽山阴之东山。后谢氏家族式微,他才东山再起,历任征西大将军司马、吴兴太守、侍中、吏部尚书、中护军等职。淝水一战,谢安坐镇指挥,以八万兵力击溃号称百万的前秦军队,为东晋赢得几十年的安静和平。

⑧东山:在浙江绍兴。谢安41岁前长期隐居此山。

⑨倒大:用作程度副词,指绝大、十分、非常等意义。风流:风雅潇洒,杰出不凡。

⑩百顷风潭:言西湖水域广阔。百顷,一万亩,极言地域之广。

⑪尾尾:形容一个接着一个的样子。画舫(fǎng):装饰华美的游船。舫,船。

⑫笙簧:指笙。簧,笙中之簧片。这里指用笙等乐器吹奏的音乐。

⑬岁稔(rěn):年成丰熟。稔,庄稼成熟。时康:时世太平。

【解读】

此曲第一首描绘如画的西湖山水,笔法细腻。作者抓住雨后西湖烟水缭绕、如幻如梦的特色,着力加以渲染。此中人物的活动,但见其声,未见其形,使画面更具活力。"野猿""沙鸥"两句,突出自然景色,又暗喻只有闲云野鹤之人,才能得此自然之趣。在作者笔下,野猿与水鸟同画家与美人融为一体,颇有天人合一之趣。最后借东晋谢安曾游此地的逸事作为点缀,更为这绝妙丹青平添了多少浪漫与神韵。结尾"更比东山,倒大风流",由景色转为人文,意为西湖不仅有自然之美,亦有人文之美,其人文之美,堪比东晋杰出不凡的谢安。这里没有实指,但从西湖的历史来看,有白居易、苏东坡等人出任杭州刺史给西湖增色,可以想见。整曲意境富有生机,愉人眼目。

第二首,大意为:烟水浩渺的西湖波光荡漾,在微风飘拂的百顷水潭上,十里水面飘溢荷香。雨也适宜晴也适宜,更像西施那样无论淡抹浓妆都艳丽无双。一只只画船头尾相接,欢声笑语,没有哪一天不笙歌弹唱。春暖时节百花芬芳,庄稼丰收四季安康。真是上有天堂下有苏杭。该曲极力描画西湖水面的宽阔,荷花的香艳,引用苏东坡《饮湖上初晴后雨》:"水光潋滟晴方好,山色空蒙雨亦奇。欲把西湖比西子,淡妆浓抹总相宜。"极言西湖之美。画舫相接,到处妙舞欢歌,真的是一片岁稔时康、天下太平之象。结尾以"上有天堂,下有苏杭"作结,歌咏杭州的美丽、富庶与繁荣。

〔越调〕天净沙　　　严忠济

宁可少活十年,休得一日无权。大丈夫时乖命蹇①。有朝一日天随人愿,赛田文养客三千②。

【作者简介】

严忠济(?—1293),一名忠翰,字紫芝。泰安长清(今山东济南市长清区)人。元太宗时袭父职为东平路行军万户、管民总管,治绩为当时诸路之最。从元世祖忽必烈攻宋,有战功。有大臣言其威权太盛,中统二年(1261),召还京师,转职,以其弟严忠范代之。至元二十三年(1286),特授资德大夫、中书左丞,行江浙省事,以老辞。《元史》卷一百四十八有传。明朱权《太和正音谱》将其列为"词林英杰"之一。

【注释】

①时乖命蹇(jiǎn):时机不顺,命运艰难。乖,不顺利,不如意。

蹇,困苦,困厄,艰难。

②赛:胜过,超过。田文:即孟尝君。"战国四公子"之一,齐威王田因齐之孙。因继承其父爵于薛(在今山东滕州南),又称薛公。孟尝君依仗父亲留下的丰厚资产,在封地薛邑广招各国人才,门下有食客数千。

【解读】

这首曲子表达得非常直白。大意是说:宁可少活十年,也不可一日没有权力。大丈夫时机不顺,命运艰难。有朝一日如果天随人愿,一定要胜过孟尝君,也豢养食客三千。它赤裸裸地写出了对于权力的渴望。

严忠济袭父职任东平路行军万户,曾跟随忽必烈南下攻宋,立下赫赫战功。因其威权太盛,遂遭大臣诋毁,被召还京师,命其弟忠范代之。他治理东平时,曾向当地豪绅借贷,代部下和百姓缴纳所欠赋税,时间越久,所欠越多。当罢官后,债主立即上门讨债。忽必烈得知这一情况,就代他偿还。从身居要位、大权在握时的显赫,到免官失权时的萧条,前后判若天渊的对比中,他深刻地感受到了人情冷暖、世态炎凉,同时更加感受到权力的重要性和无"权"的痛苦,于是发出"宁可少活十年,休得一日无权"的感叹。这虽然是种失意的封建官吏心态意绪的表现,却也真实地反映出一种社会现象和社会心理。现在可借以概括那种见利忘义、嗜官贪权者所遵奉的信条。"有权不用,过期作废"之说是这种思想的另一表现形式。

后三句,作者叙写了自己"时乖命蹇",但他有宏愿,如果一朝权力在手,也要学齐国的孟尝君"养客三千"。他的愿望是要为天下培养有为之才,要为天下"时乖命蹇"的才学之士营建一个安居场所,让他们有栖身之处,有发挥才艺的舞台,这与他平时一贯的作风相一致。《元史·严实列传附忠济》:"东平庙学故隘陋,改卜高爽地于城东,教养诸生,后多显者。幕僚如宋子贞、刘肃、李昶、徐世隆,俱为名臣。"

通过对严忠济生平的了解,我们可知,他并不是真的迷恋权力,更不是运用权力为一己之私,其直白的言辞只是一种愤世嫉俗的过激反映。全篇运用了反语(正话反说)的修辞手法,特别是后三句,作者在愤慨自己"时乖命蹇"的同时,通过"有朝一日天随人愿,赛田文养客三千"的直白表述,间接地表达了他对命运、对现实不屈服的精神,也传达了他对强权社会的愤怒谴责。

〔仙吕〕醉中天①

王和卿

咏大蝴蝶

弹破庄周梦②,两翅架东风③。三百座名园一采个空。谁道风流种④,唬杀寻芳的蜜蜂⑤。轻轻飞动,把卖花人搧过桥东⑥。

【作者简介】

王和卿,生卒年不详。大名(今属河北)人。滑稽佻达,传播四方。与关汉卿为友,常以讥谑加之。关虽极意还答,终不能胜。见元陶宗仪《辍耕录》。其散曲作品,今存小令二十一首,套数一首。内容多写男女情事,通俗诙谐。

【注释】

①仙吕:宫调名。一种以宫声为主的调式,其表达的感情清新绵邈。醉中天:曲牌名。入仙吕宫,亦入越调、双调。七句,每句入韵,平仄混押。

②"弹破"句:意为蝴蝶大得竟然把庄周的蝴蝶梦给弹破了。弹,一作"挣"。庄周梦,庄周为战国时宋国蒙人,曾为漆园吏,有《庄子》一

书。据说他曾梦见自己化为大蝴蝶,醒来后仍是庄周,弄不清到底是蝴蝶变成了庄周,还是庄周变成了蝴蝶。

③架:驾驶,驾驭。

④风流种:风流种子,从褒义言,指洒脱放逸、风雅潇洒一类人,有时特指风流才子,名士;从贬义言,指那些花哨轻浮或贪好女色、流连男女私情的一类人。

⑤唬(xià)杀:吓杀,吓死。唬,同"吓"。

⑥搧(shān):摇动扇子或类似扇子的东西。

【解读】

据元人陶宗仪《辍耕录》记载:"大名王和卿,滑稽佻达,传播四方。中统初,燕市有一蝴蝶,其大异常。王赋《醉中天》小令云……"这就是说,这首曲子是即事赋曲。它巧妙地将庄周的故事作引子起兴,而别出新意,用几乎荒诞夸张的手法,塑造了一只大蝴蝶的形象,并赋予它比喻和象征的意义。

庄周之梦,向来以奇谲浩瀚著称,一只蝴蝶竟然能将庄子的梦境挣破,居然驾驭着东风而来,确实是一件非常奇特的事。本曲前三句极写蝴蝶之奇、体量之大。从第三句起,又极写蝴蝶之贪,一下子能把三百座名园中的花粉全部采食干净,令专门采蜜的蜜蜂都不敢靠近。难道它是天生风流的种子?作者不禁惊异于它巨大的能量。最后一句则更令人忍俊不禁,轻轻地一扇翅膀,便把卖花人扇过桥东去。因为卖花人要到名园采花,所以大蝴蝶将其扇走。意谓所有的花都被它占有,蜜蜂和卖花人都不得有所沾溉,更进一步突出其贪婪和霸道的性格特点。

本曲在比喻和象征的意义上,给读者提供了想象的空间。其写法沿续庄子寓言的风格,想象之荒诞亦不下于庄子的寓言。并且置入滑稽诙谐的元素,将曲子的喜剧成分推向极致。该曲描写生动,语言浅近通俗,通过大蝴蝶形象的塑造,作者谑浪诙谐的天性跃然纸上,富有机趣。

〔仙吕〕一半儿①   王和卿

题　情

鸦翎般水鬓似刀裁②,小颗颗芙蓉花额儿窄③,待不梳妆怕娘左猜④。不免插金钗,一半儿髼松一半儿歪⑤。

书来和泪怕开缄⑥,又不归来空再三,这样病儿谁惯耽⑦？越恁瘦岩岩⑧,一半儿增添一半儿减。

将来书信手拈着⑨,灯下姿姿观觑了⑩,两三行字真带草⑪。提起来越心焦,一半儿丝挦一半儿烧⑫！

别来宽褪缕金衣⑬,粉悴烟憔减玉肌⑭,泪点儿只除衫袖知。盼佳期,一半儿才干一半儿湿。

【注释】

①一半儿:曲牌名,属北曲仙吕宫。与词牌《忆王孙》相仿,唯末句七字增为九字。"一半儿"三字重复出现,故名。

②鸦翎:乌鸦的羽毛,黑色。多形容妇女鬓发。水鬓:古代妇女以刨花水涂搽两鬓,梳理后服帖整齐而有光泽,因称妇女之鬓角头发为"水鬓"。

③小颗颗:指很小。

④左猜:起疑,猜疑。

⑤髼(péng)松:头发松散杂乱的样子。

⑥和泪:带泪,伴着泪水。开缄(jiān):打开书信封口。

⑦耽(dān):经受,承受。

⑧恁(nèn):代词,这么,如此。岩岩:形容瘦削柔弱的样子。

⑨将来:拿过来。拈(niān):用两三个手指头夹、捏取物,泛指夹、取、拿、持。

⑩孜孜:"孜孜"的谐音,专心的样子,又急切,恳切,一再。觑(qù):看。了:完毕。

⑪真带草:真书夹带着草书。真书,即楷书,原是隶书的别称,也称正书。草书,为隶书通行后的草写体,取其书写便捷,故又名草隶。

⑫丝挦(xián):撕扯。丝,同"撕",谐音。挦,拉扯、拔取。

⑬宽褪:谓因瘦损而觉衣服肥大。褪,衣装、服饰等穿着或套着的东西因宽松而脱出。缕金衣:即金缕衣。用金线缝制的衣服。

⑭粉悴烟憔:意谓面容憔悴。粉,水粉。烟,应作"胭",胭脂。此以胭脂水粉代指女子容颜。玉肌:白润的肌肤。

【解读】

这四首曲子的大意:

鸦翎般的水鬓像刀剪过一样,小巧的芙蓉花戴上窄额儿,想不梳妆又怕娘猜疑。只好插了金钗,然而头发还是蓬松散乱,金钗也斜斜歪歪的。

信来了带着眼泪怕拆开,怕他说回来却又不回来,如此的事情已再三。这样的相思病儿谁禁得住?越这样我越削瘦如柴,一边儿病在增添,一边儿身体在清减。

拿过书信在手里拈着,在灯下仔仔细细观瞧。两三行字儿,有的端正,有的潦草。情郎的心已远,提起来就越觉得心焦。一边儿撕扯着,一边儿把它烧掉。

自从分别之后金缕衣宽松了好多,面容憔悴身体消瘦,流了多少眼泪只有衫袖知道。盼望与心上人早日相见,衫袖刚干了一半,另一半又被泪水打湿了。

元人小令多取材于市井,歌咏艳情以及欢爱,词语大都直率暴露,有时更是决绝痛快。但王和卿这一组小令,风格却与之迥然相异。它主题写离情,写一位女子从情郎远离,由思念转忧愁,以至生病瘦损,终至以泪洗面的一个过程。这个过程是渐进的,由徘徊、希望至害怕、焦虑、失望、决绝,再至期盼,逐层加重,逐层深入,痴绝愁亦绝,婉转缠绵,写尽女子离情之浓重以及难以排遣之苦,情感十分细腻,描画亦极生动。每首小令结尾,用两个"一半儿",音韵上也呈现沉着顿挫之妙。

〔越调〕天净沙　　　　白　朴

春

春山暖日和风,阑干楼阁帘栊①,杨柳秋千院中②。啼莺舞燕,小桥流水飞红③。

夏

云收雨过波添,楼高水冷瓜甜,绿树阴垂画檐④。纱厨藤簟⑤,玉人罗扇轻缣⑥。

秋

孤村落日残霞,轻烟老树寒鸦,一点飞鸿影下⑦。青山绿水,白草红叶黄花。

冬

一声画角谯门⑧,半庭新月黄昏,雪里山前水滨。竹篱茅舍,淡烟衰草孤村。

【作者简介】

白朴(1226—1306?),原名恒,字仁甫,后改名朴,字太素,号兰谷。祖籍河曲隩州(今山西河曲),后徙居真定(今河北正定),晚岁寓居金陵(今江苏南京),终身未仕。杂剧、散曲作品以绮丽婉约见长。与关汉卿、马致远、郑光祖并称为"元曲四大家"。所作杂剧今知有十六种,现存《梧桐雨》《墙头马上》《东墙记》三种。散曲有小令三十七首,套数四套。

【注释】

①帘栊:窗帘和窗牖,也泛指门窗的帘子。代指闺阁。南唐李煜《捣练子》:"无奈夜长人不寐,数声和月到帘栊。"

②秋千:我国民间传统体育运动。在木架或铁架上悬挂两绳,下拴横板。人在板上或站或坐,两手握绳,利用蹬板的力量身躯随而前后向空中摆动。相传为春秋齐桓公从北方山戎引入。

③飞红:落花。

④画檐:有画饰的屋檐。

⑤㡡(chú):古代一种似橱形的帐子。簟(diàn):竹席。

⑥罗扇:古纨扇之一种。罗,稀疏而轻软的丝织品。轻缣(jiān):轻软的缣衣。缣,双丝织的浅黄色细绢。这里指用缣制作的衣服。

⑦一点飞鸿影下:秋雁从天空飞过,影子投在地上。

⑧画角:古管乐器。传自西羌。形如竹筒,本细末大,以竹木或皮革等制成,因表面有彩绘,故称。发声哀厉高亢,古时军中多用以警昏晓,振士气,肃军容。帝王出巡,亦用以报警戒严。谯门:谯楼之门,建有瞭望楼的城门。谯,谯楼,古代城门上建的楼,可以瞭望。

【解读】

白朴共有四首《天净沙》,分别题名《春》《夏》《秋》《冬》。

第一首写的是"春"。通过远、近、中场景描写和人物感受来刻画春日之美。曲中出场的人物应当是一位年轻的女子,她站在楼阁上的栏杆之旁,帘栊之下,用她的视觉、听觉和触觉来观察、体验春日的景象和变化。第一句用三个意象排列,首先出现在她眼中的是"春山",这用的是远景刻画;然后阳光温暖,微风和畅,这是切身的触觉反映。第二句写出观察者位置,用的是近景布置。第三句直到最后,仍是通过视觉和听觉来生动地描画庭院喧闹的气氛以及小桥流水、落英缤纷的情景,用的是中景构画,主要线条清晰,且富于变化。其中,最能够体现春天特征的几个词是"暖日和风"及"杨柳",而最能显示庭院中生机的景物是"啼莺舞燕"和"飞红"。有动有静,由远到近,层次清楚,通过不同空间层次、特定人物感受,多维度地营造出一片温暖、轻柔的气氛,完美地展示了一幅充满生机的暖春全景。

第二首写"夏"。跟第一首一样,通篇都是意象的堆积。作者通过选取与夏日有关的事物,用写生手法,错综排比,寥寥几笔,勾画出一幅宁静优美的夏日图。前三句是第一个层次:云收雨霁,流水波添,楼显得比平时高,水散发着凉爽的气息,雨后的瓜也似乎显得比平时甜了,绿树的树阴一直垂到画檐。后两句是第二层次,画面上出现了人物:纱帐中的藤席上,一个身着轻缣夏衣、手执罗扇的年轻女子,静静地消受着宜人的时光。小令描绘了一幅静谧、清爽的夏景,没有人们熟悉的夏天的躁热、喧闹。全篇用白描,简洁、清晰得如同线描画。其次,作者特意选择雨后的片刻,将夏日躁动的特征,化为静态:云收雨过,绿荫低垂,就给人一种清爽、恬静、悠闲的感受。第三,本曲突出的是一种情绪体验,"楼高水冷瓜甜",正是这一具体情景下的独特感受。

第三首写"秋"。此曲开篇先绘出了一幅秋日黄昏图,营造出一种宁静、寂寥的氛围,再以各种意象并列组合的形式,选取典型的秋天景物,由远及近,描绘出一幅色彩绚丽的秋景图。至此,读者眼前的秋景也由先前的萧瑟、寂寥变为明朗、清丽了。此曲仅二十八字,但语言简练优美,意义深刻。首二句以"孤村"领起,着意渲染秋日黄昏的冷寂。

"一点飞鸿"给阴冷的静态画面带来了活力,造成曲子抒发情感的转移。接着用青、绿、白、红、黄五色,由远及近、由高到低,多层次多侧面立体交叉式地描绘出秋日美丽的景象,使整个画面充满了诗意。"一点飞鸿"写得特别巧妙,它不经意地将作者的身份影入图中,它与李白的《送裴十八图南归嵩山》"举手指飞鸿,此情难具论。同归无早晚,颍水有清源"中的"飞鸿"有着异曲同工之致,都暗喻作者本人。白朴不愿在朝廷中谋职,却希望自己像一只展翅高飞的鸿雁,飞离那种萧瑟、冷清、没有生气的地方,寻找到自己感到满意的有生机的乐土。因此"影下"的这片"青山绿水,白草红叶黄花"之地,读者可以理解为是作者的归隐之地,是作者的心中之景。此曲情调开朗平和,没有一点消极之感,极富艺术张力,一笔并写两面,成功地将秋日迟暮萧瑟之景与明朗绚丽之景融合在一起,把赏心悦目的秋景作为曲子的主旋律,不失为一篇写秋杰作。

第四首写"冬"。该曲选择一个黄昏的城郊作为具体环境。冷月黄昏,雪山水滨,已是清寒凛冽;淡烟衰草,茅舍孤村,又显寂寥冷落;更有谯门一声寒角,平添一分悲凉,空气中弥漫的是孤寂和无助的忧伤。它与上一首《秋》在写法上相近。其一,都是字字写景,全未直接抒发、陈述作者的情感。作品所要表现的情绪意蕴,是在对景物的描述中透露、折射出来的。其二,都是通过一组自然景物的意象组合,来构成一幅富有特征的画面。另外,这支曲子所表现的情感,也不是一时一地有特定具体内容的情感,它所传达的,是一种情调,一种意绪,一种内心状态。从时序上说,《天净沙·秋》写了落日残霞,而这首曲子写的是落日已经隐没山后,新月已经现于天际。从"秋"到"冬",从"情"到"景",都是从寥落、凄清进一步发展为悲凉和无望的孤寂。

人们或许可以把《天净沙》四首不仅理解为对季节更替的描绘,而且进一步理解为对情感和人生体验,从欢快而明净到寥落、孤寂的发展。这样,这四支曲子所构成的便是内部情感联系的整体了。

〔双调〕驻马听① 白朴

吹

裂石穿云②,玉管宜横清更洁③。霜天沙漠,鹧鸪风里欲偏斜。凤凰台上暮云遮④,梅花惊作黄昏雪⑤。人静也,一声吹落江楼月。

【注释】

①驻马听:曲牌名。北曲属双调,字数定格为四、七、四、七、七、七、三、七,共八句。

②裂石穿云:裂开石头,穿越云霄,形容笛声高亢。

③玉管:玉制的管乐器,这里指笛子。横:横吹。清更洁:形容格调清雅纯正。

④凤凰台:见前杨果《〔越调〕小桃红》注⑯。

⑤梅花惊作黄昏雪:梅花被笛声惊吓,纷纷如雪片飘落。李白《与史郎中钦听黄鹤楼上吹笛》:"一为迁客去长沙,西望长安不见家。黄鹤楼中吹玉笛,江城五月落梅花。"

【解读】

这首小令,通过对笛声的描绘表现了吹笛人的高超技艺。作者运用通感的手法,借助想象和比喻,立体地再现了悠扬清雅的笛曲。全曲虽然很短,但却包蕴丰富,层次分明而衔接浑成。

一、二句写笛声突兀而起,将"裂石穿云"这一异常鲜明而突出的形象突如其来地布陈于读者的面前,"苦调凄金石"的音响效果和"石破天惊逗秋雨"的形象效果充分调动了读者的听觉和视觉,高度集中于这支响彻云霄的曲子上;中间四句写笛子吹奏,作者用了"霜天"

"沙漠""鹧鸪""暮云""梅花""雪"等视觉形象,让读者通过联想感受笛曲的苍凉、旷远、凄清的意境以及摄魂夺魄的艺术魅力;以凤凰台上萧史、弄玉的典故暗示吹奏者具有仙人一般非同凡响的高超技艺;结尾两句写曲终,以极度夸张的"落月"效果收束全篇。月落无声,映衬出笛声的无穷魅力,仿佛世界万物都深深地沉浸于乐声之中。神思绵眇,意境悠远,余音绕梁,完成了对笛声艺术魅力的刻画和渲染。

作者在短短的八句中,写出了三个阶段笛声的变化特点:起处的突兀,中间的丰富,结尾的余韵;更以丰富的联想,贴切的比喻,生动的夸张,自然巧妙、毫无斧凿之痕的用典写出了自己对笛曲的独特感受。

〔双调〕沉醉东风①   白朴

渔　夫

黄芦岸白蘋渡口②,绿杨堤红蓼滩头③。虽无刎颈交④,却有忘机友⑤。点秋江白鹭沙鸥⑥。傲杀人间万户侯⑦,不识字烟波钓叟⑧。

【注释】

①沉醉东风:曲牌名,入双调。剧曲、套数、小令兼用。首二句对。三、四句可作五字句,也须对。末句偶有叶平韵者。

②芦:芦苇。蘋:田字草,多年生水生蕨类植物,茎横卧在浅水的泥中。

③蓼(liǎo):一种水边生长的草本植物,开白色或浅红色的小花。

④刎颈交:谓友谊深挚,可以共生死的朋友。刎颈,割脖子,自杀。

《史记·张耳陈余列传》:"余年少,父事张耳,两人相与为刎颈交。"司马贞索隐:"崔浩云:'言要齐生死,断颈无悔。'"

⑤忘机友:没有机巧之心的朋友。

⑥点:一触着水面即起。或作"点缀"解。

⑦傲:作动词,指蔑视,不屈。杀:用在谓语后面,表示程度深。万户侯:本指汉代食邑万户的侯爵,泛指高官显贵。

⑧烟波:指烟雾苍茫的水面。引申指避世隐居的江湖。钓叟:钓翁,渔翁。

【解读】

本曲大意:金黄的芦苇铺满江岸,白色的浮萍飘荡在渡口,碧绿的杨柳耸立在江堤上,红艳的水蓼渲染着滩头。虽然没有生死之交,却有毫无机心的朋友。他们就是那些点缀在秋江上自由自在的鸥鹭。那不识字的老渔翁在烟水茫茫的秋江上垂钓,真比那些达官贵人自在、幸福得多!

此曲描绘一个理想的渔翁形象,通过对他的自由自在的垂钓生活的描写,表现了作者不与达官贵人为伍、甘心淡泊宁静生活的情怀。

一、二两句,对仗工整,写景如画。所画的景物是精心选择的,整个环境也是精心选择的。作者选取"黄""白""绿""红"四种颜料渲染他精心选择的那四种景物,不仅获得了色彩明艳的效果,而且展现了特定的地域和节令。看到"黄芦""白蘋""绿杨""红蓼"相映成趣,就会想到江南水乡的大好秋光。而秋天,正是垂钓的黄金季节。让"黄芦""白蘋""绿杨""红蓼"摇曳于"岸边""渡口""堤上""滩头",这又不仅刻画出渔翁活动的场所,同时渔翁在那些场所里怎样活动,以及以一种什么样的心态在活动,也不难想象了。三、四两句,写渔翁的朋友,是忘机的鸥鹭。五句写鸥鹭在秋江上点水嬉戏、款款而飞,那位大字不识的烟波钓叟,其自由自在的境界与鸥鹭多么相像啊!一句"傲杀人间万户侯",就将渔翁追求自由的高尚品德直白地表达出来,这也是作

35

者所要传达的心声。

  元代统治者把人分为十等,即一官、二吏、三僧、四道、五医、六工、七猎、八娼、九儒、十丐(郑思肖《心史》),读书人列为九等,居于八等的"娼"之下、末等的"丐"之上,其地位之低贱亦显见所受到的歧视和苛待,有人认为当代"臭老九"一词亦源于此。所以当时的读书人不敢议政,就将精力下潜民间,这也间接造成了以市井为基础的元曲的兴盛,元曲很多市井调笑或者避世隐居的话题,正是政治高压状态下不敢直面发抒心声的反映。

  这首小令语言清丽、风格俊逸,表达了备受压抑的知识分子所追求的理想境界,因而在当时就赢得了人们的喜爱。

〔双调〕庆东原[①]

白　朴

  忘忧草[②],含笑花[③],劝君闻早冠宜挂[④]。那里也能言陆贾[⑤],那里也良谋子牙[⑥],那里也豪气张华[⑦]?千古是非心[⑧],一夕渔樵话[⑨]。

【注释】

  ①庆东原:又名《郓城春》,曲牌名,属双调,用于剧曲、散曲套数和小令。

  ②忘忧草:即萱草。古人以为种植此草,可以使人忘忧,故称忘忧草。

  ③含笑花:花名。木兰科,常绿灌木,小枝被棕色毛。初夏开花,色象牙黄,染红紫晕,开时常不满,如含笑状,有香蕉气味。产于我国南部。

  ④闻早:趁早,赶早。冠宜挂:"宜挂冠"的倒装。挂冠,晋袁宏《后

汉纪·光武帝纪五》:"(逢萌)闻王莽居摄,子宇谏,莽杀之。萌会友人曰:'三纲绝矣,祸将及人。'即解衣冠,挂东都城门,将家属客于辽东。"《后汉书·逸民传·逢萌》亦载此事。又,南朝梁陶弘景,于齐高帝作相时,曾被引为诸王侍读。他家贫,求作县令不得,乃脱朝服挂神武门,上表辞禄。见《南史·隐逸传下·陶弘景》。后因以"挂冠"指辞官、弃官。

⑤那里也:哪里去了,设问句。陆贾:汉高祖刘邦谋臣,因能言善辩,常出使诸侯。两度出使南越,招抚赵佗归汉。吕后时,说服陈平、周勃等同力诛吕。

⑥子牙:即姜子牙,著名贤相。先辅佐周文王治理国家,后辅佐周武王伐商灭纣,被尊为师尚父,受封于齐。

⑦张华:西晋大臣、文学家。晋武帝时拜中书令,加散骑常侍,力主伐吴。灭吴后持节都督幽州诸军事,虽为文人而有武略,故称豪气张华。他博闻强记,编纂有中国第一部博物学著作《博物志》。

⑧是非心:辨别是非、褒贬得失之心。

⑨渔樵话:意思是成了渔翁、樵夫这类闲人谈天说地的话题。

【解读】

忘忧是要忘记忧愁,忘记烦恼;含笑,对任何事都面带笑容,这就是说得失已经不放在心上,能够从容面对人世间的一切。作者借这两种植物起兴,叙写挣脱名利的束缚,从容自得的心情,并且以此劝告世人,挂冠宜早,要不为忧愁所扰、不为得失挂怀,做一个真实、自在的自己。这是作者在看透了人世的纷争、虚无之后对人生的看法。用忘忧草和含笑花作为引子,很适当地表达了本曲的主旨。

中间三句,主要是议论,作者用"能言陆贾""良谋子牙""豪气张华"这三个著名历史人物终归沦亡的事实,说明人生短暂,追求功名利禄的不必要。他们的辨别是非之心、经世济民之业,终究只是渔夫樵子的一夜谈资罢了,其意义也只在于此。所以借此证明人毋须扭曲性情,以追逐身外之物,而是要把握当下、放飞自我。

本曲看似消极,表现为一种虚无主义的价值观,但在对待人生的态度上并不消极,相反是很积极的。曲子所要表现的是作者所要追求的一种无忧无虑、不为俗世所束缚牵绕的自主的生活,在终极的人生意义上说,这种理想具有超然的价值。

〔仙吕〕醉中天   白 朴

佳人脸上黑痣

疑是杨妃在①,怎脱马嵬灾②。曾与明皇捧砚来③,美脸风流杀④。叵奈挥毫李白⑤,觑着娇态⑥,洒松烟点破桃腮⑦。

【注释】

①杨妃:即杨贵妃,名玉环,号太真。唐玄宗的宠妃,是古代著名的美人之一。姿质丰艳,善歌舞,通音律。

②马嵬(wéi)灾:指马嵬驿兵变。安史之乱爆发后,唐玄宗仓皇由长安出逃,奔向四川,行至马嵬坡,为平息兵谏,不得不赐白绫令杨贵妃自缢。《旧唐书·杨贵妃传》:"及潼关失守,从幸至马嵬。禁军大将陈玄礼密启太子诛国忠父子,既而四军不散。玄宗遣力士宣问,对曰:'贼本尚在。'盖指贵妃也。力士复奏,帝不获已,与妃诏,遂缢死于佛室,时年三十八。"马嵬,在陕西兴平。

③捧砚:相传李白为唐玄宗挥毫写新词,杨贵妃为之捧砚,高力士为之脱靴。

④杀:用在谓语后面,表示程度深。

⑤叵(pǒ)奈:同"叵耐",不可容忍,可恨。
⑥觑(qù):本意指伺视或窥视,这里是看的意思。
⑦松烟:松木燃烧后所凝之黑灰,是制松烟墨的原料。这里指墨汁。桃腮:形容女子粉红色的脸颊。

【解读】

此曲描画佳人的情态,主要就其一个最主要的特征着笔,那就是佳人脸上的黑痣。短短三十九字,有故事,有情节,有悬念,寥寥几笔,描画尽致,堪称妙绝。

前面两句是铺垫,极写佳人美貌。作者一开始就用怀疑的字眼引出佳人,好像杨贵妃马嵬遇难,逃过一劫,到现在还好生生地活在世上。这是点出佳人之美。杨贵妃天生丽质,倾城倾国,作者将曲中的女子比作杨妃,题中的"佳人"二字就得到了证实。但她是怎样逃脱马嵬之灾的呢?这给人提出疑问。是因为佳人脸上有一颗黑痣,不免让人对此脱灾的经过有种种遐想,也许是马嵬驿兵变时所留下的印迹罢?但在接下来的两句中,作者故意按下这种种悬念不表,而是借唐明皇召供奉翰林李白撰制新词,贵妃捧砚的典故,更突出佳人既美而且妖娆多姿的情态,写佳人受人喜爱的程度之深。在人们心痒难挠之际,最后三句笔锋一转,突然云开雾散,解除悬念。佳人脸上的黑痣是怎么来的?原来是贵妃为李白捧砚时,其美不可方物,把李白深深地吸引住,因偷看"娇态"之故,不小心将墨汁点染在了她的脸上,所以这个黑痣才留了下来。故事风流而香艳,情节迂回而曲折,益增佳人之美。

全曲构思新巧,想象大胆,描画夸张,将佳人风流的娇态写得生动形象,充满谐趣。

〔越调〕平湖乐①   王 恽

鉴湖秋水碧于蓝②,心赏随年淡③。柳外兰舟莫空揽,典春衫④,舣船一棹汾西岸⑤。人间万事,暂时放下,一笑付醺酣⑥!

平阳好处是汾西⑦,水秀山挼翠⑧。谁道微官淡无味?锦障泥⑨,路人争笑山翁醉。西山残照,关卿何事⑩,险忙杀暮鸦啼。

采菱人语隔秋烟⑪,波静如横练⑫。入手风光莫流转⑬,共留连⑭,画船一笑春风面⑮。江山信美,终非吾土⑯,问何日是归年?

【作者简介】

王恽(1227—1304),字仲谋,号秋涧。卫州汲县(今河南卫辉)人。中统元年(1260),姚枢宣抚东平,辟王恽为详议官,擢为中书省详定官。二年春,转翰林修撰,同知制诰,兼国史院编修官。至元五年(1268)迁御史台,拜监察御史,九年授承直郎、平阳路总管府判官,十四年除翰林待制,拜朝列大夫,二十九年授翰林学士、嘉议大夫。元贞元年(1295)加通政大夫、知制诰,同修国史。王恽为元好问弟子,为文不蹈袭前人,独步当时。有《秋涧先生大全集》一百卷,其中《秋涧乐府》四卷,专收其词曲作品,近人从中摘出小令四十一首。

【注释】

①平湖乐:曲牌名,即《小桃红》。

②鉴湖:像镜一样的湖。

③心赏:心情欢畅。

④典:抵押,典当。

⑤觥船:亦作"觥舡"。容量大的饮酒器。这里指载酒的船。棹:船桨。此指划船。汾(fén):水名。即汾河。源出山西宁武管涔山,至河津西入黄河。

⑥醺酣:酣醉貌。

⑦平阳:古尧都。在今山西临汾西南十八里金殿镇。春秋时为晋大夫羊舌氏邑。晋顷公十二年(前514)置平阳县。《史记·五帝本纪》正义引《帝王世纪》云:"尧都平阳,于《诗》为唐国。"《汉书·地理志》河东郡平阳县注引应劭曰:"尧都也,在平河之阳。"

⑧挼(ruó):揉搓,摩挲。

⑨障泥:垂于马腹两侧,用于遮挡尘土的东西。

⑩关:关涉。

⑪秋烟:秋日的烟霭。

⑫横练:横铺着的白绢。

⑬入手:到手。流转:流动转移。

⑭留连:沉醉,留恋,舍不得离开。

⑮春风面:比喻美丽的容貌。语出杜甫《咏怀古迹》之三:"画图省识春风面,环佩空归月夜魂。"

⑯江山信美,终非吾土:江山确实很美,但终究不是我的乡土。语出王粲《登楼赋》:"虽信美而非吾土兮,曾何足以少留!"

【解读】

王恽《平湖乐》共有十首,为其任平阳路(治所在今山西临汾)总管府判官时所写。这是其中的三首。曲词淡雅整饬,风格清新明快,遣词造句则明显可以看出受到唐宋词的影响。

第一首,通过写迷恋汾西平湖美景,表达了随遇而安、及时行乐的人生态度。前三句着意写面对眼前景物的心境。"鉴",比喻明洁如镜的水面。宋秦观《游龙瑞宫次程公韵》:"藕花红绕鉴中开。""心赏",指心情欢畅。随着年岁的增长,心情也变得淡寂了。汾西平湖的景色使人赏心悦目,莫若乘着柳堤里的兰舟饱览一番。以下两句则写出急于欣赏汾西之景的心情。"典春衫",典当春衫,倾其所有,尽兴一游。"觥船",指容量大的饮酒器。唐杜牧《题禅院诗》:"觥船一棹百分空。"最后三句避开写景,直写陶醉心态。这里并非指醉酒,而是写对大自然的迷醉。人间万事都丢开不管,只痴迷于景物,足见风光迷人和作者的陶醉程度了。而正是这种陶醉,也将万事烦恼抛向九霄云外,及时行乐的情怀也由此得到充分表现。本篇写赏景,但并不着意于写景,而是直写作者的情感,从而透露景的不凡。

第二首,主要写在大自然美景中的自我满足与自得其乐。头三句直写汾西是平阳景色的最佳所在,由此也写出美景的意义与价值。"谁道微官淡无味?"以反问的句式肯定了汾西美景给人的无限乐趣。"锦障泥"二句,写作者游览时的陶醉情态惹得行人都觉得有趣和好笑。锦障泥,就是用锦缎制成的障泥,此处马饰的华贵写出作者对赏景的郑重。"山翁",则是作者的自称。最后三句写人与鸦的对话,这不可能的对话表明作者彻底忘记了人间,变成了自然的一份子,而醉意也由此被进一步强化了。整首小令紧扣作者的感受来写,自由挥洒,本色自然。

第三首是一首抒情小令,作者借思乡以怀故园,表达了切盼撇身官场,归隐山泽的情怀。小令大意是:隔着秋日的烟霭,采菱人互相说着话,水波静静地如同横卧在那里的白色丝绢。我知道,到手的美丽风光千万不要让它轻易溜走,且让我们共同沉醉其中。画船里正欢笑着的是那些美丽的容颜。这里确实非常美丽,但终究不是我的家乡。我不禁暗问自己,什么时候才能回归故乡呢?此曲前半写游湖所见之景,后半抒忧思慕归之情。景写得轻盈洒脱,情抒得委婉真挚。情景交融,意趣横生。

〔双调〕沉醉东风　　　　胡祗遹

月底花间酒壶①,水边林下茅庐。避虎狼②,盟鸥鹭③,是个识字的渔夫。蓑笠纶竿钓今古④,一任他斜风细雨⑤。

渔得鱼心满愿足⑥,樵得樵眼笑眉舒⑦。一个罢了钓竿,一个收了斤斧⑧。林泉下偶然相遇⑨,是两个不识字渔樵士大夫,他两个笑加加的谈今论古⑩。

【作者简介】

胡祗遹(1227—1295),字绍开,号紫山。磁州武安(今属河北)人。中统初辟为员外郎。至元元年(1264),授应奉翰林文字,兼太常博士。后出为河东山西道提刑按察副使、荆湖北道宣慰副使。至元十九年(1282)任济宁路总管,后任山东东西道提刑按察使,治绩显著。后召拜翰林学士,未赴,改任江南浙西道提刑按察使,不久以疾辞归。祗遹学出宋儒,著述较丰,有诗文集《紫山大全集》,今存二十六卷。《全元散曲》录存其小令十一首。明朱权《太和正音谱》评其词"如秋潭孤月"。

【注释】

①月底花间酒壶:语出李白《月下独酌》:"花间一壶酒,独酌无相亲。举杯邀明月,对影成三人。"

②避虎狼:避开虎狼。虎狼,比喻凶残或勇猛的人。这里指大奸大恶之高官显贵。

③盟鸥鹭:与鸥鹭结盟,与鸥鹭做朋友。这里指从官场隐退。鸥和鹭都是无机心的动物。语出《列子·黄帝》:"海上之人有好沤鸟者,

每旦之海上,从沤鸟游,沤鸟之至者百住而不止。其父曰:'吾闻沤鸟皆从汝游,汝取来,吾玩之。'明日之海上,沤鸟舞而不下也。"沤鸟,即鸥鸟。

④蓑笠纶竿:蓑衣、斗笠、钓丝、钓竿,这些都是渔夫的工具。

⑤斜风细雨:细密的小雨随风斜落。唐张志和《渔歌子》:"青箬笠,绿蓑衣,斜风细雨不须归。"

⑥渔得鱼:渔夫钓到了鱼。

⑦樵得樵:樵夫得到了柴薪。前一个"樵"是指打柴人,樵夫;后一个"樵"指柴薪。

⑧斤斧:斧头。

⑨林泉:山林与泉石,指隐居之地。

⑩笑加加:同"笑哈哈"。

【解读】

第一首,描写隐逸生活的自由自在,悠闲安逸。"避虎狼,盟鸥鹭"表现出作者对官场纷争的厌倦以及对大自然的向往。做个"识字的渔夫"是主人公理想的生活。但这只是表面的,而在内心深处,则从"钓今古"等字里行间显示其情非得已的一面,作者虽然厌弃官场,但并未忘情世事。"识字的渔夫"一语,隐隐地抒发了他满腹经纶而无所展用的一腔牢骚和愤懑。

第二首,写读书人沉沦下僚,隐迹林泉,钓鱼打柴,各有所得;偶然相遇,笑哈哈地谈今论古,乐在其中,心满意足。此曲的感情是矛盾的,看似快乐,但在表面"笑加加"的底下,隐藏着元代读书人地位卑贱、待遇险恶的痛苦,其超脱的情绪中,寓有深刻的幽愤与无奈。

〔中吕〕十二月过尧民歌① 　　王实甫

别　　情

自别后遥山隐隐②,更那堪远水粼粼③。见杨柳飞绵滚滚④,对桃花醉脸醺醺⑤。透内阁香风阵阵⑥,掩重门暮雨纷纷⑦。　　怕黄昏忽地又黄昏⑧,不销魂怎地不销魂⑨?新啼痕压旧啼痕,断肠人忆断肠人⑩。今春,香肌瘦几分⑪,搂带宽三寸⑫。

【作者简介】

王实甫(1234—1294),名德信。大都(今北京)人。元代著名戏曲作家。曾出仕,"治县有声,擢拜陕西行台监察御史"。由于一贯秉公办事,常"与台臣议不合",于是"年四十余,即弃官不复仕"。之后,便从事杂剧创作,直至终老。所著杂剧十四种,今存《西厢记》《破窑记》《丽春堂》三种。其作品"铺叙委婉,深得骚人之趣,极有佳句,如玉环之出浴华清,绿珠之采莲洛浦"(明朱权《太和正音谱》),故称其曲词风格曰"花间美人"。王实甫与关汉卿齐名,其作品全面地继承了唐诗宋词精美的语言艺术,又吸收了元代民间生动活泼的口头语言,创造了文采璀璨的元曲词汇,成为中国戏曲史上"文采派"的杰出代表。散曲存小令一首,套数三套(其一残)。

【注释】

①中吕:宫调名。中吕所属曲牌,据《九宫大成谱》所载,包括北曲五十六支及南曲一百四十四支。十二月过尧民歌:中吕宫带过曲,由《十二月》与《尧民歌》两个曲牌组成。《十二月》,曲牌名,句式为六个七字句,六句四韵。《尧民歌》,只作带过曲用,无独用者,其定格句式

为七七、七七、二五五,七句七韵。

②遥山隐隐:远山隐隐约约。这里用作双关,是说别时情景隐约还在心上。

③粼粼(lín):水流清澈貌,水石闪映貌。

④飞绵:指飘飞的杨花柳絮。

⑤"对桃花"句:暗用崔护《题都城南庄》"人面桃花相映红"诗意。醺醺(xūn),酣醉的样子。

⑥内阁:贵族妇女的居室,闺房。

⑦掩重门:把一重重的门关上。重门,一重重的门,言门之多,喻庭院之大而深。

⑧忽地:忽然,突然,表示时间极短。

⑨怎地:亦作"怎的"。怎样,如何。

⑩断肠人忆断肠人:第一个"断肠人"是思妇说自己,下边的"断肠人"是指被思念的一方。断肠,形容极度思念或悲痛。

⑪香肌:含香味的肌肤,形容女子的肌肤。

⑫揉带:裙带,泛指衣带。宽三寸:是说人憔悴瘦损,体不胜衣。

【解读】

本曲是一首带过曲,由两部分组成,前一部分为《十二月》,后一部分为《尧民歌》。

此曲着意描写春日深闺中一女子与情人别后的相思深情。开篇点题,用"自别后"三字统领全篇。"遥山""远水"是离别后相距之遥远的空间范围的展现,空间的辽阔无边,暗暗映衬着相思之情的茫茫无际。一、二两句是远景,三、四两句则转向近景,以杨花飘飞、桃花盛开之美景反衬其悲情。五、六两句进入室内的环境描写,展现了"内阁""重门"之后,又写到室外,以"暮雨纷纷"和"香风阵阵"构成了内外环境氛围的极不协调,这也正是主人公内心矛盾痛苦的一种暗示。其后之《尧民歌》直接抒怀。"怕黄昏"二句上承"暮"字而来,写黄昏暮色之中,别魂暗销;接着写整日悲哭,柔肠寸断;最后化用古诗"相去日已远,衣带日已缓"和柳永《蝶恋花》"衣带渐宽终不悔,为伊消得人憔悴"等句意,以形体之瘦,衬相思之深、别离之苦。《十二月》为景语,然景中有情;《尧民歌》为情语,又情中有景。前曲以连珠对形式构成一连串精整的排比,且连用六对叠字;后曲用钩连回环之句,又构成对仗,读起来淋漓酣畅,一气流注。

本曲对仗工整,格调和谐美妙,音辞哀婉动人;善用叠字和回环句式,对别绪的渲染和深情的抒发起到了重要的推进作用。周德清《中原音韵·作词十法》评此曲云:"对偶、音律、平仄、语句皆妙。"可谓赞赏备至。

〔仙吕〕一半儿 关汉卿

题　情

云鬟雾鬓胜堆鸦①,浅露金莲簌绛纱②。不比等闲墙外花③。骂你个俏冤家④,一半儿难当一半儿耍⑤。

碧纱窗外静无人,跪在床前忙要亲。骂了个负心回转身。虽是我话儿嗔⑥,一半儿推辞一半儿肯。

【作者简介】

关汉卿,原名不详,字汉卿,号已斋(又作一斋、已斋叟)。解州(今山西运城)人。一说大都(今北京)、祁州(今河北安国)。约生于金末,卒于元成宗大德(1297—1307)年间。生平事迹不详。元钟嗣成《录鬼簿》称其曾任"太医院尹"。元邾经《青楼集序》载:"我皇元初并海宇,而金之遗民若杜善夫、白兰谷、关已斋辈,皆不屑仕进,乃嘲风弄月,留

47

连光景。"元杂剧奠基人,被誉为"曲圣"。与白朴、马致远、郑光祖并称为"元曲四大家"。所作杂剧今知有六十余种,现存十八部,有《窦娥冤》《救风尘》《拜月亭》《调风月》《望江亭》等。散曲今存小令五十七首、套数十三套。

【注释】

①云鬟雾鬓:头发像飘浮萦绕的云雾,形容女子头发秀美。鬟,古代妇女的环形发髻。鬓,脸旁靠近耳朵的头发。堆鸦:形容女子发黑而美,像乌鸦黑色的羽毛堆集。

②浅露:犹微露。金莲:指女子的纤足。簌(sù):抖动,摆动;或作拟声词,犹"簌簌"。绛纱:指红色的纱裙。

③等闲:寻常,平常。墙外花:墙外的花朵,野花,喻指外面的女子,多含贬义。

④俏冤家:对所爱者、情人的昵称。

⑤"一半儿"句:一半儿使气,一半儿戏耍。或说一半儿真骂,一半儿假骂。难当,犹使气,生气。

⑥嗔(chēn):责怪,埋怨。

【解读】

《一半儿·题情》是组曲,由四首小令组成,这里选前面两首。这两首曲子用同一曲调,调各一韵,描绘一对青年男女在恋爱过程中调笑嬉戏的情景。曲子写得大胆泼辣,略无顾忌,体现了俗曲当行的本色。

第一首曲子,直写一对青年男女的欢会之情。前两句,写女子从头写到脚,全方位描画女子的端庄秀美。第一句写女子的头发黑亮且秀美,有一种不经意藏在"云鬟雾鬓"之中,云飘雾绕,现娇美之状;"胜堆鸦",则极言其发黑,显示其年轻之态。这点明女主人公是一位非常年轻且姿态秀美的女子。第二句,写女主人公动作,是微露金莲,绛裙摆动,举止端庄,体态窈窕。在男主人公眼里是美艳不可方物,岂是寻常女子可比？因此，第四句，写女子内美外秀，逗引得男主人公心痒难挠、心旌摇荡，于是一见面就不禁脱口而出："你个俏冤家！"这看似斥骂，其实是爱疼之语，类似现今俗语所说"打情骂俏"。继而怕女子生气，赶忙解释那是因为"一半儿难当一半儿耍"，"难当"，因爱之极而不能禁受，是半真半假，将那种男欢女爱表现得淋漓尽致。

第二首，从女子的角度来写男子的鲁莽行为，以及女子欲迎还拒的心理活动和情态，十分生动逼真。夜深人静，男子跪在床前求情寻欢，一个"忙"字将男子那种简单、外露、急躁的情感表达方式表现得淋漓尽致。"骂了个负心回转身"一句连写两个动作，揭示出此时此刻女子外表生气、内心欢喜的心理活动。"痴情女子负心汉"，这是几千年来中国女性潜意识的反映，所以不难理解此时女子不是即时应允、投怀送抱而是表示出她欲迎还拒的一种东方女性的羞涩与矜持。"虽是"两句与上边照应，进一步揭示女子外嗔内喜，渴望接受"亲"的心态。"推辞"是假，"肯"才是真；"推辞"是"嗔"的延伸，"肯"是女子真情的自然外显。"一半儿推辞一半儿肯"，把女子那种半嗔半羞、半推半就的心理和神态活脱脱地表现出来。

曲子表现男欢女爱非常直接，这是曲子与词的极大区别。写男女情感，词一般表现得比较婉约，多用比喻、象征手法，曲折描摹，婉转抒情；而曲子多采用直陈白描的手法，写得非常直率，淋漓尽致，不留余味，表现出俚俗的一面，故有"宋词之所短即元曲之所长"之说。

〔南吕〕四块玉①   关汉卿

闲　　适

适意行，安心坐，渴时饮饥时餐醉时歌，困来时就向莎茵卧②。日月长，天地阔，闲快活。

旧酒投③,新醅泼④,老瓦盆边笑呵呵,共山僧野叟闲吟和⑤。他出一对鸡,我出一个鹅,闲快活。

意马拴,心猿锁⑥,跳出红尘恶风波,槐阴午梦谁惊破⑦?离了利名场,钻入安乐窝,闲快活。

南亩耕⑧,东山卧⑨,世态人情经历多,闲将往事思量过。贤的是他,愚的是我,争甚么⑩!

【注释】

①南吕:宫调名。四块玉:曲牌名,入南吕宫。定格为三三七、七、三三三,七句五韵。

②莎(suō)茵:指草坪。莎,草名,即莎草。茵,指成片的嫩草。

③投:本作"酘"(dòu)。酒再酿。

④新醅(pēi)泼:新酿的酒倒出来了。新醅,新酿的酒。醅,未滤去糟的酒,亦泛指酒。

⑤吟和:吟咏唱和。

⑥意马、心猿:心猿意马,比喻人的心思流荡散乱,如猿马之难以控制。汉魏伯阳《参同契》注:"心猿不定,意马四驰。"《维摩诘经·菩萨品》敦煌变文:"卓定深沉莫测量,心猿意马罢颠狂。"

⑦槐阴午梦:即南柯梦。据唐李公佐《南柯太守传》,书生淳于棼醉卧槐荫下,梦为槐安国驸马,任南柯郡太守,荣华富贵,显赫一时。后率师出征战败,公主亦死,遭国王疑忌,被遣归。醒后,在庭前槐树下掘得蚁穴,即梦中之槐安国,南柯郡为槐树南枝下另一蚁穴。

⑧南亩耕:耕种农田。南亩,谓农田。南坡向阳,利于农作物生长,古人田土多向南开辟,故称。《诗经·小雅·大田》:"俶载南亩,播厥百谷。"

⑨东山卧:谓安然隐居。用东晋谢安的典故。谢安曾隐居东山(在今浙江绍兴),后入朝为相。

⑩甚么:即"什么"。

【解读】

《四块玉·闲适》为组曲作品,四首小令歌咏题名"闲适",抒写作者闲适的生活情景,表达其看破红尘、放下名利、参透荣辱、与世无争的思想,也反映了其对黑暗官场的不满情绪,表现其傲岸的气骨与倔强的个性。

第一首曲子是吟咏性情,语言质朴,明白如话。曲子标题为"闲适",自然是描写作者闲适生活的情景,表达其豁达的人生态度。前面四句,是叙写作者行住坐卧日常生活的闲适,后三句叙写其顺自然之性的一种清闲中快乐的情境。但仔细品味,在"闲快活"背后其实积淀着无穷的辛酸和苦闷,这是由当时的社会环境所决定的。元朝实行民族压迫政策,采用"民分四等",即一等蒙古人、二等色目人、三等汉人、四等南人,这一政策固然是为了维护蒙古贵族的特权,但同时也反映了对汉民族的深层压迫和歧视。在具体到阶层行业中,又分人为十级,即一官、二吏、三僧、四道、五医、六工、七猎、八娼、九儒、十丐,将儒生置于"八娼"之后,连娼妓都不如,仅比乞丐地位稍高,读书人的可怜情状由此可见。所以像关汉卿这样的读书人,由过去位在社会上层而突然沦入受欺压的社会底层,所经历的切肤之痛当然非常深刻。那种强烈的失落感,那种迫于形势的不甘及愤懑,自然就有意或不经意地反映在其创作的作品中。所以即使在诗文曲词中他们表面高调表达、渲染那种退隐、超然、闲适的生活态度,但明显地可以看出,那是一种故作的姿态,其潜意识底下,蕴含的是一种抱负难伸、功业难就的浓重失意和哀愁。

第二首曲子描写作者与朋友诗酒欢宴的惬意场面。旧酒已重酿一遍,新酒已经酿熟,几位隐士(山僧野叟)就面对着盛酒瓦盆笑呵呵地坐在一起,相对而饮,吟诗作曲,随意唱和。下酒菜都是各自带来,"他出一对鸡,我出一个鹅",不拘主客,不分彼此,完全是一幅物我相融、快乐自在的隐居闲适图景。在这里,聚集了一批具有共同爱好、共同乐趣和共同志趣的素心人,没有世俗的恩怨,没有官场的尔虞我诈,邻里之间其乐融融,是真正的"闲快活"。场景的描写大有返朴归真的意味。

第三首曲子叙写作者看破红尘、放下名利,希望在归隐中安享晚年的内心情境。以意马心猿开篇,这原是佛教中的典故,《维摩诘所说经·香积品》云:"难化之人,心如猿猴,故以若干种法制御其心,乃可调伏。"又道家也把它作为修行中的障碍,要加以克服。汉魏伯阳《参同契》注:"心猿不定,意马四驰。"在这里,作者引用这个典故,是认为人的名心利欲,有如奔腾的野马、跳跃的山猿,很难控制,只有将它牢牢地拴起锁住,人的心才能专一、安静下来。这说明作者的思想已经达到了专一、安静的境界,已经跳出俗世红尘,远离了那些险恶的风波。接着,用李公佐《南柯太守传》"槐阴午梦"的典故,进一步说明看透人世的名利,那原是如南柯一梦,终归于空,所以不值得留恋。这里的风波,其实就是名利场中的争夺。现在作者已经脱离了名利的争夺,跳出了是非的圈子,从而过上了真正安乐自在的生活,所以觉得十分快活。此曲两用典故,其原典的哲理融入,使作品的内涵得到了丰富,高度也得到了提升。

第四首曲子倾诉了自己为何愿意过闲适的隐居生活的苦衷,可看作是这组小令的总结。他经历了人世间的风风雨雨,看到了贤愚颠倒的混沌现实,没有什么可争的了。曲末一声"争甚么"看似旷达,看似与世无争,但所表达的是作者无力改变现实的无奈和内心的深沉悲愤。"南亩耕",取陶渊明《归园田居》"种豆南山下"诗意,有归田躬耕的意味。"东山卧",用谢安隐居东山的典故。不难得知,作者向往陶渊明、谢安这等高雅之士的隐居生活。但之所以会归隐林泉,并不是作者真的忘情于世事。恰恰相反,他也曾像陶渊明、谢安等人一样有过治国平天下以济苍生的宏伟抱负。但在亲身经历了纷繁的名利场中的险恶风波,看透了是非不分、世态炎凉的社会世相之后,作者终于醒悟。蓦然回首,"闲将往事思量过",明白了自己过往对名利的经营都如过眼云烟,了无意义。像陶渊明、谢安这等人是何等明哲,像自己这等人又是何等愚蠢,总之,"生事应须南亩田,世情尽付东流水",凡事不再争夺,过好自己就是。这首曲子无论不甘心也罢,悲愤也罢,想明白了也罢,最终归结于孟子所说的"穷则独善其身,达则兼善天下"的主旨。

〔双调〕沉醉东风   关汉卿

咫尺的天南地北①,霎时间月缺花飞②。手执着饯行杯③,眼阁着别离泪④。刚道得声保重将息⑤,痛煞煞教人舍不得⑥。好去者望前程万里⑦!

伴夜月银筝凤闲⑧,暖东风绣被常悭⑨。信沉了鱼,书绝了雁⑩,盼雕鞍万水千山⑪。本利对相思若不还⑫,则告与那能索债愁眉泪眼⑬。

【注释】

①咫(zhǐ)尺:周制八寸为咫,十寸为尺。形容距离近。

②霎时间:一瞬间,指极短时间。月缺花飞:月儿残缺,花儿飘落。比喻情人的分离。

③饯行:设酒送行。

④阁:同"搁",放置。这里指含着。

⑤将息:珍重,保重。
⑥痛煞煞:形容悲痛之甚。
⑦好去者:好好地去吧。
⑧银筝凤闲:谓无心弹筝,让银筝闲着。凤,即《凤求凰》,乐府琴曲名。因司马相如求卓文君诗中有"凤兮凤兮归故乡,遨游四海求其凰"句而得名。银筝,用银装饰的筝或用银字表示音调高低的筝。
⑨悭(qiān):缺欠。此指绣被很少使用。
⑩鱼、雁:指书信。《乐府诗集·相和歌辞十三·饮马长城窟行之一》:"呼儿烹鲤鱼,中有尺素书。"《汉书·苏武传》:"教使者谓单于,言天子射上林中,得雁,足有系帛书。"
⑪雕鞍:装饰华丽的马鞍,代指远行在外的情人。
⑫本利:本钱和利息。这里指女子对男子的相思之情随着时间的推移而越积越深。
⑬索债:指讨还相思债。

【解读】

关汉卿《沉醉东风》共有五首,这里选取一、三两首。

第一首,写送别。作者以一个痴情女子的口吻,细腻地描写了她在送别情人之际那种依依惜别、难割难舍的凄婉心理和楚楚情态。起首两句极写离别给女子的情感带来的变化,突然相隔万里,瞬间月缺花飞,其惊异、悲痛的情状跃然纸上。三、四句写钱别的情形,有动作,有神态,女主人公手拿酒杯,以泪相对,极写其痛苦难忍之状。最后三句,写女主人公的告别语言,刚道得声要情郎保重,就已经心如刀割,再也说不下去。但离别在即,她毕竟能控制住自己的情绪,也不愿意让所爱的人在离别的时刻增加痛苦。于是,她强忍内心的悲痛,破涕为笑,用一句美好的祝愿代替千言万语。这里写她强颜欢笑,突出了其难割难舍但又不得不舍的复杂的心理变化。曲子语言浅显,内蕴丰富,感情真挚,刻画女主人公与情郎离别时的痛苦情状,逐层加深,恰如其分,生动逼真。

第二首,写女子的相思之情。情郎离别之后,女主人公已无心弹弄银筝;东风来了,天气暖和了,绣被也难得打开。总是盼着情郎跨过千山万水来到自己的身边,可是愿望总是成空,现在好久连情郎的书信都没有了。女主人公对情郎的思念则是时间越久,思念越深,这几乎就成了一连本带利的相思债,假如这欠的债不还,就只有让愁眉和泪眼来讨还了。最后一句是痴情女子至死不悔的誓言,但其中有若干的哀怨和决绝,正所谓爱之深,亦将恨之切。曲子深入刻画了闺阁中茕独凄清的幽恨和刻骨相思的愁绪,准确地揭示了女主人公的心理状态,令人印象深刻。结尾两句用本和利的债比喻相思情,用愁眉泪眼比喻索债的主,意象精巧新颖,语言生动形象。

〔南吕〕一枝花①　　关汉卿

杭州景

普天下锦绣乡,寰海内风流地②。大元朝新附国③,亡宋家旧华夷④。水秀山奇,一到处堪游戏⑤。这答儿忒富贵⑥,满城中绣幕风帘⑦,一哄地人烟辏集⑧。

〔梁州〕⑨百十里街衢整齐⑩,万余家楼阁参差,并无半答儿闲田地⑪。松轩竹径⑫,药圃花蹊⑬,茶园稻陌⑭,竹坞梅溪⑮。一陀儿一句诗题⑯,一步儿一扇屏帏⑰。西盐场便似一带琼瑶⑱,吴山色千叠翡翠⑲。兀良⑳,望钱塘江万顷玻璃。更有清溪绿水,画船儿来往闲游戏。浙江亭紧相对㉑,相对着险岭高峰长怪石,堪羡堪题。

〔尾〕㉒家家掩映渠流水,楼阁峥嵘出翠微㉓。遥望西湖暮山势,看了这壁㉔,觑了那壁,纵有丹青下不得笔㉕。

【注释】

①一枝花:曲牌名,属南吕宫。用于散曲套数,为首牌;也用于剧曲。九句六韵,除第五句外均作对句。

②寰海:海内,全国。

③新附:新近归附。

④华夷:宋元时期指国家的疆域。

⑤一到处堪游戏:处处能够游逛戏耍。一到处,四处,处处。堪,能够,可以。

⑥这答儿:指这里,这边。忒(tuī):副词,太。

⑦绣幕:锦绣的帷幔。幕,悬空平遮在上面的帷幔(帐篷,帐幕)。风帘:指遮蔽门窗的帘子。

⑧一哄地:众声喧扰的样子。辏(còu)集:聚集。辏,车轮的辐条内端聚集于毂上,引申为聚集。

⑨梁州:属北曲南吕宫套的一支主曲。全曲长达十八句,九十九字,可上板,也可散唱。

⑩街衢(qú):通衢大道。衢,大路,四通八达的道路。

⑪半答儿:半处,表示很小的地方。

⑫松轩竹径:植有松树的亭阁,竹林中的小路。轩,小屋,以敞朗为特点的建筑物。

⑬药圃花蹊(xī):药园花径。圃,种植蔬菜、花果或苗木的园地。蹊,小路。

⑭陌(mò):田间东西向的道路,泛指田间小路。

⑮竹坞(wù):竹楼,竹舍。梅溪:旁植梅树的溪水。

⑯一陀儿:一处儿。

⑰屏帏:屏风和帷帐。
⑱琼瑶:指美玉。
⑲千叠:千层。叠,量词,层,用于重叠、累积的东西。翡翠:指硬玉,色彩鲜艳的天然矿石,主要用作装饰品和工艺美术品。
⑳兀良:衬词。
㉑浙江亭:在今浙江杭州南白塔岭下钱塘江滨。原名樟亭驿,为观潮胜地。
㉒尾:即煞尾,北曲套数中最后的一支曲子。
㉓峥嵘:高峻貌。翠微:指青翠掩映的山腰幽深处,泛指青山。
㉔这壁:同"这壁厢",这里,指比较近的处所。
㉕丹青:丹砂和青雘,画工用的颜料。

【解读】

此为写景套曲,描写了南宋故都杭州"水秀山奇"、"人烟辏集"、风物宜人的秀美和繁华景象。至元十四年(1277)十一月,"命中书省檄谕中外,江南既平,宋宜曰亡宋,行在宜曰杭州"(《元史·本纪第九·世祖六》)。此曲当作于本年后。

"钱塘自古繁华",特别是南宋以杭州为都城,经过一百多年的经营,使它成为当时世界上少见的美丽都市。套数第一段,总写杭州的历史变迁和都市的繁荣景象,同时也点明了时间是在南宋灭亡之后。这里既是山水秀美之地,又是锦绣温柔之乡、文采风流之所,虽然被元朝征服,但它的富贵繁华仍是所在可见。

第二段,换《梁州》曲牌,具体描写杭州美丽的风光景色。从街道四通八达、楼阁鳞次栉比,写到"松轩竹径,药圃花蹊,茶园稻陌,竹坞梅溪",每一处都是诗情画意的世界;再从盐场、吴山,到钱塘江、浙江亭,以及险岭高峰,每一地也都是令人羡慕、令人称奇。层层设色,处处描画,把一座杭州城写得光艳夺目。

尾声转入近景,家家户户都有沟渠流水环绕,高台楼阁都从青翠掩映的山林深处拔起,特别是西湖西山在夕阳下,从这边看到那边,那美不胜收的景致真是令画家即使有再好的颜料也都无从下笔啊!

全曲运用铺叙手法,写景细致生动,层次清晰明白,语言活泼流畅,展现了高超的艺术魅力。

〔南吕〕一枝花

关汉卿

不伏老

攀出墙朵朵花,折临路枝枝柳。花攀红蕊嫩①,柳折翠条柔,浪子风流②。凭着我折柳攀花手③,直煞得花残柳败休④。半生来折柳攀花,一世里眠花卧柳⑤。

〔梁州〕我是个普天下郎君领袖⑥,盖世界浪子班头⑦。愿朱颜不改常依旧⑧,花中消遣,酒内忘忧。分茶𢣷竹⑨,打马藏阄⑩。通五音六律滑熟⑪,甚闲愁到我心头!伴的是银筝女银台前理银筝笑倚银屏⑫,伴的是玉天仙携玉手并玉肩同登玉楼⑬,伴的是金钗客歌金缕捧金樽满泛金瓯⑭。你道我老也,暂休。占排场风月功名首⑮,更玲珑又剔透⑯。我是个锦阵花营都帅头⑰,曾玩府游州。

〔隔尾〕⑱子弟每是个茅草岗沙土窝初生的兔羔儿乍向围场上走⑲,我是个经笼罩受索网苍翎毛老野鸡蹅踏的阵马儿熟⑳。经了些窝弓冷箭蜡枪头㉑,不曾落人后㉒。恰不道人到中年万事休㉓,我怎肯虚度了春秋。

〔尾〕我是个蒸不烂、煮不熟、捶不匾、炒不爆响珰珰一粒铜豌豆㉔,恁子弟每谁教你钻入他锄不断、斫不下、解不开、顿不脱慢腾腾千层锦套头㉕。我玩的是梁园月㉖，饮的是东京酒㉗，赏的是洛阳花㉘，攀的是章台柳㉙。我也会围棋、会蹴鞠、会打围、会插科、会歌舞、会吹弹、会咽作、会吟诗、会双陆㉚。你便是落了我牙、歪了我嘴、瘸了我腿、折了我手，天赐与我这几般儿歹症候㉛，尚兀自不肯休㉜。则除是阎王亲自唤㉝，神鬼自来勾，三魂归地府㉞，七魄丧冥幽㉟，天哪，那其间才不向烟花路儿上走㊱！

【注释】

①红蕊：红花。蕊，花心，花朵。

②浪子：不务正业的浪荡子弟。

③折柳攀花：犹寻花问柳。旧指男子狎妓等放荡行为。

④"直煞得"句：一直摧残到花朵残破、柳枝败折才罢休。煞，俗"杀"字，这里指摧残。花残柳败，花朵残破、柳枝败折，旧时用以比喻女子生活放荡或被蹂躏遗弃。休，完结，罢休。

⑤眠花卧柳：在花柳丛中眠卧，借指嫖妓、狎妓。花、柳，指妓院或娼妓。

⑥郎君：妇女称丈夫或所爱恋的人，元曲中常用以指爱冶游的花花公子。

⑦盖世界：谓才能、功绩等高出当代之上。盖，覆盖，超过，胜过。班头：一班人中的头领。

⑧朱颜：红润美好的容颜。指美女，美色。

⑨分茶：宋、元时流行的一种煎茶之法。注汤后用箸搅茶乳，使汤水波纹幻变成种种形状。撷（diān）竹：博戏名。颠动竹筒，使筒中某支竹签首先跌出，视签上标志以决胜负。

⑩打马：博戏名。在圆牌上刻良马名，掷骰子以决胜负。藏阄

(jiū):即藏钩,一种猜拳游戏。饮酒时手握小物件,使人探猜,输者饮酒。

⑪五音:我国古代五声音阶中的五个音级,即宫、商、角、徵、羽。唐以后又名合、四、乙、尺、工。相当于简谱中的1、2、3、5、6。六律:古代乐音标准名。相传黄帝时伶伦截竹为管,以管之长短分别声音的高低清浊,乐器的音调皆以此为准。乐律有十二,阴阳各六,阳(单数)为律,阴(双数)为吕。六律即黄钟、太蔟、姑洗、蕤宾、夷则、无射。这里泛指音乐。滑熟:十分圆熟、惯熟。

⑫银筝女:弹银筝的女子,指艺妓。银台:银质或银色的烛台。银屏:镶银的屏风。

⑬玉天仙:美如天仙的女子,此指妓女。玉手:洁白如玉的手。玉楼:传说中天帝或仙人的居所,这里指妓楼。

⑭金钗客:妓女,因其头戴金钗,故称。金缕:《金缕曲》《金缕衣》的省称。唐杜牧《杜秋娘诗》:"秋持玉斝醉,与唱《金缕衣》。"自注:"'劝君莫惜金缕衣,劝君须惜少年时。花开堪折直须折,莫待无花空折枝。'李锜常唱此辞。"满泛金瓯:金制的酒杯里倒满酒,酒都漫溢出来;或指倒满酒然后喝掉,再将酒杯翻过来,意谓干杯。两义均通,用前一义,"泛"念本音fàn;用后一义,"泛"音fěng。瓯,杯。

⑮"占排场"句:在风月排场中占得首位。占排场,行院用语。在嫖客,谓包占妓女;在妓女,则谓于某一场所居于首位。风月,指行院中男女情爱之事。

⑯玲珑又剔透:即在风月场所左右逢源、八面玲珑。元曲中这样的人又称"水晶球",和"铜豌豆"同一意思。

⑰锦城花营:都是指风月玩乐场所。都帅头:总头目。元熊梦祥《析津志》说关汉卿"生而倜傥,博学能文,滑稽多智,蕴藉风流,为一时之冠"。元钟嗣成《录鬼簿》亦称其"驱梨园领袖,总编修师首,捻杂剧班头"。可见并非自诩。

⑱隔尾：曲牌名，属南吕宫，用于套中的尾声。这是因为南吕套曲最早在散曲中只是由《一枝花》《梁州第七》《煞尾》三曲组成，后在杂剧中，在《煞尾》前又增加了曲调，故称作《隔尾》，而句式与《煞尾》相同。在南吕的套数中，剧情又常常以《隔尾》为界，分为前后两个部分。它的出现往往预示着人物情感，抑或是剧情的转变，使得同一套曲所包涵的情感更加跌宕起伏、曲折动人。

⑲子弟每：子弟们，此指风流子弟。每，词缀，用同"们"，表示复数。兔羔儿：幼小的兔子。比喻未经世故的年轻人。乍(zhà)：刚刚。围场：旧时围起来专供皇帝、贵族打猎的场地。这里喻指妓院。

⑳经笼罩受索网：意指经历了许多磨难。笼罩、索网都是围场上打猎的工具。苍翎毛老野鸡：长出青色羽毛、翅膀够硬的老野鸡。踏(chǎ)踏：践踏，糟踏。这里指踏阵冲突。阵马儿熟：指经历过很多阵仗。阵马儿，破阵之马，此指阵势、阵仗。

㉑窝弓：伏弩的一种，猎人藏在草丛内射杀猎物的弓弩。蜡枪头：蜡做的枪头。比喻外表好看而不顶用的人。元曲中一般都用作"银样镴枪头"，这里借用熟语，不无调侃的意思。

㉒落(là)：因为跟不上而在别人的后头。

㉓恰：副词，却，岂。

㉔匾：同"扁"。铜豌豆：比喻老门槛、风月中人，宋元时，妓院中对老狎客的称呼。响珰珰：同"响当当"。

㉕恁(nín)：同"您"。又有"恁每"一词，即"你们"的意思，所以"恁子弟每"就是"你们这些子弟"的意思。斫(zhuó)：用刀、斧砍。顿：挣，甩。锦套头：锦绳结成的套头，比喻圈套、陷阱。

㉖梁园：又名"梁苑"。西汉梁孝王的东苑。在今河南开封附近，园内有池馆林木，梁王日与宾客游乐。泛指名胜游玩之所。

㉗东京：汉代以洛阳为东京，宋代以汴州（今河南开封）为东京。此处不必实指。

㉘洛阳花:指牡丹。古时洛阳以产牡丹花著名。

㉙章台柳:代指妓女。章台,汉长安街名,娼妓所居。《太平广记·柳氏传》载,唐韩翃与妓女柳氏有婚约,安史之乱,两人分离,韩赋诗以表思念:"章台柳,章台柳,昔日青青今在否?纵使长条似旧垂,也应攀折他人手。"

㉚蹴鞠(cù jū):中国古代的一种足球运动,用以练武、娱乐、健身。打围:即打猎,因须多人合围,故称。插科:戏曲演员在表演中穿插的引人发笑的动作。常同"打诨"合用,称"插科打诨"。咽作:可能是一种表演性的口技游戏。双陆:又名"双六""双鹿",古代的一种博戏。

㉛歹症候:不好的症候。歹,不好,坏。症候,指疾病。

㉜兀自:仍旧,还是。

㉝则除是:除非是。

㉞三魂:道家谓人有三魂:一曰爽灵,二曰胎光,三曰幽精。地府:迷信说法,人世之外,另有世界,设有百官,专管鬼魂,称为地府,又称阴间。

㉟七魄:道家谓人有七魄,各有名目。第一魄名尸狗,第二魄名伏矢,第三魄名雀阴,第四魄名吞贼,第五魄名非毒,第六魄名除秽,第七魄名臭肺。冥幽:即"幽冥",地府,阴间。

㊱烟花:指风月。

【解读】

本曲是关汉卿散曲的代表作。它是一首自叙套曲,由序曲、《梁州》、《隔尾》、《尾》四个曲牌组成。作者历数了自己的诸般风流嗜好,反映了作者流连于市井和青楼的生活面貌,并毫无掩饰地倾诉出自己老死风流、终生不悔的情趣和追求。一般认为,它真实反映了作者愤世嫉俗、玩世不恭的人生态度,既是作者的自嘲,又是对社会的挑战。此曲运用生动的比喻和泼辣的语言,写来淋漓洒脱。

这首套曲当作于作者中年以后。当时,元朝蒙古贵族歧视汉族士人,加之科举的废置,堵塞了仕途,因而元初大部分知识分子都怀才不遇,"沉抑下僚",落到了"下九流"的地步。在文人群体内部急剧分化之际,关汉卿却选择了自己独立的生活方式;尤其是岁月沧桑的磨炼、勾栏生活的体验,使他养成了一种坚韧顽强的个性,那就是能够突破"求仕""归隐"这两种传统文人生活模式的藩篱,敢于将一个活生生的人与整个封建规范相颉颃,体现了"天地开辟,亘古及今,自有不死之鬼在"(钟嗣成《录鬼簿序》)的一种新的人生意识。

〔序曲〕作者一开始就赋予了自己"浪子风流"的形象。这是与世俗生活大相径庭的,他用攀柳折花、眠花卧柳这些行为的描写叙写自己的风流倜傥、放荡不羁,实质上是对世俗观念的嘲讽和对自我意识、自我生活的肯定。但这些表面的字眼底下深深地隐藏着的是作者对命运屈辱的不甘以及宣示我行我素的决心。"半生来",是作者对自己"偶倡优而不辞"(《元曲选序》)生涯的概括;"一世里",则表示了他将在一生中着意追求。

〔梁州〕随着曲牌的转换,曲调由低回变得清晰明朗、格调高昂。这一章作者高调地宣示自己是普天下浪荡子的领袖。以"郎君领袖""浪子班头"自居,不难发现,在这貌似诙谐佻达中,分明流露出一种对黑暗现实的嘲谑和对自我存在价值的高扬。然而现实中的非人遭遇,毕竟也曾产生过"十分酒十分悲怨"(《新水令》),所以才"愿朱颜不改常依旧,花中消遣,酒内忘忧"。这里"消遣""忘忧"两词,看似不经意写出,其实暗藏的是一篇的主脑,它暗示作者是有沉痛的隐忧的,这个"沉痛的隐忧"就是蒙古统治者将读书人的仕途堵塞以后,读书人所深感的前途无望、才能无处发挥的愤懑与无奈。所以作者借风月场以消遣岁月、埋葬忧愁只是他的一种生存方式。既然在风月场中生存,自然对风月场中所需要的技艺一样都不落,诸如分茶撷竹、打马藏阄,还有五音六律等等都非常的纯熟,这是生存的本事。他整天将精力消耗在这上头,其目的也都是为了防止那种挥之不去的"闲愁"悄然间来到心头。曲中所说"甚闲愁到我心头",那只是作者一种玩世不恭的"反语",看似风流倜傥的表面是"伤心人别有怀抱"的沉痛。接着,作者继续叙述,至于你们说我平常陪伴的都是那些艺妓歌女,整日花天酒地,而今显然老了,叫我罢休,那是我万万不肯答应的。"占排场风月功名首,更玲珑又剔透",表面上是将"占排场"作为"风月功名"的首位,其实不是指男女情爱、追欢狎妓,而是指自己周旋行院中,以"编杂剧,撰词曲"作为感情寄托,作为自己的事业和理想。也正基于此,他才"更玲珑又剔透",才表露出誓不服老的决心。

〔隔尾〕预示着剧情的变化,向那些初向风月场中走的年轻人给以警示。虽然前两曲夸耀自己是风月场中领袖,而在这里,主要讲述如何得到现在这个成就,并不是一蹴而就的,而是经历了许多磨难、遍尝了辛酸苦辣才得到的。但如今,人到中年,作者虽已渐感力不从心,但决不服老的倔强秉性所致,仍要在这风月场中摸爬滚打,决不肯虚度了春秋。这里虽然表达了作者珍惜时光并甘愿为理想献身的坚定信念,但已流露出感伤的情调。

〔尾声〕承前曲,到达曲子的高潮部分。一句"我是个蒸不烂、煮不熟、捶不匾、炒不爆响珰珰一粒铜豌豆",表达了他坚韧、倔强、高昂、刚洁的内在精神力量,也是作者"不伏老"精神的真正体现。"铜豌豆"原系元代妓院对老狎客的切口,但此处诗人巧妙地使用双关语,以五串形容"豌豆"的性质衬词来修饰"铜豌豆",从而赋予了它以坚韧不屈、与世抗争的特性。但当人在现实的摧残和压抑下,作者对自身的憧憬又难免转为一种悲凉、无奈的意绪。所以在这里,感伤的情调得到加强。作为过来人,他劝诫年轻子弟们不要看到一时的表面风光,而贸然一头钻进这个闷死人的风月场,那是一个"锄不断、斫不下、解不开、顿不脱"的去所,是慢性毒药,千万不要尝试。至于自己,则是有了坚定的人生信念,以及百折不挠、坚强无比的秉性,才不至于在风月场中沦落。后面叙写所经历的阵仗,详写自己的能耐,但他认为这都是天赐的"歹症候"——不好的毛病,惯性使然,身不由己,除非到死那一天才肯罢休。这里隐含的意思,其实是说自己选定了"编杂剧,撰词曲"的道路,就要按自己的理想去完成自己的人生。这种对人生永恒价值的追求,对把死亡看作生命意义终结的否定,正是曲中诙谐乐观的精神力量所在。

〔中吕〕喜春来①   伯　颜

金鱼玉带罗襕扣②,皂盖朱幡列五侯③,山河判断在俺笔尖头④。得意秋⑤,分破帝王忧⑥。

【作者简介】

伯颜(1237—1295),蒙古八邻部人。元朝初年名臣。父晓古台,从宗王旭烈兀开西域。至元初,伯颜奉使于朝,元世祖忽必烈见其貌伟,听其言厉,遂留之。寻拜中书左丞相。至元十一年(1274),总兵攻宋。十三年(1276),陷临安,亡宋。后又出镇和林,屡次讨平诸王叛乱。至元三十一年(1294),忽必烈驾崩,受顾命拥立元成宗铁穆耳即位,拜太傅、录军国重事。伯颜智略过人,深明大义,用兵筹谋,出神入化,在带兵、用兵、治军方面都有值得兵家称道之处。又善作诗文,今无作品传世。《全元散曲》录其小令一首。

【注释】

①喜春来:曲牌名,又名《阳春曲》。《太平乐府》入中吕宫。《太和正音谱》入正宫。有单调二十九字、三十字、三十一字等格式。本曲为单调三十一字,五句一叶韵、四平韵。

②金鱼:即金鱼符,金质的鱼符,用以表示品级身份。唐制,亲王及三品以上官员佩带,开元初,从五品亦佩带。金制,四品以上佩带。

玉带：饰玉的腰带。古代贵官所用。罗襕：古代丝制公服，即绮罗官袍。按官品的高下，有紫襕、绯襕、绿襕等区别。唐制，三品以上穿紫色官服、佩饰金鱼和玉带。这里指高级官员的服饰。

③皂盖：古代官员所用的黑色车盖。朱幡：亦作"朱旛"。红色的旗幡，尊显者所用。列：位列。五侯：指公、侯、伯、子、男五等诸侯。

④山河：指江山，国土。判断：分析裁定，裁决。

⑤秋：指时间、时候。

⑥分破：此指分担。

【解读】

据明叶子奇《草木子》卷四："伯颜丞相与张九（张弘范）元帅席上各作一《喜春来》辞。伯颜云：'金鱼玉带罗襕扣，皂盖朱幡列五侯，山河判断在俺笔尖头。得意秋，分破帝王忧。'张九辞云：'金装宝剑藏龙口，玉带红绒挂虎头，绿杨影里骤骅骝。得志秋，名满凤凰楼。'帅才相量，各言其志。"按《元史》伯颜、张弘范两传，至元十一年（1274），左丞相伯颜领河南等路行中书省所属，总兵攻宋。十二年十一月，元兵分三路攻临安（今浙江杭州），伯颜率中军从建康（今江苏南京）进发。十三年正月，三路元兵会师临安，二月，南宋幼主出降。推敲伯颜曲中之意，再根据张弘范曲意，伯颜此曲当作于至元十三年元兵攻占临安之后。

全曲明显是一副征服者的声吻，但写得自然、朴实，又异常豪迈。前两句通过服饰的描写极言地位之尊贵，穿的是"金鱼玉带"，坐的是"皂盖朱幡"，位列五侯，身份是何等的显赫，这里自然不无渲染炫耀之意。第三句"山河判断在俺笔尖头"，承前二句，以如此显赫的人物统兵攻宋，宋朝的江山当然在指顾之间即可取得，事实也证明不二年即克临安。这一句举重若轻，异国的江山就在他的笔尖头悬着，意为只要他签一个字，发一声号令，宋朝的江山就易主了，可见其气概是何等豪雄，将征服者生杀予夺、顾盼自雄的形象全然托出，大有旋乾转坤、气吞山河之势。伯颜攻克临安,南宋幼主投降,可称得上盖世功勋,作为元兵统帅其踌躇满志之态可以想见。所以接着一句"得意秋",就将他当时内心的得意情状发抒得淋漓尽致。最后一句,自明心志,"分破帝王忧",言功劳的取得,是替帝王分忧,不居功,是伯颜的一贯性格,言辞颇得体。《元史·伯颜传》:"伯颜深略善断,将二十万众伐宋,若将一人,诸帅仰之若神明。毕事还朝,归装惟衣被而已,未尝言功也。"可与此相印证。

【点评】

这首曲子表现了一个权高位尊的政治家在春风得意之时的豪气与意志,也表现了元代高层统治者对自己统治的自信与对自己的文治武功的自豪。这与一般文人的胸襟和气度大不相同。同时它语言朴实,但颇有豪气,这种豪气之中夹杂着一些自负,虽说不上是"小人得志",至少有一点得意忘形。这与中国传统知识分子的心理意识有别,在中国知识分子中也是不多见的。(王翃《元曲三百首鉴赏辞典》)

〔越调〕凭阑人①　　　　　姚燧

寄征衣②

欲寄君衣君不还③,不寄君衣君又寒。寄与不寄间,妾身千万难④!

【作者简介】

姚燧(1238—1313),字端甫,号牧庵。河南(今河南洛阳)人。原籍营州柳城(今辽宁朝阳)。官翰林学士承旨、集贤大学士。以古文著名当时,《元史》称其文"闳肆该洽,豪而不宕,刚而不厉,春容盛大,有西汉风",与虞集并称。但他的散曲却风格婉丽,浅白流畅,与卢挚齐名。著有《牧庵文集》五十卷,后散佚,清人辑《牧庵集》三十卷。散曲今存小令二十九首,套曲一首。

【注释】
①凭阑人:曲牌名,属越调。全曲二十四字,四句四平韵。
②征衣:远行人御寒的衣服。
③君:古时妻子或妾对丈夫的尊称。
④妾身:古时女子谦称自己。

【解读】
　　此曲写妻子想给外出的丈夫寄衣时的复杂心情:不寄衣怕丈夫受冻,寄去又怕丈夫不归。全曲以浅白的口语把妻子思念与体贴丈夫的心情表达得极其委曲、深刻。文字直白,感情丰厚,平中见奇,尤妙在言有尽而意无穷,堪称大家手笔。

【点评】
　　深得词人三昧。(吴梅《顾曲麈谈》卷下第四章)

〔中吕〕满庭芳①　　　姚 燧

　　天风海涛,昔人曾此,酒圣诗豪②。我到此闲登眺,日远天高③。山接水茫茫渺渺④,水连天隐隐迢迢⑤。供吟啸。功名事了,不待老僧招。

【注释】
①满庭芳:曲牌名。南曲中吕宫、正宫,北曲中吕宫均有同名曲牌。常见者有二:一属南曲中吕宫,字数与词牌同,用作引子。一属北

曲中吕宫,字数与词牌前半阕略异,用作小令,也可用在套曲中。格式为十句九韵,四、四、四、七、四、七、七、三、四、五。

②酒圣:指能豪饮的人。诗豪:诗人中出类拔萃者。唐白居易《刘白唱和集解》:"彭城刘梦得,诗豪者也,其锋森然,少敢当者。"

③日远天高:双关语,既是写登临所见,又是写仕途难通(天、日借喻帝王)。

④茫茫渺渺:形容山水相连,辽阔无边的样子。

⑤隐隐迢迢:形容水天相接,望不到边的样子。

【解读】

此曲写江南风光。作者在元成宗大德五年(1301)六十三岁时出任江东廉访使,先后在江南为官达七八年之久,此曲很可能作于这一时期。

此曲系登临记游之作,写景兼抒情,既写山水相接、水天相连的浩淼壮景,又抒发了功成身退的旷达人生态度。全曲气势浩荡,境界开阔,兴象从容,风格豪放。在元代散曲多以男女恋情为歌吟对象的情况下,此曲走出窠臼,于秾艳之外走出淡雅的路子,透露出其宏劲的一面,别具特色。

"天风海涛",出句突兀,绘出登临所触所见豪迈壮阔的景象。接着油然想起古人也曾到此饮酒赋诗,"酒圣诗豪",气干云霄,自己也不禁情感激越,心潮澎湃。但作者是从容而来,一个"闲"字又将激越的情绪化解。高望远眺,则见"日远天高",山水相接,天水相连,浩淼无际,风景无限。此时置身于浩荡无垠的天地之间,那种宇宙之大与一身之渺小形成巨大的对照,登临游览者往往容易生出无端的怅触。山水如此浩瀚美丽,足供诗人吟咏,足供酒圣笑傲,作者于怅触之中,顿生功成身退的想法。所以末后两句,"功名事了,不待老僧招",作者最终的归宿也是要放下尘世间一切,走出世的路子。

有人指"日远天高"一句,为一语双关,因为天、日向来喻指帝王。

联系作者的身份,以廉访使外放江东,久不得升调,感觉与皇帝和朝廷的距离越来越高远,不得相通,顿生幽怨的情愫。

〔中吕〕普天乐① 卢 挚

湘阳道中②

岳阳来,湘阳路。望炊烟田舍,掩映沟渠③。山远近,云来去。溪上招提烟中树④,看时见三两樵渔。凭谁画出,行人得句,不用前驱⑤。

【作者简介】

卢挚(1242?—1315?),字处道,一字莘老,号疏斋。涿郡(今河北涿州)人。二十岁左右,由诸生进为元世祖忽必烈侍从。至元五年(1268)进士。累迁少中大夫、河南路总管。大德初,授集贤学士,迁湖南岭北道肃政廉访使,复入京为翰林学士,迁翰林学士承旨,贰宪燕南河北道,晚年客寓宣城。诗文与刘因、姚燧齐名,世称"刘卢""姚卢"。与白朴、马致远、珠帘秀均有交往。著有《疏斋集》《疏斋后集》,均散佚。今人有《卢疏斋集辑存》。散曲风格明丽自然,贯云石称"疏斋媚妩,如仙女寻春,自然笑傲"(《阳春白雪序》)。今仅存小令,共一百二十首。

【注释】

①普天乐:中吕宫曲调名。句式为:三三,四四,三三,七七,四四四,十一句七韵。

②湘阳:地名,在湖南。

③掩映:或遮或露,或隐或现。

④招提:梵语。音译为"拓斗提奢",省作"拓提",后误为"招提"。

其义为"四方"。四方之僧称招提僧,四方僧之住处称为招提僧坊。北魏太武帝造伽蓝,创招提之名,后遂为寺院的别称。

⑤"行人"二句:行人得到诗句,不必先苦思冥想。前驱,前导。

【解读】

从第一句"岳阳来,湘阳路"可见此篇是作者从湖南的岳阳到湘阳道中的即兴之作。湘阳,当在湖南境内,但不知确切地址。作品通过远近两个层次写湘阳道中景色,从远及近,层次分明。三、四两句是远望,但见炊烟田舍,沟渠掩映,这是典型的山村田园风光,既温馨又宁静。接着通过视角的移动,五、六两句写周边之景,四围是山,或远或近,白云悠悠,或来或往,动静相生,给整个画面增添了几许活力和情趣。然后集中着眼于近景,七、八两句写寺院突然出现在溪水上头,绿树丛中烟霭缭绕,一片静谧庄严而又迷蒙美妙的景色。偶有三两个渔翁或樵夫从身边经过,一派逍遥自得的景象……这真是一幅绝妙的世外桃源天然图画。最后三句,是作者对此美景巧妙而新奇的赞美,认为是天工作成,凭谁都难以画出。作者行走在这秀美的田园风景画中,都不用苦思冥想打腹稿,清辞丽句就不觉联翩而至了。以评代赞,既自然又生动。整个曲子由远景、中景、近景构成,一个个镜头组成流动画面,时空的变化、景物的转换、动静的结合,都有条不紊,充满活力,最后触景生情,不禁赞叹天工作美,都写来简洁而有序。

〔商调〕梧叶儿① 卢挚

席间戏作

花间坐,竹外歌,颦翠黛转秋波②。你自在空踌躇③,我如何肯怎么④,却又可信着他,没倒断痴心儿为我⑤。

低声语,娇唱歌,韵远更情多。筵席上,疑怪他,怎生呵,眼挫里频频地觑我⑥。

【注释】

①商调:"商"属于中国古代五音"宫、商、角、徵、羽"之一,也是七音中处于核心地位的五正声之一。当音阶的首音音高为C时,五正声的音序和阶名依次为:第一级"宫"(C),第二级"商"(D),第三级"角"(E),第四级"徵"(G)",第五级"羽"(A)"。梧叶儿:曲牌名,商调曲牌,又名《碧梧秋》《知秋令》。以吴西逸《梧叶儿·韶华过》为正体,单调,二十六字,七句,四平韵一仄韵,同部互叶。

②颦:皱眉。翠黛:眉的别称。古代女子用螺黛(一种青黑色矿物颜料)画眉,故名。秋波:比喻美女的眼睛目光,形容其清澈明亮。

③踌躇:踯躅,徘徊不进;犹豫,迟疑不决。

④怎么:这样,如此。

⑤倒断:宋元时俗语,判断,决断;了结,休止。

⑥眼挫:眼角,眼梢。觑:偷看。

【解读】

作者席间戏作共四首,这里选前二首。此曲是作者在筵席上赠予歌妓的作品,标题名为戏作,纯以歌妓为中心戏写歌妓的情态和心理,语言很通俗。

第一首,写歌妓先是见了男子心有钟情,但男子踌躇不肯主动,使女主人公心生忧疑。曲子一开始交代环境,是在一座鲜花盛开、茂竹青翠的园子里。女子(歌妓)坐在盛开的花儿底下,花儿与美人相映衬,更显得女子明艳动人。过了一会,她走到竹林外轻轻地唱起歌来。接着写女子的眼睛清亮如秋波在转动,但眉峰则紧蹙着若有忧愁。以上是从旁人的角度看女子,以下则从女子的角度说明为什么会这样。

那是因为心上人总犹豫不决,不和我接近,但我一个女孩子,岂能这么主动向他示爱?虽然如此,我心中割舍不下,总是相信他,那徘徊不定的态度也是痴心为我。曲子将女子宛曲思恋、期盼的心理活动刻画得细腻生动。

第二首,是在筵席上,也是以女子的角度写的。女子筵席上侑酒助兴,她低声和客人说着话,娇声地在席上唱着歌,声韵既悠远,又饱含深情。而男主人公则为她陶醉,但因为胆怯不敢正眼看,只是用眼角频频地偷看她。这从女子的视角写来,特别生动有趣。

〔双调〕沉醉东风　　　卢　挚

秋　景

挂绝壁松枯倒倚①,落残霞孤鹜齐飞②。四围不尽山,一望无穷水,散西风满天秋意。夜静云帆月影低③,载我在潇湘画里④。

【注释】

①"挂绝壁"句:枯松倒挂在绝壁之上。语出李白《蜀道难》:"连峰去天不盈尺,枯松倒挂倚绝壁。"
②"落残霞"句:下落的残霞与孤单的野鸭一起飞翔。鹜,野鸭。语出王勃《滕王阁序》:"落霞与孤鹜齐飞,秋水共长天一色。"
③云帆:白色的船帆。
④潇湘画里:宋代画家宋迪曾画过八幅潇湘山水图,世称潇湘八景。历代题咏者不少。潇、湘,湖南境内的两大水名。多借指今湖南地区。

【解读】

此曲写景,描写了深秋之际作者荡舟湘江所看到的山川云空景象。前五句写黄昏之景,后两句写静夜之景,二者有机地构成一幅反映时空推移的动态画面,传达出诗人悠远俊逸而略带萧瑟的情思。

整个所见所感,都是按时间顺序进行。处处美景,处处诗情画意。作者视野所及,是潇湘两岸美丽的山水风物;触觉所至,是西风轻拂传来的漫天秋意。作者虽略有萧瑟之感,但随着时空转移,这种感觉转瞬即逝,仍从审美的角度静静地观照自然景物的变化,享受如画的山水之美。峭壁枯松,残霞孤鹜,连绵不尽的山水,静寂的夜,白色的帆,清凉如水的月影……船在湘江静静行进,也油然地载着作者进入美丽的山水画卷之中。此时作者已经物我相融,浑然到达与天地合一的境界。

曲中三处用典:"挂绝壁枯松倒倚",化用李白《蜀道难》"枯松倒挂倚绝壁"诗句;"落残霞孤鹜齐飞",化用王勃《滕王阁序》"落霞与孤鹜齐飞"名句;"载我在潇湘画里",借用宋代画家宋迪《潇湘八景图》。典故的巧妙融入,增加了曲词的强度和厚度。

全曲句式整饬,风格清新,用典适宜,含蕴丰富。作者用美丽淡雅的文字向我们展示了一幅气象阔大、意境飞动的潇湘山水泼墨画卷,在元曲中属上乘之作。

〔双调〕沉醉东风

卢 挚

闲 居

雨过分畦种瓜①,旱时引水浇麻。共几个田舍翁②,说几句庄家话③,瓦盆边浊酒生涯。醉里乾坤大④,任他高柳清风睡煞⑤。

恰离了绿水青山那答⑥,早来到竹篱茅舍人家⑦。野花路畔开,村酒槽头榨⑧,直吃的欠欠答答⑨。醉了山童不劝咱⑩,白发上黄花乱插。

学邵平坡前种瓜⑪,学渊明篱下栽花⑫。旋凿开菡萏池⑬,高竖起荼蘼架,闷来时石鼎烹茶⑭。无是无非快活煞,锁住了心猿意马。

【注释】

①分畦(qí):将整块田地分区。畦,由田埂分隔成的排列整齐的小块田地。

②田舍翁:年老的庄稼汉。

③庄家:同"庄稼"。

④醉里乾坤大:形容酣饮美酒,其乐无穷。宋蔡戡《遣兴》:"醉里乾坤大,闲中日月长。"乾坤,指天地。

⑤睡煞:沉睡。煞,同"杀",指程度深。

⑥恰:才,刚刚。那答:那块,那边。

⑦早来:已经。

⑧槽头:酿酒器具。榨酒时用来承酒的容器。

⑨欠欠答答:形容口唇颤动。

⑩山童:山村儿童。

⑪"学邵平"句:《三辅黄图·都城十二门》:"广陵人邵平,为秦东陵侯,秦破,为布衣,种瓜青门外,瓜美,故时人谓之'东陵瓜'。"

⑫"学渊明"句:陶渊明《饮酒》之五:"采菊东篱下,悠然见南山。"

⑬旋:不久,随即。菡萏:即荷花。

⑭石鼎:陶制的烹茶用具。烹茶:煮茶或沏茶。宋张半湖《扫花游》词:"唤石鼎烹茶,细商幽话。"

【解读】

《沉醉东风·闲居》小令共三首,写的都是隐居之乐。那种充分享受自然美景的欢乐,那种无拘无束的身心自由状态,本就是久耽官场的人所向往的,更何况在宦途特别险恶的元代!这组曲是一幅归隐理想的形象化图画,不一定是作者的实况。

第一首,写闲居农村的田园生活。前两句,是说春雨一过,就要把地整好,分成一块块,种上瓜、麻等农作物;旱了的时候,就引水浇灌它们。这写的是种田的内容及大概过程。三、四句写农居生活日常交往的内容,有空就到农家走走,和几个年长的庄稼汉围绕着种田闲聊几句,很自然很朴实,也很随意,近于陶渊明《归园田居》诗中所说"相见无杂言,但道桑麻长"。接着第五句,写农家见到了作者,用瓦盆盛酒招待,作者也不拘泥,接过酒,就和他们一起喝,一边喝一边聊,直到大醉,然后倒头就睡,全不管是在高高的柳树底下,还是在清风吹拂的空地里。这大约是作者幻想自己农居生活的惬意状态。在中国文学历史上,有很多酒徒,写了很多以酒为题材的作品,著名的如陶渊明、李白之类,作品也大都十诗九酒。他们酣畅痛饮,天地仿佛变得异常广阔,满世界的烦恼全都丢下,所以曲中说"醉里乾坤大",这也是因现实中不如意想借以逃避的一种情绪的反映。

第二首,写田园情致,也写喝酒的意趣。全篇语言都是口语,无一生僻字,无一句直接抒情语,明白如话,却形象生动。"恰离了"与"早来到",相互连接,在场面转换中写出绿水青山、竹篱茅舍的景色,构成了生动活泼的田园生活图景,使人赏心悦目。"野花路畔开,村酒槽头榨",充满田园野趣,色彩炫丽,且富有生机。酒家一边榨酒,作者一边吃酒,是何等的怡然自得,"直吃的欠欠答答"一语,描画出主人公酣饮酩酊的状态。最后两句,写山里边小孩子以游戏醉翁为乐,在他头上乱插野花,反映出山村生活的逍遥自在,也给画面增添了许多欢乐的气氛,极富动态的美感。

　　第三首,写闲居之情。种瓜、栽花,培植荷花和荼蘼,反映了作者的闲居生活。但曲中用"邵平""渊明"的典故,为第五句"闷"字张本。邵平种瓜、渊明种菊,都是"伤心人别有怀抱",所以作者也不是纯然的天赋隐居,而是由于现实生活中的压抑、苦闷,借以转移、逃避罢了。最后两句,是故作放达之语,高调的"无是无非快活煞",其实心中有着分明的"是非"在;看似"锁住了心猿意马",其实心中之"闷"始终未真正消除,而是被表面的闲适生活所遮盖。从这两句可以看出,作者内心充满对现实的绝望。

　　三首曲子语言明白如话,行文自由活泼,以白描之笔随意点染,表达了作者对适性自然、写意人生的追求。

〔双调〕湘妃怨① 　　卢　挚

西　　湖②

　　湖山佳处那些儿,恰到轻寒微雨时。东风懒倦催春事③。嗔垂杨袅绿丝④,海棠花偷抹胭脂。任吴岫眉尖恨⑤,厌钱塘江上词⑥,是个妒色的西施⑦。

　　朱帘画舫那人儿⑧,林影荷香雨霁时⑨。樽前歌舞多才思。紫云英琼树枝⑩,对波光山色参差⑪。切香脆江瑶脍⑫,擘轻红新荔枝⑬,是个好客的西施。

　　苏堤鞭影半痕儿⑭,常记吴山月上时。闲寻灵鹫西岩寺⑮。冷泉亭偏费诗,看烟鬟尘外丰姿⑯。染绛绡裁霜叶⑰,酿清香飘桂子⑱,是个百巧的西施。

梅梢雪霁月芽儿⑲,点破湖烟雪落时⑳。朝来亭树琼瑶似㉑。笑渔蓑学鹭鸶㉒,照歌台玉镜冰姿。谁僝僽鸱夷子,也新添两鬓丝㉓,是个淡净的西施。

【注释】

①湘妃怨:北曲曲牌名,又名《水仙子》《冯夷曲》《凌波曲》《凌波仙》等。入双调,亦入中吕、南吕。首二句宜对。六、七句可作五字,宜对;亦可作两个四字句,与末句相配。兼作小令、套曲。也可带《折桂令》为带过曲。南曲略同。

②西湖:著名的风景名胜地。位于浙江杭州。南、西、北三面环山,湖中白堤、苏堤、杨公堤、赵公堤将湖面分割成若干水面。有著名的西湖十景,即:苏堤春晓、断桥残雪、曲院风荷、花港观鱼、柳浪闻莺、雷峰夕照、三潭印月、平湖秋月、双峰插云、南屏晚钟。

③春事:指花事。

④嗔:发怒,生气。袅(niǎo):缭绕,缠绕;摇曳,颤动。绿丝:绿色的像丝带一样的枝条。

⑤任吴岫眉尖恨:任凭吴山如美人眉峰紧蹙的春恨。用宋王观《卜算子·送鲍浩然之浙东》词意:"水是眼波横,山是眉峰聚。欲问行人去那边?眉眼盈盈处。才始送春归,又送君归去。若到江南赶上春,千万和春住。"古以钱塘江为界,分为"浙东""浙西"两个行政区。吴岫,指吴山,俗名城隍山,在西湖东南,左带钱塘江,右瞰西湖,为杭州名胜之一。岫,峰峦。

⑥钱塘江上词:见宋何薳《春渚纪闻》卷七"司马才仲遇苏小":"司马才仲初在洛下,昼寝,梦一美姝牵帷而歌曰:'妾本钱塘江上住,花落

花开,不管流年度。燕子衔将春色去,纱窗几阵黄梅雨。'才仲爱其词,因询曲名,云是《黄金缕》,且曰:'后日相见于钱塘江上。'及才仲以东坡先生荐,应制举中等,遂为钱塘幕官,其廨舍后,唐苏小墓在焉。"

⑦西施:或称先施,别名夷光,亦称西子。姓施,春秋末年越国苎罗(今浙江诸暨南)人。越王勾践败于会稽,范蠡取西施献吴王夫差,使其迷惑忘政,越遂亡吴。后西施归范蠡,同泛五湖。事见《吴越春秋·勾践阴谋外传》。

⑧朱帘:红色帘子。

⑨霁:雨雪停止,天放晴。

⑩紫云英:牡丹花名。琼树:树木的美称。

⑪对波光山色参差:用苏轼《饮湖上初晴后雨》诗意:"水光潋滟晴方好,山色空蒙雨亦奇。欲把西湖比西子,淡妆浓抹总相宜。"参差,纷纭繁杂貌。

⑫江瑶脍:用江瑶柱作脍的菜。江瑶,一种海蚌,多群栖海岸的泥底,肉柱味鲜美,为海味珍品。脍,细切的肉。

⑬擘(bò):分开,剖开。轻红:淡红色,粉红色,荔枝的颜色。

⑭苏堤:宋元祐年间,苏轼任杭州郡守时所筑,南自南屏山,北接西泠桥,横亘烟水之中,风景幽美。"苏堤春晓"是西湖十景之一。鞭影:马鞭的影子。宋陆游《村居》诗:"生憎快马随鞭影,宁作痴人记剑痕。"半痕:半条痕迹。

⑮灵鹫(jiù):灵鹫峰,即飞来峰。西岩寺:即灵隐寺。寺前有冷泉亭。

⑯烟鬟:喻云雾缭绕的峰峦。

⑰绛绡:红色绡绢。绡为生丝织成的薄纱、细绢。

⑱酿清香飘桂子:杭州灵隐山旁有月桂峰,传说即月宫桂子落下的地方。唐宋诗人常用"桂子天香"来形容灵隐、天竺、月桂诸峰的景色。

⑲月芽儿:即"月牙"。指新月。

⑳点破:改变原来的状况。湖烟:笼罩于湖面的雾气。诗文中常用以形容水面混茫的景象。

㉑琼瑶:美玉。

㉒笑渔蓑学鹭鸶:意指渔人蓑衣上积了雪,像捕鱼的鹭鸶一样。

㉓"谁僝僽(chánzhòu)"二句:是谁在埋怨范蠡,使西子新添上两鬓的白发?这里形容西湖的积雪,像西施花白的两鬓。僝僽,责骂,埋怨。鸱(chī)夷子,即鸱夷子皮,春秋越国范蠡之号。《史记·越王勾践世家》:"范蠡浮海出齐,变姓名,自谓鸱夷子皮,耕于海畔,苦身勠力,父子治产。"《汉书·货殖传》:"(范蠡)乃乘扁舟,浮江湖,变姓名,适齐为鸱夷子皮,之陶为朱公。"

【解读】

《湘妃怨·西湖》是按照春、夏、秋、冬四个季节的顺序来描写西湖的。据刘时中《水仙操幷引》,元初民间即有《水仙子》西湖四时词,都是用苏轼《饮湖上初晴后雨》"欲把西湖比西子,淡妆浓抹总相宜"诗意,"每恨其不能佳"。于是"崧麓樵者"卢挚特地重作四首,并订立例规,"其约首句韵以'儿'字,'时'字为之次,'西施'二字为句绝。然后一洗而空之"。后马致远、刘时中、张可久等都有和作。

此曲仍从苏轼《饮湖上初晴后雨》诗意生发,用拟人手法,把西湖比作春秋时期的美女西施,从"妒色""好客""百巧""淡净"等角度表现了西湖在特定季节的特色。语言清新淡雅,风格俊美秀逸。在描写西湖风光的元代散曲中,堪称是出类拔萃的佳作。

第一首,写春天的西湖。轻寒微雨时,东风懒怠,百花尚未盛开,杨柳也只是轻轻地摇曳着绿色枝条,海棠花更是只敢偷偷地涂抹些胭脂,吴山献愁供恨,钱塘江上的歌女也减却了浅斟低唱……这一切都是因为西施"妒色"的缘故。但在作者看来,却恰恰是湖山的最佳胜处,因为它造就了一个清寒婉约、旖旎秀美的西湖。

第二首,写夏天的西湖。华丽的游船,林影参差,荷香四溢,又正值雨后初晴,一路繁花盛开,水光潋滟,山色空蒙,美丽的景色衬托着美丽的人儿,在杯觥交错中,娇美地唱着富有诗情画意的曲子……风光旖旎,心旌摇荡,令人陶醉。更妙的是美酒美食供陈,新上市的荔枝剥开……将西湖的风景之美及饮食之美描画得淋漓尽致,因此最后一句"是个好客的西施",将"好客"两字标显,突出了西湖的人文之美。

第三首,写秋天的西湖。夜色来临,吴山月上;策马苏堤,鞭影映水。一路缓行,迤逦至飞来峰、灵隐寺,然后下探冷泉亭,在这里静静欣赏吴山一带云雾缭绕的风光,丰姿秀美,迥出尘俗,不自觉诗兴勃发。秋风吹过,像一把剪子将西湖裁剪得五光十色,真的是漫山红遍,层林尽染,这时又送来阵阵桂香,真的个沁人心脾……秋天的西湖色彩繁复多变,突出了一个"巧"字。

第四首,写冬天的西湖。雪停了,天空晴朗,一轮新月挂在天边,满湖烟水浩茫,梅梢上一点胭脂昂首苍穹,正好打破了肃杀的雪景。雪还在纷纷地下着,早上起来,只见亭台上的树枝都挂满了冰凌,那渔夫的蓑衣也积满了雪,像极了捕鱼的鹭鸶,引得人们发出一阵阵笑声。但歌舞台上,那妆衣镜里照映出来的人儿却是一脸冰霜。是西子在责怪鸱夷子(范蠡),使她新添了两鬓白发吗?作者用拟人的手法,融情于景,巧妙地将西湖冷艳、高洁、素雅的特色展现出来,突出了其"淡净"的特征。

〔正宫〕黑漆弩①   刘敏中

村居遣兴

长巾阔领深村住②,不识我唤作伧父③。掩白沙翠竹柴门④,听彻秋来夜雨。 闲将得失思量,往事水流东去。

便宜教画却凌烟⑤,甚是功名了处⑥?

吾庐却近江鸥住⑦,更几个好事农父⑧。对青山枕上诗成,一阵沙头风雨。　酒旗只隔横塘,自过小桥沽去⑨。尽疏狂不怕人嫌⑩,是我生平喜处。

【作者简介】

刘敏中(1243—1318),字端甫,济南章丘(今属山东)人。至元以后,历任监察御史、陕西行台治书侍御史、集贤学士、河南行省参知政事、淮西肃政廉访使、山东宣慰使、翰林学士承旨等职。后因病还归乡里。能诗、词、文,著有《中庵集》二十五卷。《全元散曲》录其小令二首。

【注释】

①正宫:宫调名,元曲十二宫调之一。黑漆弩:北曲曲牌名,又名《鹦鹉曲》《学士吟》《江南烟雨》。属正宫。正格,四句三韵,七七七六。幺篇四句二韵,七六七七。必与幺篇连用。多用作小令,套数偶见。

②长巾阔领:指隐居乡里时穿着的简朴服装。巾,古人以巾裹头,后即演变成冠的一种。阔领,指有宽领的上衣。深村:指僻远的乡村。

③伧(cāng)父:晋南北朝时,南人讥北人粗鄙,蔑称之为"伧父"。这里指鄙野的村民,犹言村夫。

④"掩白沙"句:意为将远处的白沙翠竹掩在门外。杜甫《南邻》诗:"白沙翠竹江村暮,相送柴门月色新。"

⑤便:即便,即使。宜:应当,应该。教(jiāo):使,令,让。画却凌烟:被画到凌烟阁,意指建立伟大的功名事业。却,助词,用在动词后面,表动作的完成。凌烟,即凌烟阁,唐太宗曾为表彰功臣建高阁,阁中绘二十四位功臣图像。

⑥甚是功名了处:哪里是功名的完结之处? 功名,功业和名声。

了处,即了结、完成之处。

⑦庐:本指农忙季节在田野临时搭建的简陋棚屋。泛指简陋的居室。江鸥:生活在江中的鸥鸟,无机心。

⑧好(hào)事农父:指热心肠的农夫。好事,热心助人。

⑨沽(gū):买。

⑩疏狂:豪放,不受拘束。

【解读】

从题目和内容上看,这组曲子当作于刘敏中弹劾权臣桑哥未果而辞官归乡后。据《元史·刘敏中传》记载:"权臣桑哥秉政,敏中劾其奸邪,不报,遂辞职归其乡。""敏中平生,身不怀币,口不论钱,义不苟进,进必有所匡救,援据今古,雍容不迫。每以时事为忧,或郁而弗伸,则戚形于色,中夜叹息,至泪湿枕席。"又曾言其志曰:"自幼至老,相见而无愧色,乃吾志也。"从这两首小令中,即可见他的这种品格和志趣。

第一首,前四句写作者归隐村居的情况,一副回归自然,回归普通生活的样子。长巾阔领,是当时平民穿戴的便服。独居在僻远的乡村,不认识他的人把他当作村夫看待。而他的生活,则是柴门静掩,将白沙翠竹挡在门外,意指周围环境的美丽;而夜来秋雨萧萧,常常听到支撑不住了才肯睡去,意指环境的安静。为什么要"听彻秋来夜雨"?曲子的幺篇就是答案,一是思量平生的得失,二是回味往事的过程,使得他长夜难眠。但作者知道,过去的都已经如"水流东去",功名事业也都是了无尽期,即使做到了凌烟阁上的功臣那样,又能怎样?功名如过眼烟云,不如适意地过好自己的人生,这是作者思量、回味平生所得到的人生感悟。但这种感悟,是向来士大夫们遇到挫折之后选择的一种不抵抗的常态,同时透露出作者对现实深深的无奈、孤寂和悲凉之情。

此曲开篇点题"村居",后面均是"遣兴"。"村居"则写景,"遣兴"则忆往。全曲由"听彻夜雨"过渡,"思量得失"转折,承转自然。结尾二句,以反诘形式给出答案,给人留下想象空间,寓意深远。

第二首依然用前韵,铺写作者村居之种种乐事。作者居室近在江边,常与江鸥为伴,鸥鸟是无机心的动物,与江鸥结盟,亦喻指作者的退隐生活,这是一乐。二乐,是与同样无机心的"几个好事农父"为伴。三乐是饮酒作诗,自在疏狂。这都是官场中勾心斗角的人所不能经历和领略到的。曲中"青山枕上""沙头风雨",都是自然中的美景;"酒旗只隔横塘,自过小桥沽去",那是何等惬意自在的生活。作者有第一首的感悟,才有这一首的自在疏狂。喜自己心中所喜,爱自己心中所爱,享受自由意志的生活,这才是作者最大的快乐。

〔双调〕蟾宫曲①

盍西村

咏 渊 明②

陶渊明自不合时③,采菊东篱④,为赋新诗。独对南山,泛秋香有酒盈卮⑤。一个小颗颗彭泽县儿⑥,五斗米懒折腰肢⑦。乐以琴诗⑧,畅会寻思⑨。万古流传,赋《归去来辞》⑩。

【作者简介】

盍西村,生平不详。盱眙(今属江苏)人。元钟嗣成《录鬼簿》"前辈已死名公有乐府行于世者"列"盍志学学士",或即西村。散曲多为写景之作,歌颂隐逸生活,风格清新自然。明朱权《太和正音谱》评"盍西村之词,如清风爽籁"。现存小令十七首,套数一套。

【注释】

①蟾宫曲:北曲曲牌名,又称《天香引》《秋风第一枝》《步蟾宫》等。

字数定格据《九宫大成谱》正格是六四四四四四七七四四（十句），但是第五句以后可酌增四字句，押七平声韵。或单用作小令，或用在双调套曲内。

②陶渊明（365？—427），一名潜，字元亮，别号五柳先生，私谥靖节，世称靖节先生。浔阳柴桑人（今江西九江）人。曾为江州祭酒、镇军参军，后任彭泽令。因不满当时官员的腐败而去职，归隐田园，至死不仕。东晋末到南朝刘宋初杰出的诗人、辞赋家、散文家，被誉为"隐逸诗人之宗""田园诗派之鼻祖"。作品有《归园田居》《饮酒》《桃花源记》《归去来兮辞》《五柳先生传》等。

③不合时：不合时俗。陶渊明《归园田居》六首其一有"少无适俗韵，性本爱丘山"句。

④采菊东篱：在东边的篱笆下采摘菊花。陶渊明《饮酒》二十首其五："采菊东篱下，悠然见南山。"

⑤有酒盈卮（zhī）：酒杯里倒满了酒。卮，古代的一种酒器，相当于酒樽、酒杯。陶渊明《归去来兮辞》："携幼入室，有酒盈樽。"

⑥小颗颗：很小。彭泽县：在江西九江。陶渊明曾在此任过县令。

⑦"五斗米"句：《晋书·隐逸传·陶潜》："素简贵，不私事上官。郡遣督邮至县，吏白应束带见之，潜叹曰：'吾不能为五斗米折腰，拳拳事乡里小人邪！'义熙二年，解印去县，乃赋《归去来》。"五斗米，指微薄的官俸。折腰，弯腰。

⑧乐以琴诗：以弹琴赋诗为乐。陶渊明《归去来兮辞》："悦亲戚之情话，乐琴书以消忧。""登东皋以舒啸，临清流而赋诗。"

⑨畅会寻思：极会思考。畅，副词，表示程度，相当于"甚""极"。寻思，思索，思考。这里似隐括陶渊明《归去来兮辞》"喜万物之得时，感吾生之行休。已矣乎，寓形宇内复几时，曷不委心任去留，胡为乎遑遑兮欲何之？富贵非吾愿，帝乡不可期"辞意。

⑩《归去来辞》：即陶渊明的《归去来兮辞》。

【解读】

此曲是歌咏东晋诗人陶渊明退隐事迹之作。作者赞扬陶渊明不为五斗米折腰的崇高精神,也借此发抒不愿为元朝统治者效犬马之力的思想。

全篇几乎是用陶渊明的诗文或事迹檃栝而成。陶渊明爱菊、爱酒、爱赋诗这三个特点在本曲中体现得很清楚。开头一句,即用《归园田居》六首其一"少无适俗韵,性本爱丘山"诗意,"无适俗韵",即"自不合时",点明陶渊明不愿与世俗社会同流合污的真性情。第二、三、四句化用《饮酒》二十首其五"采菊东篱下,悠然见南山"诗意,反映陶渊明的退隐生活,突出其清高孤傲、自然适性的品格。第五句,"泛秋香",即秋菊的香气,自采摘而来;"有酒盈卮",化用《归去来兮辞》"携幼入室,有酒盈樽",描述了陶渊明爱菊、饮酒的行止。第六、七句,用《晋书·隐逸传·陶潜》"不能为五斗米折腰"事迹,揭示了陶渊明辞官归隐的原因,进一步表现其清高孤傲的品格,同时也表明了作者的立场与态度,一个"懒"字将陶渊明潇洒疏散的风神描摹殆尽。第八句"乐以琴诗"化用《归去来兮辞》:"悦亲戚之情话,乐琴书以消忧。""登东皋以舒啸,临清流而赋诗。"点明陶渊明高洁的生活情趣和以"琴诗"为乐的生活内容。"畅会寻思"一句是极为欣赏陶渊明《归去来兮辞》里"富贵非吾愿,帝乡不可期"而"任心去留"的从容自适的思想。最后,点明陶渊明逃离樊笼,复返自然,而作《归去来兮辞》,其诗文和事迹必将"万古流传"。

全曲融入了大量的史实和诗文词句,但不见烦冗堆砌。相反,倒是浑然天成,语言很轻松,有抑扬顿挫之美,极富感染力。

〔中吕〕山坡羊①   陈草庵

青霄有路②,黄金无数,劝君万事从宽恕③。富之余,贵也余,望将后代儿孙护。富贵不依公道取,儿,也受苦;孙,也受苦。

繁华般弄④,豪杰陪奉⑤,一杯未尽笙歌送⑥。恰成功,早无踪,似昨宵一枕南柯梦⑦。人世枉将花月宠⑧,春,也是空;秋,也是空。

生涯虽旧⑨,衣食足够,区区自要寻生受⑩。一身忧,一心愁,身心常在他人彀⑪。天道若能随分守⑫,身,也自由;心,也自由。

【作者简介】

陈草庵(1245—1330?),名英,字彦卿,号草庵。析津(今北京)人。生平事迹不详。元钟嗣成《录鬼簿》称其"陈草庵中丞",名列前辈名公之中。张养浩《归田类稿》说他曾官监察御史、诸道宣抚、中丞等职。《全元散曲》录存其小令二十六首。

【注释】

①山坡羊:曲牌名,又名《山坡里羊》《苏武持节》。北曲属中吕宫,十一句,押九韵,或每句入韵。南曲属商调,十一句,押十一韵。

②青霄:青天,天空。喻帝都,朝廷;巍科,高第。

③宽恕:宽大仁恕。

④般弄:同"搬弄"。捉弄,戏弄,摆布。

⑤陪奉:陪列奉承。
⑥笙歌:吹笙唱歌,泛指奏乐唱歌。
⑦南柯梦:见前关汉卿《〔南吕〕四块玉·闲适》注⑦。
⑧花月:春花秋月,泛指美好的景色和时光。亦可作"风花雪月"解,既泛指四季景色,亦喻指男女情爱之事,或指花天酒地、放纵浪荡的行为。
⑨生涯:语本《庄子·养生主》:"吾生也有涯,而知也无涯。"原谓生命有边际、限度。后指生命、人生。这里指生活、生计。
⑩区区:犹方寸,形容人的心。生受:受苦,辛苦。
⑪彀(gòu):张满弓弩。这里义同"彀中",意指箭射出去所能达到的有效范围,射程之内。意指牢笼之中,圈套之中。
⑫随分:依据本性,按照本分。

【解读】

陈草庵《山坡羊》曲共二十六首,都是劝世之作。这里选三首。

第一首,规劝富贵者积善积德,能宽恕厚道。前三句讲富与贵都要由正当的办法争取。第一句强调功名,第二句强调财富,第三句正面规劝,劝人们万事都要从宽大仁恕着眼、着力,不要作恶造孽。后几句反面规劝。先强调无论你多么富贵,都应为儿孙着眼、着想。然后直接从反面说明如果你的富贵来路不正,不是以公道、正道取得的,而是以歪门邪道甚至是作恶造孽取得的,那么你的子孙将会受苦,将会受到报应和惩罚。这是基于因果报应的理论,抓住世人庇荫后代、疼爱儿孙的心理进行规劝。作者紧扣世人心理,以正反互补,以反面强化正面的方式展开,曲折自然,由此避免了说教的空洞与抽象。

第二首,劝人看透繁华的背后都是虚幻。前三句写场面的豪华,人物的陪奉、迎送的笙歌,写成功人士志得意满的情景。中间三句,突然转折,正是成功辉煌的当头,突然繁华落下帷幕,以南柯一梦的典故,反映富贵的一场空幻。第七句,是劝人不要执着热衷场面上的事。

这里的"花月",可指"春花秋月",指四季的美景,也可指"风花雪月",喻指花天酒地、放纵游荡的行为。作者劝人看清繁华是表面的,实质是虚幻的——"春,也是空;秋,也是空"。这是基于佛教的人生虚幻理论,对热衷于功名场的人士给予的警醒。虽然看似消极,但对被名利冲昏了头脑者自是一剂清凉的补药。

第三首,劝人随分守己、乐天知命。前三句是说,生计即使是旧的生计,只要衣食足够,就不必无事生非,自寻烦恼。"区区",指人的方寸之心。忧虑愁苦,烦恼缠身,最终不过是中了别人的圈套。最后几句,点明自己所规劝的内容,那就是要循天道,自然而为,随分守己,只有这样,身心才获得真正的自由。这有点取消忧患意识,借以换取精神自由的意味,是老庄(道家)思想在作者身上的反映,也是作者在官场黑暗、世道无常的社会面前作出的被动选择。

〔越调〕天净沙 马致远

秋　思

枯藤老树昏鸦①,小桥流水人家,古道西风瘦马。夕阳西下,断肠人在天涯②。

【作者简介】

马致远(1251? —1321?),字千里,号东篱。大都(今北京)人。年轻时"写诗曾献上龙楼",热衷于求取功名,但仕途并不得意,曾任江浙省务提举。晚年退隐杭州,过着"清风明月还诗债"的悠闲生活。著名戏曲家,有"曲状元"之称,与关汉卿、郑光祖、白朴并称"元曲四大家"。著杂剧十五种,现存七种,《汉宫秋》是其代表作。散曲成就犹为世所称,明朱权《太和正音谱》:"马东篱之词如朝阳鸣凤。其词典雅清丽,可与《灵光》《景福》两相颉颃,有振鬣长鸣、万马皆喑之意。又若神凤飞鸣于九霄,岂可与凡鸟共语哉!宜列群英之上。"《全元散曲》收其小令一百一十五首,套曲二十二套。

【注释】

①枯藤:干枯的藤条。昏鸦:黄昏时的乌鸦。

②断肠人:极度悲哀的人,此指远离家乡漂泊在外的游子。天涯:犹天边,指极远的地方。

【解读】

这是马致远最负盛名的作品。此系写景小令,全篇二十八个字,一气勾画出一幅苍凉的荒郊羁旅秋意图。前三句写枯冷、凄清之秋景,后二句写漂泊羁旅之游人。都是从一个游子的经历及视角写出,触目所及,全是萧瑟苍凉的意境,情随景生,一种浓浓的凄苦的甚至是孤独绝望的秋意就渗透在每一个意象、每一个细节中,令人有入骨的感觉。

"枯藤老树昏鸦",荒郊外,枯藤缠绕在老树上,归巢的乌鸦盘桓在天空中,一个"昏"字,点出时间是在黄昏,这种意象自然给人以荒凉和凄凉之感。"小桥流水人家",但这里有小桥流水,还有人家居住,使游子备感亲切,荒凉之中仍有生意。但这也是使游子触景生情的原因,因为这里"家"的突然出现,使游子自然联想到自己的"家"远在天边,因此,思乡之痛苦就不觉深刻地印在游子的心上。这是给最后一句"断肠人在天涯"埋下的伏笔。"古道西风瘦马",古道孤寂,秋风萧瑟,瘦马伶仃,进一步烘染环境,加深孤独苍凉的意境,游子落寞、痛苦的情怀尽在这些意象中得到加强。随着光线渐渐昏暗、惨淡,直至"夕阳西下",暮色笼罩,一句"断肠人在天涯"直击心灵,将游子那种漂泊天涯、思念家乡的孤独、绝望、痛苦情绪全盘释放,使全篇情感的高潮达到极致。结尾呼应前文,真的是画龙点睛,情景交融,具有极强的感染力。

此曲采用并列式的意象组合,布局精巧,意蕴深远,文字雅净,音调有抑扬顿挫之致,其深刻的艺术魅力倾倒古今文人雅士,历来被推崇为小令中出类拔萃之作。明王世贞赞为"景中雅语"(《曲藻》),王国维称其"深得唐人绝句妙境"(《人间词话》),卢骥野评其为"秋思之祖",宜其脍炙人口,久诵不衰。

【点评】

《天净沙》小令,纯是天籁,仿佛唐人绝句。(王国维《宋元戏曲考·元剧之文章》)

前三对,"瘦马"二字去上,极妙,秋思之祖也。(卢骥野《广中原音韵小令定格》)

〔双调〕蟾宫曲　　马致远

叹　世

咸阳百二山河①,两字功名,几阵干戈②。项废东吴③,刘兴西蜀④,梦说南柯⑤。韩信功兀的般证果⑥,蒯通言那里是风魔⑦。成也萧何,败也萧何⑧,醉了由他。

【注释】

①咸阳:大秦帝国都城,位于陕西八百里秦川腹地,渭水穿南,峻山亘北,山水俱阳,故称咸阳。百二山河:喻山河险固之地。百二,以二敌百。一说百的一倍。《史记·高祖本纪》:"秦,形胜之国,带河山之险,县(悬)隔千里,持戟百万,秦得百二焉。"裴骃集解引苏林曰:"得

百中之二焉。秦地险固,二万人足当诸侯百万人也。"司马贞索隐引虞喜曰:"言诸侯持戟百万,秦地险固,一倍于天下,故云得百二焉,言倍之也,盖言秦兵当二百万也。"

②干戈:指战争。干,盾牌。

③项废东吴:项羽在东吴彻底战败。项羽推翻秦帝国后,大封诸侯,自立为西楚霸王,定都彭城(今江苏徐州,属古吴地)。后与刘邦在垓下一战兵败,自刎乌江。东吴,泛指古吴地,大约相当于现在江苏、浙江两省东部地区。

④刘兴西蜀:项羽大封诸侯时,"立沛公刘邦为汉王,王巴、蜀、汉中,都南郑"。后刘邦暗度陈仓,入关中,最终击败项羽,取得天下,建立汉朝。因其封地以蜀地(今四川)为最广,蜀地在中原的西部,所以用西蜀指代汉王刘邦的封地。

⑤梦说南柯:见前关汉卿《〔南吕〕四块玉·闲适》注⑦。

⑥韩信(前231?—前196):西汉开国功臣、军事家。在刘邦与项羽争夺天下的战争中,灭魏、徇赵、胁燕、定齐、歼楚,立下大功,先后被封齐王、楚王、淮阴侯。因功高震主,终遭忌,被吕后设计擒杀。兀的般:这般。证果:本义为佛教语,谓经过长期修行而悟入妙道。这里指事情最后得到的结果。

⑦蒯(kuǎi)通:本名蒯彻,避汉武帝讳改为通。范阳(今河北定兴)人。辩才无双,善于陈说利害,曾为韩信谋士。楚汉相争,韩信据有齐国,势强力大,蒯通为韩信献三分天下之计:"足下为汉则汉胜,与楚则楚胜。……诚能听臣之计,莫若两利而俱存之,参(三)分天下,鼎足而居。"并言韩信功高震主,如若不自立为王,必将蹈野兽尽走狗烹的下场,功成身死。韩信不听。蒯通见所说不允,便佯狂为巫逃走了。后韩信果然被害,应了蒯通的预言。那里:哪里。风魔:发疯,癫狂。指蒯通佯狂(假装疯癫)逃走之事。

⑧成也萧何,败也萧何:宋洪迈《容斋续笔·萧何给韩信》:"韩信

为人告反,吕后欲召,恐其不就,乃与萧相国谋,诈令人称陈豨已破,给信曰:'虽病,强入贺。'信入,即被诛。信之为大将军,实萧何所荐,今其死也,又出其谋,故俚语有'成也萧何,败也萧何'之语。"后以"成也萧何,败也萧何"比喻事情的成败都出于同一个人。

【解读】

此曲名为"叹世",其实也无非贯穿着功名流水、人生如梦的思想。这多半是在现实滞碍难通的时候,自然拥有的一种避世态度。曲子通过对战国七雄争霸、秦末陈胜吴广起义、楚汉相争以及韩信个人不幸遭遇的叙述,抒发了对功名险恶、人心叵测的无限感慨。

此曲开头三句,讲述咸阳形势的重要,以及战国末年,七国争雄,而后陈胜吴广起义、楚汉相争,为了"功名"二字,在这里上演了多少次攻防大战。特别是楚汉相争,项羽在乌江战败自刎,刘邦在汉中兴起而据有天下。这些历史,如过眼烟云,在时间的河流中都已经消逝,正如淳于棼在槐树下做的南柯一梦那样,都是虚幻而不真实的。这中间的大将军韩信,给汉朝立下了那么大的功劳,结果功高震主,落了个遭忌被杀的结局。当时韩信"东下齐城"、据有齐国的时候,兵力强盛,在楚汉之争中,已经具有了鼎足之势。佐楚则楚胜,佐汉则汉赢;两不相帮,也能够自立而三分天下。这样的机会千载难逢,过此不图,必将贻患。谋士蒯通给韩信献三分之计的时候,将利害关系说得那样清楚,结果韩信还是不肯听从。蒯通见机,只得佯狂逃走。事后证明,蒯通是何等的有先见之明。他给韩信进言时头脑是非常清醒也非常深刻的,哪里有什么"风魔"之语?从韩信的事件中,也还可以看到人心的叵测。当时韩信在项羽阵营,未得到重用,投奔刘邦,也依然未有结果。是萧何推荐了他,历史上留下了"萧何月下追韩信"的佳话。狡兔死走狗烹,历史又是如此的残酷和诡异,韩信最终遭忌被杀,却也是萧何出的计谋,是他将韩信送上了不归路,因此民间留下了"成也萧何,败也萧何"的俚语。但不管仕途险恶也好,人心叵测也好,这一切的背后,其实都是"功名"两字在起作用。如果认清了这"功名"都是虚幻的、不真实的,都将如过眼云烟、南柯一梦,那么很多事业其实都是可以放下的,很多机心都是可以不必要的,所以何必那样挖空心思、颠沛流离去努力呢?喝喝酒醉了算了,过自己逍遥自在的日子更有意义。

作者在这首曲子中所传达的消极退隐思想,几乎贯穿在元曲的整个过程中。虽然表面上看是表现出了作者超然物外的态度和对于历史、人生的深刻感悟,但其实所透露的是对残酷现实的无奈和怀才不遇的深沉感慨。"醉了"的表面自有一种凄凉的意绪萦绕,使人久久不能忘怀。

〔双调〕寿阳曲① 马致远

远浦帆归②

夕阳下,酒斾闲③,两三航未曾着岸④。落花水香茅舍晚,断桥头卖鱼人散。

【注释】

①寿阳曲:曲牌名,又名《落梅风》。有三种格式:一、单调二十七字,五句一平韵、三叶韵;二、单调二十八字,五句四仄韵;三、单调三十二字,五句一平韵、三叶韵。

②浦(pǔ):水边。

③酒斾(pèi):酒旗或酒帘,酒店的标帜。斾,古代旗末端状如燕尾的垂旒,泛指旌旗。

④航:两船相并而成的方舟,泛指船。着岸:靠岸。

【解读】

此曲为作者写潇湘八景之《寿阳曲》小令八首之第二首。主要以远浦归帆为描写重点,展现了闲适宁静的江村风光和渔民的生活情景。

前两句写景,为全曲奠定闲适的基调。夕阳西下,黄昏来临。江岸上高高悬着的酒旗,最先映入眼帘。一"闲"字将傍晚江村酒店恬淡、宁静的气氛自然带出。第三句,"两三航未曾着岸",紧扣标题,大意是:远浦的渔船已经回来了,有两三只船已驶近岸边,但尚未靠岸。"两三航",写渔船不多,情调极疏淡、从容。最后两句,转入渔船靠岸后的情景描写。"落花水香茅舍晚","落花",点明了季节,估计是暮春;"水香",是因花落在水里而香,渲染了水村鲜艳美丽的色调;"茅舍晚",暮色苍茫下的茅舍在温暖的春江岸边,自有一种萧散闲逸的气息。一句三景,疏密有致,既呼应了前文,又增添了色彩。"断桥头卖鱼人散",这里暗示远浦的归帆已经靠岸,略去了渔船靠岸后,渔民忙碌的场面,直接写桥头鱼市结束和渔人各自回家的生活场景。"断桥头",是自然实景,也交代了环境荒疏的一面;"卖鱼人散",则揭示这里曾有短暂的鱼市交易,但现在交易已经结束,卖鱼的人也都散去,村镇又重归宁静。

作者擅长以极富特征的景物渲染气氛。夕阳、酒旗、欲归未归的渔船、清流萦绕的茅舍、人群散去后寂静无声的断桥,犹如一幅清雅的水墨画,营造了一种清疏而旷远的意境,境界超逸,回味悠长。

【点评】

东篱表现景物一瞬之精妙,并不依靠繁复琐碎的形容描绘,而是抓住事物景色之"神",用最为干净精炼的语言传递出后,还不忘为读者留下想象的空间,这倒与中国画的"留白"极为相似。(三榭柳君《关于马致远散曲"画意"风格》)

〔双调〕湘妃怨　　马致远

和卢疏斋西湖①

春风骄马五陵儿②,暖日西湖三月时。管弦触水莺花市③,不知音不到此。宜歌宜酒宜诗。山过雨颦眉黛④,柳拖烟堆鬓丝⑤,可喜杀睡足的西施⑥。

采莲湖上画船儿,垂钓滩头白鹭鸶。雨中楼阁烟中寺,笑王维作画师⑦。蓬莱倒影参差。薰风来至⑧,荷香净时,清洁煞避暑的西施。

金卮满劝莫推辞⑨,已是黄柑紫蟹时。鸳鸯不管伤心事,便白头湖上死。爱园林一抹胭脂。霜落在丹枫上,水飘着红叶儿,风流煞带酒的西施。

人家篱落酒旗儿⑩,雪压寒梅老树枝。吟诗未稳推敲字⑪,为西湖捻断髭⑫。恨东坡对雪无诗。休道是苏学士、韩退之⑬,难妆煞傅粉的西施⑭。

【注释】

①和:依照别人的诗词的题材或体裁作诗词。卢疏斋:即卢挚,号疏斋。西湖:卢挚作《湘妃怨·西湖》四首,咏叹西湖四季秀美景色。

②五陵儿:犹言五陵年少。指京都富豪子弟。五陵,长陵、安陵、阳陵、茂陵、平陵五县的合称。均在渭水北岸今陕西咸阳附近。为西汉五个皇帝陵墓所在地。汉元帝以前,每立陵墓,辄迁徙四方富豪及

外戚于此居住,令供奉园陵,称为陵县。

③管弦触水:指管弦弹奏的乐声在湖上飘荡。管弦,管乐和弦乐。莺花市:青楼妓院。莺花,莺啼花开,借喻妓女。

④颦眉黛:形容远处的雨后春山,好像西施皱着青黑色的眉毛。

⑤鬓丝:鬓发。

⑥可喜:犹云可爱。

⑦笑王维作画师:王维是唐代著名的山水画家和诗人。《旧唐书·王维传》:"维尤长五言诗。书画特臻其妙,笔踪措思,参于造化,而创意经图,即有所缺,如山水平远,云峰石色,绝迹天机,非绘者所及也。"然而在作者看来,与西湖之自然美景相比,王维笔下的山水则显得失色、可笑。下首"恨东坡对雪无诗",其用法与此相似,皆以古人作反衬。

⑧薰风:和暖的风。指初夏时的东南风。

⑨金卮:金制酒器,亦为酒器之美称。

⑩篱落:即篱笆。

⑪推敲:后蜀何光远《鉴诫录·贾忤旨》:"(贾岛)忽一日于驴上吟得:'鸟宿池中树,僧敲月下门。'初欲着'推'字,或欲着'敲'字,炼之未定,遂于驴上作'推'字手势,又作'敲'字手势,不觉行半坊。观者讶之,岛似不见。时韩吏部愈权京尹,意气清严,威振紫陌。经第三对呵唱,岛但手势未已。俄为官者推下驴,拥至尹前,岛方觉悟。顾问欲责之。岛具对:'偶得一联,吟安一字未定,神游诗府,致冲大官,非敢取尤,希垂至鉴。'韩立马良久思之,谓岛曰:'作敲字佳矣。'"后因以"推敲"指斟酌字句,亦泛谓对事情的反复考虑。

⑫捻断髭(zī):捻断髭须。极言炼句之苦。唐卢延让《苦吟》:"吟安一个字,捻断数茎须。"捻,用手指搓转。髭,嘴上边的胡子。

⑬苏学士:即苏轼,曾任翰林学士,故称。韩退之:韩愈,字退之。

⑭妆:梳妆打扮。傅粉:脸上搽粉。

97

【解读】

这四首小令是唱和卢挚(疏斋)《湘妃怨·西湖》,依然用苏东坡"欲把西湖比西子"诗意,以春、夏、秋、冬四季作为题写的内容。

第一首,写西湖的春景。主要突出的是西湖热闹繁华表象之下,雨后的绰约妙曼情致。春天到来,和风吹拂,阳光温暖,吸引鲜衣怒马的富豪子弟成群结队到西湖游赏。于是西湖到处管弦声洋溢,特别是青楼之所,日日花团锦簇,笙歌鼓舞,煞是热闹。一句"不知音不到此",语意既双关又有转折,双关则是指西湖之美,一在春景,二在情调,也即是后文所题写"宜歌宜酒宜诗"的情趣,及春雨过后山峦掩映、杨柳堆烟的美丽景象;转折也就在最后三句,西湖之美不在前面的管弦呕哑、春风骄马,而在雨后的那一刻——春山隐约妩媚,有如西子颦眉;杨柳拖烟,有如西子蓬松的鬓发。这时的西湖就像美丽的西子刚刚睡足初醒,那种娇柔、婉约、妙曼的丰姿,才是西湖最令人动心的所在。其感受之细微与独到,极富创造性,令人回味无穷。

第二首,写西湖的夏景。前五句尽写西湖夏日之景,用绘画和取景的方法,写画船采莲、滩头垂钓、雨中的楼阁佛寺及水中倒影,有动有静,有近有远,几组意象烘托出西湖的美不胜收,一句"笑王维作画师",用点睛之笔巧妙地将西湖美的程度揭出,说明西湖之美恰似蓬莱仙境。最后三句,主要写氛围,薰风时至,荷香四溢,还有暗藏在字面下的水面清凉,使游客置身此境,将一天的烦热滤洗得干干净净。最后一句也是用点睛之笔自然将夏日西湖避暑的功能突显出来。

第三首,写西湖的秋景。"金卮满劝",是在湖上游宴;黄柑紫蟹,正是当令果菜。有情人的离别,鸳鸯是管不到的,它们只守着生死同栖,白头偕老。前四句应当是写画船上的饯别酒宴,虽满桌丰盛的酒食瓜果,但难掩伤心人的离愁别绪。后四句突然一转,抛开伤感的情绪,一写园林艳丽的色彩之美。"一抹胭脂",指树上的枫叶经霜变红,红叶从树上掉落,在水面上形成一道艳丽的风景。这时候的西湖真的是色彩斑斓,风流美艳,全无秋景惨淡之意。前后四句,形成对照,给人十分深刻的印象。

第四首,写西湖的冬景。作者并没有从正面花大力气描述西湖的雪景,而只是略略点染,再从侧面,将西湖比作"傅粉的西施",对它的雪景之美加以烘托和赞美。前二句写西湖边酒家篱笆外,酒旗儿飘着,老树杈枒,雪压在寒梅上。这只是个起兴的引子。三、四两句用唐代诗人贾岛和韩愈为诗"推敲"的典故,写自己面对雪景搜肠刮肚、费尽心思,总是难以找出美妙恰当的句子来给予形容。后三句,写西湖实在是太美,不仅自己无法形容,就算是韩愈和苏东坡这样伟大的文学家,也无能为力。这样就让读者自己去体味西湖绝妙的胜境是无法用语言来再现的,在相当程度上达到了正面描写所达不到的效果。

"恨东坡对雪无诗"一句,也是妙句。苏东坡元祐四年(1089)知杭州,主持了西湖的疏浚和苏堤的筑建工作,使西湖不仅成为农业之利,而且也成为一处绝美的风景。他虽然在杭州只两年,但留下了许多有关西湖的美丽诗篇,但唯独对西湖的雪景没有片言只字描述。用"恨东坡对雪无诗"来说明西湖的美令苏东坡都说不出赞美的话来,是对西湖雪景之美最高的褒扬。

〔仙吕〕赏花时^①

马致远

掬水月在手

古镜当天秋正磨^②,玉露瀼瀼寒渐多^③,星斗灿银河^④。泉澄潦尽^⑤,仙桂影婆娑^⑥。

〔幺〕不觉楼头二鼓过,慢撒金莲鸣玉珂^⑦。离香阁近花科^⑧,丫鬟唤我,渴睡也去来呵^⑨。

〔赚煞〕⑩紧相催,闲笃磨⑪,快道与茶茶嬷嬷⑫。宝鉴妆奁准备着⑬,就这月华明乘兴梳裹⑭。喜无那⑮,非是咱风魔⑯,伸玉指盆池内蘸绿波⑰。刚绰起半撮⑱,小梅香也歇和⑲,分明掌上见嫦娥。

【注释】

①赏花时:曲牌名。五句,句式为七七五四五,押四平韵。

②古镜:古时制作的铜镜,喻月亮。唐李白《古朗月行》:"小时不识月,呼作白玉盘。又疑瑶台镜,飞在青云端。"

③玉露:指秋露。瀼瀼(ráng):露浓貌。

④星斗:泛指天上的星星。银河:晴天夜晚天空呈现的银白色的光带。银河由大量恒星构成。古亦称云汉,又名天河、天汉、星河、银汉。

⑤潦(lǎo):积水。

⑥仙桂:神话传说月中有桂树,称之为"仙桂"。语出唐段成式《酉阳杂俎·天咫》:"旧言月中有桂、有蟾蜍,故异书言月桂高五百丈,下有一人常斫之,树创随合。"宋无名氏《大圣乐·初夏》词:"轻纨举,动团圆素月,仙桂婆娑。"婆娑:舞貌,形容姿态优美。

⑦慢撒(sā)金莲:慢慢将脚步放开。撒,放开,张开。金莲,指女子的纤足。鸣玉珂:玉珂振动发出响声。玉珂,马络头上的装饰物,多为玉制,也有用贝制的。晋张华《轻薄篇》:"文轩树羽盖,乘马鸣玉珂。"唐李贺《马》之二二:"汗血到王家,随鸾撼玉珂。"王琦汇解:"玉珂者,以玉饰马勒之上,振动则有声,故有'撼玉珂''鸣玉珂'之语。"

⑧近花科:接近花朵。科,古代戏曲中指示角色表演动作、情态的用语,泛指行为、动作。

⑨渴睡:瞌睡。

⑩赚煞:曲牌名,又名《赚尾》《赚煞尾》。属仙吕宫。

⑪笃磨:谓徘徊。
⑫茶茶:少女之昵称。这里指丫鬟。嬷嬷:奶妈,乳母。
⑬宝鉴:宝镜,镜子的美称。妆奁:女子梳妆用的镜匣。
⑭月华:月光,月色。梳裹:梳妆打扮。
⑮无那:犹无限,非常。
⑯风魔:发疯,癫狂。
⑰蘸(zhàn):在液体、粉末或糊状物里沾一下就拿出来。
⑱绰(chāo):匆忙地抓起,拿起。撮(cuō):手指一次抓取的量。泛指少量。
⑲歇和:谓声音相和。亦谓行动相配合。

【解读】

此套曲写一位闺中少女天真无邪的玩月情致。首曲《赏花时》先写秋月朗照的良辰美景。月明如镜,秋露如珠,灿灿星斗,皎皎银河,澄澄秋水,如此水月交映之夜,有空灵静谧之美。首曲写了题目中的"水""月"二字。其后两曲便写少女掬水玩月的活动。《幺》篇看似仅写了少女夜出闺房而乘兴游园,但其游园兴致显然是因月而起。《赚煞》"紧相催,闲笃磨"两句上承"丫鬟唤我"而来,写这位少女不顾丫鬟催促,仍悠闲地在园中徘徊瞻顾,甚至吩咐丫鬟奶妈准备好梳妆用品,她要趁着这月色梳妆打扮,说明少女性格的天真烂漫。最后写这位少女因为内心非常高兴,在园子里玩月玩得疯起来,和丫鬟一道,伸出纤纤玉手,去盆池内捧水洗手,而将月捧起来,"分明掌上见嫦娥"。"见嫦娥"就是在手掌捧起来的水中照见月的影子,整个题目也就在这一句被点明。结尾数句,水月交映,月色美人,相互映衬,景妍人丽,美不胜收。全篇写景与写人结合,创造出了空明静谧的优美意境,通过对人物语言和行动的描写,塑造出了一位天真无邪的美少女形象。

〔般涉调〕哨遍[1]　　马致远

半世逢场作戏,险些儿误了终焉计[2]。白发劝东篱,西村最好幽栖[3],老正宜。茅庐竹径,药井蔬畦[4],自减风云气[5]。嚼蜡光阴无味,旁观世态,静掩柴扉。虽无诸葛卧龙冈[6],原有严陵钓鱼矶[7],成趣南园[8],对榻青山[9],绕门绿水。

〔耍孩儿〕[10]穷则穷落觉囫囵睡[11],消甚奴耕婢织[12]?荷花二亩养鱼池,百泉通一道青溪。安排老子留风月,准备闲人洗是非[13],乐亦在其中矣。僧来笋蕨[14],客至琴棋。

〔二〕青门幸有栽瓜地[15],谁羡封侯百里?桔槔一水韭苗肥[16],快活煞学圃樊迟[17]。梨花树底三杯酒,杨柳阴中一片席,倒大来无拘系[18]。先生家淡粥,措大家黄齑[19]。

〔三〕有一片冻不死衣,有一口饿不死食。贫无烦恼知闲贵,譬如风浪乘舟去,争似田园拂袖归?本不爱争名利。嫌贫污耳[20],与鸟忘机[21]。

〔尾〕喜天阴唤锦鸠,爱花香哨画眉[22]。伴露荷中烟柳外风蒲内[23],绿头鸭黄莺儿啍七七[24]。

【注释】

①般涉调:十二宫调之一。属于般涉调的曲牌主要有《耍孩儿》《哨遍》等。哨遍:曲牌名,南北曲均有。均属般涉调。北曲较常见。用于剧曲或散曲套数,为套数首牌或联入套中。全篇(含幺篇)共三十句,至少押十三韵。散套可用幺篇换头,也可不用;剧套不用幺篇换头。

②终焉计:终老于此的计划,最终归宿的打算。

③幽栖:隐居。

④药井:芍药栏边的水井。蔬畦:种植蔬菜的田地。

⑤风云气:犹言英雄气。

⑥诸葛卧龙冈:相传蜀汉丞相诸葛亮未出山前隐居的地方,在今河南南阳西。卧龙冈,同"卧龙岗"。

⑦严陵钓鱼矶:严光,字子陵,省称严陵。东汉会稽余姚(今属浙江)人。少曾与汉光武帝刘秀同游学。秀即帝位后,光变姓名隐遁。秀遣人觅访,征召到京,授谏议大夫,不受,退隐于富春山,耕读垂钓。后人称他所居游之地为严陵山、严陵濑、严陵钓台等。诗文中常用其事。矶,突出江边的岩石或小石山。

⑧成趣:成为散步的场所。趣,同"趋"。《文选·陶潜〈归去来〉》:"园日涉以成趣,门虽设而常关。"李善注:"《尔雅》曰:'堂上谓之行,堂下谓之步,门外谓之趋,中庭谓之走。'郭璞曰:'此皆人行步趋走之处,因以名。'"

⑨对榻青山:青山与卧榻相对。意指在卧榻上即可见对面的青山。

⑩耍孩儿:曲牌名。又名《魔合罗》。属北曲般涉调,又入正宫、中吕宫、双调。全曲五十二字(不含衬字),九句七韵,平仄混押。

⑪落觉(jiào)囫囵睡:睡个完整的觉。落觉,进入睡眠。囫囵,完整,整个儿。

⑫消甚奴耕婢织:要受用什么奴隶耕田、婢女纺织?意指自己亲力亲为,不过依赖他人耕织的日子。消,享受,受用。

⑬"安排"二句:意为忘却凡尘烦忧,从此只醉心于山水风光。老子、闲人,皆作者自谓。

⑭笋蕨:竹笋与蕨菜。

⑮青门:汉长安城东南门。本名霸城门,因其门色青,故俗呼为

"青门"或"青城门"。《三辅黄图·都城十二门》:"长安城东,出南头第一门曰霸城门。民见门色青,名曰青城门,或曰青门。门外旧出佳瓜。广陵人邵平为秦东陵侯,秦破,为布衣,种瓜青门外。瓜美,故时人谓之东陵瓜。"

⑯桔槔:亦作"桔皋"。井上汲水的工具。在井旁架上设一杠杆,一端系汲器,一端悬、绑石块等重物,用不大的力量即可将灌满水的汲器提起。《庄子·天运》:"且子独不见夫桔槔者乎,引之则俯,舍之则仰。"

⑰学圃樊迟:樊迟,孔子弟子。《论语·子路》:"樊迟请学稼。子曰:'吾不如老农。'请学为圃。曰:'吾不如老圃。'"何晏集解云:"种五谷曰稼,树菜蔬曰圃也。"

⑱倒大:非常,无比。拘系:拘束,管束。

⑲措大:指贫寒失意的读书人。黄虀(jī):咸腌菜。常借指艰苦的生活。

⑳污耳:借用许由临池洗耳典故。相传尧让许由以天下,不受,遁居于颍水之阳箕山之下。尧又召为九州长,由不愿闻,洗耳于颍水之滨。事见《庄子·逍遥游》《史记·伯夷列传》。

㉑与鸟忘机:和鸟一起做忘机之友。鸟,鸥鸟。见前胡祗遹《〔双调〕沉醉东风》注③。忘机,消除机巧之心。常用以指甘于淡泊,与世无争。

㉒哨画眉:吹口哨逗引画眉鸟。

㉓风蒲:指蒲柳。

㉔啅(zhào)七七:鸟纷杂的叫声。啅,(鸟)噪聒。

【解读】

此曲表达作者厌弃尘世功名的争夺、追求避世隐居生活的情怀,语言明白晓畅,层次清晰。主曲《哨遍》讲述的是在经历"半世逢场作戏"之后,猛然发觉,自己差点儿耽误了终老的计划,那就是找一处幽深的村子,可以自耕自足,过上"旁观世态,静掩柴扉"的隐居生活。《耍孩儿》而下,讲述隐居生活的好处,至少可以睡上一个囫囵觉,在清风明月中摒弃古今是非,还有僧客往来,琴棋笋蕨的招待,这都是很理想的惬意的生活。至于隐居的条件,都很简单,有一块地可以种瓜,一块地种蔬菜,屋前屋后可以栽种梨树杨柳,梨花树底就着淡粥腌菜喝点酒,无拘无束,真是十分自在、十分快活。对于家庭来说,有一口饭、有一片衣,足以温饱,即使贫穷,但无烦恼,身心闲适,就比那些在名利场上的争夺要好得多。全曲主要抒写了作者极希望从现实困境中解脱出来的那种闲淡自在的情绪和心境,对元代被压迫的知识分子而言,是普遍的心声。此曲虽然看似作者看透了功名的争夺,其实满怀了对残酷现实的不甘与无奈。曲子中"逢场作戏""风云气""旁观世态"以及"诸葛卧龙冈"等词语、典故的大量使用,其潜意识底下正是作者未能忘情世事的充分证明。

〔黄钟〕人月圆　　赵孟頫

一枝仙桂香生玉①,消得唤卿卿②。缓歌金缕③,轻敲象板④,倾国倾城⑤。　　几时不见,红裙翠袖⑥,多少闲情⑦。想应如旧,春山澹澹⑧,秋水盈盈⑨。

【作者简介】

赵孟頫(1254—1322),字子昂,号松雪道人,又号水精宫道人。吴兴(今浙江湖州)人。宋宗室。入元后,受元世祖、武宗、仁宗、英宗四朝礼敬。历任集贤直学士、济南路总管府事、江浙等处儒学提举、翰林侍读学士等职,累官翰林学士承旨、荣禄大夫。晚年隐退。赵孟頫博学多才,能诗善文,通经济之学,工书法,精绘艺,擅金石,通律吕,解鉴赏,尤以书法和绘画的成就最高。著有《松雪斋文集》等。《全元散曲》录其小令二首。

【注释】

①仙桂:神话传说月中有桂树,称之为"仙桂"。见前马致远《〔仙吕〕赏花时》注⑥。香生玉:芳香从花瓣散出。玉,比喻仙桂的花瓣。引申之,喻美女体肤。

②消得:值得,配得。卿卿:《世说新语·惑溺》:"王安丰妇常卿安丰,安丰曰:'妇人卿婿,于礼为不敬,后勿复尔。'妇曰:'亲卿爱卿,是以卿卿;我不卿卿,谁当卿卿?'遂恒听之。"上"卿"字为动词,谓以卿称之;下"卿"字为代词,犹言你。后两"卿"字连用,作为相互亲昵之称。有时亦含有戏谑、嘲弄之意。

③金缕:《金缕曲》《金缕衣》的省称。唐无名氏《金缕衣》:"劝君莫惜金缕衣,劝君惜取少年时。花开堪折直须折,莫待无花空折枝。"

④象板:象牙拍板,打击乐器。

⑤倾国倾城:《汉书·外戚传上·李夫人》:"延年侍上起舞,歌曰:'北方有佳人,绝世而独立,一顾倾人城,再顾倾人国。宁不知倾城与倾国,佳人难再得!'"后因以"倾国倾城"或"倾城倾国"形容女子极其美丽。

⑥红裙:红色裙子。南朝陈后主《日出东南隅行》:"红裙结未解,绿绮自难徽。"翠袖:青绿色衣袖。唐杜甫《佳人》:"天寒翠袖薄,日暮倚修竹。"红裙、翠袖均泛指美女。

⑦闲情:指男女之情。

⑧春山:春日山色黛青,因喻指妇人姣好的眉毛。澹澹:颜色淡,不浓。

⑨秋水:比喻明澈的眼波。盈盈:清澈、晶莹的样子。

【解读】

此曲写对一位歌女的怀念。开篇用"一枝仙桂"比喻其人,仙桂,月中之桂,飘逸而美丽;"香生玉"三字,写仙桂的芳香馥郁从其花瓣透出,以喻歌女之香艳动人。所以第二句,作者以"消得唤卿卿"出之,消得,值得、配得上之谓,全句就是值得用"卿卿"来称呼她。"卿卿"典出《世说新语》,是夫妻或情人之间的爱称,歌女之娇美艳丽及两人之亲密关系可见。接着用"缓歌金缕,轻敲象板",点明其歌女的身份,且以"金缕"二字,取惜取光阴之谓,言歌女对作者的期望,不要错过了她正当青春的时机。再用"倾国倾城",言歌女乃国色天香,作概括叙述。"几时不见"以下,言两人别离之后,又经历了许多"红裙翠袖",惹起了很多"闲情"。闲情,指男女之情。但作者一直不能忘怀的就是那位歌女,她在作者心目中的模样,仍应当是那眉如春山之恬淡、眸如秋水之清莹,极尽其风容态度之妩媚。

〔仙吕〕点绛唇①

不忽木

辞　朝

宁可身卧糟丘②,赛强如命悬君手③。寻几个知心友,乐以忘忧④,愿作林泉叟。

〔混江龙〕布袍宽袖,乐然何处谒王侯。但樽中有酒,身外无愁。数着残棋江月晓,一声长啸海门秋⑤。山间深住,林下隐居,清泉濯足⑥,强如闲事萦心,淡生涯一味谁参透。草衣木食⑦,胜如肥马轻裘⑧。

〔油葫芦〕虽住在洗耳溪边不饮牛⑨,贫自守,乐闲身翻作抱官囚。布袍宽褪拿云手⑩,玉箫占断谈天口⑪。吹箫仿伍员⑫,弃瓢学许由⑬。野云不断深山岫⑭,谁肯官路里半途休。

〔天下乐〕明放着伏事君王不到头⑮,休休,难措手⑯,游鱼儿见食不见钩。都只为半纸功名一笔勾,急回头两鬓秋。

〔那吒令〕谁待似落花般莺朋燕友,谁待似转灯般龙争虎斗,你看这迅指间乌飞兔走⑰。假若名利成,至如田园就⑱,都是些去马来牛⑲。

〔鹊踏枝〕臣则待醉江楼,卧山丘,一任教谈笑虚名,小子封侯⑳。臣向这仕路上为官倦首,枉尘埋了锦带吴钩㉑。

〔寄生草〕但得黄鸡嫩,白酒熟,一任教疏篱墙缺茅庵漏。则要窗明炕暖蒲团厚㉒,问甚身寒腹饱麻衣旧。饮仙家水酒两三瓯,强如看翰林风月三千首㉓。

〔村里迓鼓〕臣离了九重宫阙,来到这八方宇宙㉔。寻几个诗朋酒友,向尘世外消磨白昼。臣则待领着紫猿,携白鹿,跨苍虬㉕。观着山色,听着水声,饮着玉瓯,倒大来省气力如诚惶顿首㉖。

〔元和令〕臣向山林得自由,比朝市内不生受㉗。玉堂金马间琼楼㉘,控珠帘十二钩㉙。臣向草庵门外见瀛洲㉚,看白云天尽头。

〔上马娇〕但得个月满舟,酒满瓯。则待雄饮醉时休,紫箫吹断三更后。畅好是休,孤鹤唳一声秋㉛。

〔游四门〕世间闲事挂心头,唯酒可忘忧。非是微臣常恋酒,叹古今荣辱,看兴亡成败,则待一醉解千愁。

〔后庭花〕拣溪山好处游,向仙家酒旋篘㉜。会三岛十洲客③,强如宴公卿万户侯。不索你问缘由㉞,把玄关泄漏㉟。这箫声世间无,天上有,非微臣说强口㊱。酒葫芦挂树头,打鱼船缆渡口。

〔柳叶儿〕则待看山明水秀,不恋您市曹中物穰人稠㊲,想高官重职难消受。学耕耨㊳,种田畴㊴,倒大来无虑无忧。

〔赚尾〕既把世情疏,感谢君恩厚,臣怕饮的是黄封御酒㊵。竹杖芒鞋任意留㊶,拣溪山好处追游。就着这晓云收,冷落了深秋,饮遍金山月满舟。那其间潮来的正悠,船开在当溜㊷,卧吹箫管到扬州。

【作者简介】

不忽木(1255—1300),或作不忽麻、不忽卜,又作博果密。一名时用,字用臣,号静得。康里部人。其父名燕真,从元世祖征战有功,未及大用而卒。因父功为给事东宫。曾师事太子赞善王恂,就学于祭酒许衡。至元十五年(1278)出为燕南河北道提刑按察副使,十九年(1782)升按察使,二十一年(1284)召参议中书省事,后连任吏、工、刑部尚书,二十七年(1290)拜翰林学士承旨、知制诰,兼修国史,次年拜平章政事。元成宗元贞二年(1296)拜昭文馆大学士、平章军国重事。大德二年(1298),特命行御史中丞事,兼领侍仪司事。《元史》有传。明朱权《太和正音谱》评其词"如闲云出岫"。《全元散曲》存其套曲一套。

【注释】

①点绛唇:曲牌名,属北曲仙吕宫。用于剧曲和散曲套数。以下混江龙、油葫芦、天下乐、那吒令、鹊踏枝、寄生草、村里迓鼓、元和令、上马娇、游四门、后庭花、柳叶儿、赚尾都是北曲曲牌名,属仙吕宫。

②糟丘:积酒糟成丘。极言酿酒之多,沉湎之甚。

③赛强如:赛过,胜过。

④乐以忘忧:因乐于道而忘记忧愁。《论语·述而》:"子曰:'女奚不曰,其为人也,发愤忘食,乐以忘忧,不知老之将至云尔。'"

⑤海门:海口,内河通海之处。

⑥清泉濯足:用清泉洗脚。濯足,语出《孟子·离娄上》:"沧浪之水清兮,可以濯我缨;沧浪之水浊兮,可以濯我足。"本谓洗去脚污。后以"濯足"比喻清除世尘,保持高洁。

⑦草衣木食:编草为衣,以山中野树果实充饥。形容隐逸之士远离俗世的生活。

⑧肥马轻裘:语本《论语·雍也》:"赤(公西赤)之适齐也,乘肥马,衣轻裘。"谓骑着肥壮的骏马,穿着轻暖的皮袍。后以"肥马轻裘"形容生活豪华。

⑨洗耳:见马致远〔般涉调〕哨遍》注⑳。不饮(yìn)牛:语见晋皇甫谧《高士传·许由》:"尧又召为九州长,由不欲闻之,洗耳于颍水滨。时其友巢父牵犊欲饮之,见由洗耳,问其故。对曰:'尧欲召我为九州长,恶闻其声,是故洗耳。'巢父曰:'子若处高岸深谷,人道不通,谁能见子?子故浮游,欲闻求其名誉,污吾犊口。'牵犊上流饮之。"

⑩拿云手:拿住云的手。比喻高强的本领,远大的志气。语出李贺《致酒行》:"少年心事当拿云,谁念幽寒坐呜呃。"

⑪玉箫:用萧史、弄玉故事,见前杨果《〔越调〕小桃红》注⑯。占断:全部占有,占尽。谈天:战国齐阴阳家邹衍,其语宏大迂怪,故称"谈天"。《史记·孟子荀卿列传》:"故齐人颂曰:'谈天衍,雕龙奭,炙毂过髡。'"裴骃集解引刘向《别录》:"驺衍之所言,五德终始,天地广大,尽言天事,故曰'谈天'。"后专指以天人感应来解释自然与人事的关系。亦泛指能言善辩。

⑫吹箫仿伍员:春秋时伍子胥为报父兄之仇,自楚逃至吴,曾吹箫乞食于吴市。《史记·范雎蔡泽列传》:"伍子胥橐载而出昭关,夜行昼

伏,至于陵水,无以馃其口,膝行蒲伏,稽首肉袒,鼓腹吹篪,乞食于吴市。"裴骃集解引徐广曰:"(篪)一作'箫'。"伍子胥(前559—前484),名员(一作芸),字子胥,本楚国人,春秋末期吴国大夫、军事家。

⑬弃瓢:汉蔡邕《琴操·箕山操》载,尧时许由隐居箕山,常以手捧水而饮。人见其无器,以一瓢遗之。由饮毕,以瓢挂树。风吹树动,历历有声,由以为烦扰,遂取瓢弃之。后因以"弃瓢"为隐居的典实。

⑭岫:山洞。陶渊明《归去来兮辞》:"云无心以出岫,鸟倦飞而知还。"

⑮伏事:指侍候,服侍。喻在朝廷任职。

⑯措手:着手处理。

⑰迅指间:刹那间,指时间极短。乌飞兔走:谓光阴流逝。乌,指日。兔,指月。

⑱至如:连词,即便,即使。

⑲去马来牛:喻虚无。见前元好问《〔黄钟〕人月圆·卜居外家东园》注⑧。

⑳谈笑虚名,小子封侯:语出杜甫《复愁》:"闾阎听小子,谈笑觅封侯。"说笑之间就封了侯爵。旧时形容获得功名十分容易。

㉑锦带吴钩:锦带装饰的宝剑。《文选·鲍照〈结客少年场行〉》:"骢马金络头,锦带佩吴钩。"锦带,锦制的带子。吴钩,泛指利剑。钩,兵器,形似剑而曲。春秋吴人善铸钩,故称。

㉒蒲团:用蒲草编成的圆形垫子。多为僧人坐禅和跪拜时所用。

㉓"翰林"句:指李白的诗歌。李白曾供奉翰林。宋欧阳修《赠王介甫》:"翰林风月三千首,吏部文章二百年。"

㉔八方宇宙:上下四方谓之宇,古往今来谓之宙,以喻天地。上下、四方以及古今,空间和时间加起来合称八方。

㉕苍虬:青色的龙。

㉖诚惶:"诚惶诚恐"的省称,奏章中的套话,表示惶恐不安。顿

首:磕头。旧时礼节之一,以头叩地即举而不停留。也用于书简表奏,表示致敬,常用于结尾。

㉗朝市:朝廷和市集,泛指名利之场。生受:受苦,辛苦。

㉘玉堂金马:玉堂殿和金马门的并称。玉堂殿,原为汉未央宫的属殿;金马门,原为汉宫宦者署门。均为学士待诏之所。后亦沿用为翰林院的代称。琼楼:美玉砌筑的楼,形容华美的建筑物。

㉙控:弯曲,下垂。珠帘:珍珠缀成的帘子。

㉚瀛洲:传说中的仙山。《列子·汤问》:"渤海之东,不知几亿万里……其中有五山焉,一曰岱舆,二曰员峤,三曰方壶,四曰瀛洲,五曰蓬莱。"《史记·秦始皇本纪》:"齐人徐市等上书,言海中有三神山,名蓬莱、方丈、瀛洲,仙人居之。"

㉛鹤唳:鹤鸣。

㉜旋:漫然,随意。筹(chōu):滤(酒)。宋王禹偁《今冬》:"旋筹官酝漂浮蚁,时取溪鱼削白鳞。"

㉝三岛十洲:泛指仙境。三岛,指传说中的蓬莱、方丈、瀛洲三座海上仙山。十洲,道教称大海中神仙居住的十处名山胜境。《海内十洲记》:"汉武帝既闻王母说八方巨海之中有祖洲、瀛洲、玄洲、炎洲、长洲、元洲、流洲、生洲、凤麟洲、聚窟洲。有此十洲,乃人迹所稀绝处。"

㉞不索:不需要,不必。

㉟玄关:佛教称入道的法门。

㊱强口:嘴硬,强辩,夸口。

㊲穰(rǎng):繁盛,众多。稠:稠密,繁密。

㊳耕耨(nòu):耕田除草,亦泛指耕种。

㊴田畴:泛指田地。

㊵黄封:皇家的封条,其色黄,故称。御酒:指帝王饮用或赏赐的酒。

㊶芒鞋:用芒茎外皮编织成的鞋,亦泛指草鞋。宋苏轼《定风波》:

"竹杖芒鞋轻胜马,谁怕?一蓑烟雨任平生。"

㊷当:副词,相当于"很""甚"。溜:圆转,滑溜,流利。

【解读】

此曲也是写避世退隐的内容,与元朝大多数写这类题材的不同之处是,作者在元朝是一路官运亨通的高级官员,三十五时官至从一品,四十一岁即拜昭文馆大学士、平章军国重事,官至宰相,不可谓不得志。但他也赋归隐,"愿作林泉叟",也觉得"草衣木食,胜如肥马轻裘",这使一般人觉得不可解,以为矫情。但其实根据他的履历,表面上看春风得意,仕途非常顺利,实际上,他的压力可能非常人所能想象。在专制社会,在君权的淫威之下,就是贵为宰相,也都活得战战兢兢,诚惶诚恐。首曲《点绛唇》开篇第二句"赛强如命悬君手",就一语道出真相。伴君如伴虎,虎性吃人,皇帝喜怒无常,使得臣工时刻忧谗畏讥,如履薄冰,精神压力之巨大、之无形,越接近皇帝,就越容易感受到。所以,在作者仕途一路顺利攀升的背后,是他的身心劳瘁,是他的不堪重负,以致英年早逝,四十六岁就去世。说明他已深感"命悬君手"的痛苦,他的赋归隐确实是发自内心的真实感受,是对追求自由、快乐生活的真心向往。

全套曲由十四只曲子组成,铺写作者辞朝的原因和希望隐居山林的志趣。从《点绛唇》到《那吒令》五只曲是第一部分,写辞朝的原因;从《鹊踏枝》到《赚尾》是第二部分,是向皇帝倾诉的内容,既想归隐,过自由生活,但内心对名利仍有眷恋,反映了作者矛盾的心理。

《点绛唇》破题提出不愿做官,愿隐居林泉。"身卧糟丘",喻沉湎于酒;"命悬君手",指为人所操控,不得自由。《混江龙》说隐居比当官好。"淡生涯一味谁参透",辞朝隐居,过恬淡宁静的生活,谁又能悟出其中的哲理呢?《油葫芦》连用典故,言甘守贫困。《天下乐》说宦海可畏。《那吒令》说时光流逝,一切繁华,一切名利争斗,都没有分别,毕竟最后都归于空。《鹊踏枝》以下都是向皇帝诉说的内容,以"臣"这第一人称,倾诉自己要辞朝归隐,卧山丘,过自由自在的生活。但心中尚不舍锦带吴钩,仍眷恋"窗明炕暖蒲团厚",流露出扭捏、矛盾的心情。最后直陈沉湎于酒,就是因为压力巨大,矛盾得不到解决,所以要借酒浇愁。如果这个曲子是给皇帝看的,或者能让皇帝见到,那么它的主旨其实很简单,就是透露自己所承受的巨大压力,借此向皇帝撒点娇,发点牢骚,卖弄点乖巧,让皇帝能够多少体谅自己,反映了极权制度下大臣们仍不免作为弄臣的本色。

此曲善于用典,且多熔铸名句,恰到好处,如"许由洗耳""巢父饮犊""伍员吹箫""邹衍谈天""翰林风月"等等,借用历史典故,增强了曲子厚度,使曲调有着蕴藉典雅的特色。同时,以口语、俗语入曲,语言清新酣畅,形成雅俗共赏的格调。

〔正宫〕塞鸿秋①   郑光祖

门前五柳江侵路②,庄儿紧靠白蘋渡。除彭泽县令无心做③,渊明老子达时务④。频将浊酒沽⑤,识破兴亡数⑥,醉时节笑捻着黄花去⑦。

金谷园那得三生富⑧,铁门限枉作千年妒⑨。汨罗江空把三闾污⑩,北邙山谁是千钟禄⑪?想应陶令杯⑫,不到刘伶墓⑬,怎相逢不饮空归去。

【作者简介】

郑光祖(1264?—?),字德辉。平阳襄陵(今山西襄汾)人。元钟嗣成《录鬼簿》:"以儒补杭州路吏。为人方直,不妄与人交,名闻天下,声彻闺阁,伶伦辈称先生者,皆知为德辉也。"与关汉卿、马致远、白朴并称为"元曲四大家"。所作杂剧可考者十八种,现存八种,《倩女离魂》最为著名。另有小令六首、套数二套流传。

【注释】

①塞鸿秋:曲牌名。全曲七句,押六个仄声韵。

②五柳:五株柳树。晋陶渊明曾作《五柳先生传》以自况。侵:接近,临近。

③"除彭泽县令"句:陶渊明曾任彭泽令,后不为五斗米折腰,辞官回家。

④达时务:通达时务,与"识时务"义相近,指能通晓形势,了解时代潮流。后或用作通权达变之意。

⑤沽:买酒。

⑥兴亡数:兴盛与衰亡的运数。数,气数,道理,天命,规律。

⑦捻(niē):用拇指和其他手指夹住。黄花:指菊花。

⑧金谷园:指晋石崇于金谷涧中所筑的园馆,遗址在今洛阳老城西北。

⑨铁门限:唐王梵志《世无百年人》诗:"世无百年人,强作千年调。打铁作门限,鬼见拍手笑。"原谓打铁作门限,以求坚固,后即用"铁门限"比喻为自己作长久打算。门限,即门槛。

⑩三闾:即三闾大夫,战国楚官名,掌昭、屈、景三姓贵族,屈原曾任此职。代指屈原。

⑪北邙:山名。即邙山。因在洛阳之北,故名。东汉、魏、晋的王侯公卿多葬于此。代指坟墓、墓地。千钟禄:指优厚的俸禄。《史记·魏世家》:"魏成子以食禄千钟,什九在外,什一在内。"

⑫陶令杯:即陶渊明的酒杯。陶令,陶潜曾任彭泽令,故称。

⑬不到刘伶墓:化用唐李贺《将进酒》:"劝君终日酩酊醉,酒不到刘伶坟上土。"意思是生前尽管喝个酩酊大醉,死后再也喝不到酒了。刘伶,字伯伦。沛国(今安徽淮北)人。魏晋时期名士,与阮籍、嵇康、山涛、向秀、王戎和阮咸并称为"竹林七贤"。平生好酒。

【解读】

　　第一首,歌咏陶渊明。从作品脉络来看,一、二句交代渊明隐居之地的位置及环境,三、四句写渊明通达时务,辞官归隐,末三句则提示"达时务"的具体内涵。此曲之所以不同于一般的咏陶之作,就在于他不拘泥于真实历史中的陶渊明形象,而是着力刻画自己心中的陶渊明形象,从而寄寓自己的社会理想和人生态度。如末三句揭示"达时务"的内涵,与渊明真正的精神相去较远,历史上的陶渊明辞官基于不满现实,归隐也未真正忘怀现实,更不是识破了历史兴亡的运数而抽身脱逃,但曲中的"陶渊明"却成了一个"频将浊酒沽,识破兴亡数",醉中笑看人生的高深莫测的彻底的避世者。其实,所有这些,是曲折地反映出了元代下层文人虚无避世的价值取向和玩世不恭的人生态度,是作者心中感情和思想的自然流露。

　　第二首,是写与朋友相逢,劝友人喝酒,毋须顾忌,其中透露了人生无常、富贵不常,一切努力都归枉然的悲观虚无的情绪。曲词大意是:造了金谷园的首富石崇也没有得到三生的富贵,"打铁作门限",一碰到勾魂的无常鬼也是徒然。屈原在汨罗江是白白地投江送了性命,北邙山上只见坟头无数,谁还能享受千钟的俸禄?一到了坟墓,就是陶令的酒杯也不能够让那嗜酒如命的刘伶喝到了。所以,见了面不饮酒真的是愚夫,还是在生前尽管喝个酩酊大醉好。

〔双调〕寿阳曲

珠帘秀

答卢疏斋[①]

　　山无数,烟万缕,憔悴煞玉堂人物[②]。倚篷窗一身儿活受苦[③],恨不得随大江东去[④]。

【作者简介】

珠帘秀,姓朱,排行第四,艺名珠帘秀。生卒年不详。著名的杂剧女演员,在元大都(今北京)杂剧舞台上非常活跃,"姿容姝丽",杂剧独步一时,"驾头、花旦、软末泥等,悉造其妙",名公文士颇推重之,后辈称之为"朱娘娘"。珠帘秀与元曲作家有很好的交情,与关汉卿、胡祇遹、卢挚、冯子振、王涧秋等常有词曲赠答。现存小令一首、套数一套。语言流转而自然,传情执着而纯真。曾一度在扬州献艺,后来在杭州嫁一道士,晚景不幸。

【注释】

①卢疏斋:即卢挚,号疏斋。此曲是回赠卢挚《寿阳曲·别珠帘秀》之作。

②玉堂人物:玉堂,官署名,汉侍中有玉堂署。宋太宗曾赐给翰林院"玉堂之署"匾额,后世遂以玉堂称翰林院。卢挚曾任翰林学士承旨,故称其"玉堂人物"。

③篷窗:此指船窗。

④随大江东去:随东流的江水一块逝去。暗寓对离人的依恋之情。

【解读】

这首曲子是珠帘秀回赠卢挚的作品。同样的曲牌,同样的别离内容。卢挚原作《寿阳曲·别珠帘秀》:"才欢悦,早间别,痛煞煞好难割舍。画船儿载将春去也,空留下半江明月。"据此推测,卢挚和珠帘秀应当有一段恋情,而且感情很深,但最终还是分手了。这两首曲子便是分别的见证。至于为什么要分别,不大可能是感情因素,也许是双方的社会地位相差悬殊,他们的感情得不到社会的承认,只能含恨而别。"痛煞煞好难割舍"一句表明了卢挚对这段感情的付出是认真的。珠帘秀的回赠也充满了深情,但现实的无情不免使她由痛生恨。曲中叙写青山无数,寒烟万缕,先浓重渲染离别的悲凉气氛,接着描写对方的憔悴神态,表达双方的难割难舍。一句"倚篷窗一身儿活受苦","倚篷窗"点明是在船上饯行,"一身儿活受苦"直抒自己沦落风尘之苦,最后"恨不得随大江东去",含蓄地表明自己此时痛不欲生的心情以及对卢挚的无限依恋。整首小令将离别时强烈的情感起伏表现得一波三折,真切感人。

〔正宫〕塞鸿秋 薛昂夫

功名万里忙如燕①,斯文一脉微如线②。光阴寸隙流如电③,风霜两鬓白如练④。尽道便休官,林下何曾见⑤?至今寂寞彭泽县⑥。

【作者简介】

薛昂夫(1267—1359),本名薛超兀儿、薛超吾,回鹘人。汉姓马,字昂夫,号九皋,故亦称马昂夫、马九皋。先世内迁,居怀庆路(治所在今河南沁阳)。祖、父俱封覃国公。他曾师事刘辰翁。历官江西行中书省令史、太平路总管、衢州路总管等职。善篆书,有诗名,诗集已佚。其散曲风格以疏宕豪放为主,思想内容以傲物叹世、归隐怀古为主。《南曲九宫正始序》称其"词句潇洒,自命千古一人,深忧斯道不传,乃广求继己业者,至祷祀天地,遍历百郡,卒不可得"。现存小令六十五首,套曲三套。

【注释】

①功名万里:在万里之外建立功业和名声。《后汉书·班超传》:"大丈夫无他志略,犹当效傅介子、张骞立功异域,以取封侯,安能久事笔砚间乎?"忙如燕:像燕子筑窝那样忙碌。张耒《暮春》:"语莺知果

熟,忙燕聚新泥。"

②斯文一脉:指文人学者或学问归属同一流派。明李贽《与焦弱侯》:"不知孔子教泽之远,自然遍及三千七十,乃至万万世之同守斯文一脉者。"斯文,原指礼乐教化、典章制度。《论语·子罕》:"天之将丧斯文也,后死者不得与于斯文也。"后以指儒士、文人,风雅之士。

③光阴寸隙:形容时间很短。《庄子·知北游》:"人生天地之间,若白驹之过隙,忽焉而已。"寸隙,短暂的闲暇。

④白如练:颜色像白色丝绢那样白。练,指白色丝绢。

⑤"尽道"二句:唐灵澈《东林寺酬韦丹刺史》:"相逢尽道休官好,林下何曾见一人?"此用其意。林下,指山林隐逸的地方。

⑥寂寞彭泽县:言陶潜那样隐居的人很少。彭泽县,汉代始设,在今江西省北部。晋陶潜曾为彭泽令,因以"彭泽"借指陶潜。

【解读】

斯文一脉,是这首曲子的关键词。斯文,出处是《论语·子罕》:"子畏于匡,曰:'文王既没,文不在兹乎?天之将丧斯文也,后死者不得与于斯文也;天之未丧斯文也,匡人其如予何?'"是说孔子曾经在匡地(今河南省睢县匡城乡)被匡人围困,弟子们都很惶恐,孔子便对他们说:"周文王已经死了,国家的礼乐制度等文献(文化)都在我这里了。老天如果要将这种文化灭绝,那将来的人也就不可能学习到它了;但假如老天不准备灭绝这种文化,那匡人又能拿我怎样呢?"孔子的这种文化自信,时刻体现在他的整个生命中。他认为自己所行的道,也就是上天要行的道;他所掌握的文化,也就是上天给予中国人的宝贵财富。所以他孜孜矻矻,即使身陷危困,也要想方设法去保全它。这个就是韩愈《原道》里所说的"道统","尧以是传之舜,舜以是传之禹,禹以是传之汤,汤以是传之文、武,周公,文、武、周公传之孔子,孔子传之孟轲",也就是曲子中所提到的"斯文一脉"。"斯文一脉"到了孟子那里,他的保全方式有两种,即"达则兼善(济)天下""穷则独善其身"。《孟子·尽心上》对此作了具体阐释："故士穷不失义,达不离道。穷不失义,故士得己焉;达不离道,故民不失望焉。古之人,得志,泽加于民;不得志,修身见于世。穷则独善其身,达则兼善天下。"所以,中国的知识分子向来以天下为己任,自觉地承担道统的责任,如明杨继盛所标举的"铁肩担道义",做到腾达时就为天下人着想,为天下人做事;身陷穷困时也有气节,有坚持,绝不蝇营狗苟。这就是明李贽《与焦弱侯》中所说到的"不知孔子教泽之远,自然遍及三千七十,乃至万万世之同守斯文一脉者"的真实意义。

这是一种理想的要求文人士大夫所守的极高明境界,在实践中却往往表现得"理想很丰满,现实很骨感"。文人士大夫在身家、性命的选择中,总是遇到以"身家"(现实)为重,以"性命"(理想)为轻的尴尬现实。所以这首曲子其命意就在于对那些失去"斯文一脉"、醉心仕途、追逐利禄的文人士大夫进行讽刺。在这些人的眼里,"兼善(济)天下"演变为竞逐官场的代名词,林泉高致则沦落为蝇营狗苟的遮羞布。作者以犀利的笔触鞭辟入里地刻画出了这类文人士大夫的丑态,寄托了对践履"独善其身"原则的真正隐士的向往和感慨。

成功地运用对比手法是本曲艺术表现上的显著特点。首二句以"忙如燕"与"微如线"构成对比,既寄寓了对斯文荡尽、人心不古的无穷感慨,更活画出追名逐利者的碌碌之状。三、四句以"光阴寸隙"与"风霜两鬓"对比,时光如白驹之过隙,理当把握住每一个瞬间,或建立不朽功绩于社会,或体味生命真谛于自然,然而追名逐利的文人却在愚昧的尔虞我诈中徒染霜鬓,从而突显出他们碌碌终生的可悲情状。紧接着又以追名逐利者自身的言行矛盾构成对比,表面上标举高蹈,无意仕途,实则百计钻营,乐此不疲,从而入木三分地暴露出他们的虚伪。末句既是前二句的逻辑延伸,又暗以"寂寞"与首句的"忙如燕"遥相对比,巧妙地传达出作者的褒贬态度。通过层层对比,成功地勾勒出追名逐利的文人可怜、可悲亦复可憎的面目。

〔中吕〕山坡羊　　薛昂夫

西湖杂咏·春

山光如淀①,湖光如练,一步一个生绡面②。扣逋仙③,访坡仙④。拣西施好处都游遍,管甚月明归路远。船,休放转;杯,休放浅。

【注释】

①淀:后作"靛"。蓝靛。蓝色染料。诗文中常用以形容青碧色。

②生绡:未漂煮过的丝织品。古时多用以作画,因亦以指画卷。

③扣:探问。逋仙:即林逋(967—1028),字君复,谥和靖。北宋著名隐逸诗人。性孤高自好,喜恬淡,勿趋荣利。隐居杭州西湖,结庐孤山,终生不仕不娶,惟喜植梅养鹤,自谓"以梅为妻,以鹤为子",人谓之"梅妻鹤子",后世常以"逋仙"称誉之。

④坡仙:即苏轼,号东坡居士,文才盖世,仰慕者称之为"坡仙"。他任杭州刺史时在西湖筑堤,夹堤广植柳桃,人称苏堤。

【解读】

曲词大意:远山一片青翠,湖面就如白绢般光洁,每走一步都如同一幅山水画。先探访林逋的梅花仙鹤,再去苏堤游玩,把西湖美景都游个遍。只管玩得尽兴,管它明月高升天色已晚,回去的路很远。船只管向前不要掉头,对如此美景,酒可要满斟喝个尽兴。

本曲写春日西湖的美景,人游走其中就如同置身于一幅幅山水画中,让人流连忘返。最后两句"船,休放转;杯,休放浅",写出一个流连美景、任情山水的游客放诞、欢快的形象,使人想见旧时的文采风流。

〔正宫〕塞鸿秋 　　　　薛昂夫

凌歊台怀古①

凌歊台畔黄山铺,是三千歌舞亡家处。望夫山下乌江渡,是八千子弟思乡去②。江东日暮云,渭北春天树③,青山太白坟如故④。

【注释】

①凌歊(xiāo)台:台名,在今安徽当涂西之黄山(非旅游胜地黄山)之巅,相传为南朝宋高祖刘裕(武帝)所建,孝武帝刘骏筑避暑离宫于其上。唐许浑《凌歊台》有句云:"宋祖凌歊乐未回,三千歌舞宿层台。""三千歌舞"实孝武帝刘骏所为,与刘裕无关,但刘裕开创的刘宋王朝只五十九年就亡国却是史实。

②"望夫山"二句:当涂西北有望夫山,隔江不远处就是当年楚霸王项羽兵败自刎之处——乌江亭渡口。项羽初起兵时,率"江东子弟八千渡江而西",后无一生还,故有"八千子弟思乡去"之句。

③"江东"二句:出自杜甫《春日忆李白》:"渭北春天树,江东日暮云。"此为押韵而将原句颠倒。渭北,渭水北岸,借指长安(今陕西西安)一带,当时杜甫在此地。江东,指今江苏南部和浙江北部一带,当时李白在此地。

④太白:李白,字太白。唐代著名诗人。李白墓在当涂青山的西北。

【解读】

薛昂夫曾自至治元年(1321)至天历(1328—1332)年间任太平路总管,治所就设在今安徽当涂,这是他此间登凌歊台后的怀古之作。

站在凌歊台上,登高远眺,台畔黄山铺就在眼前,那是昔日刘宋时的离宫,三千宫女曾在此轻歌曼舞;远处望夫山下那个乌江亭渡口,就是当年楚霸王项羽自刎的地方,也是他当初率领的八千江东子弟无一生还的地方;眼前的青山历历,大诗人李白的坟茔依然完好的在那里。当涂境内三大著名古迹,引起作者对当年景象的联想,过去的繁华皆成废墟,过去的英武皆成陈迹,而唯一不变的是李白的存在至今仍矗立在我们的生命里、李杜的友谊仍留存于世间。由此引发作者对人生的认识和觉悟:外在的浮华与名利的追逐都是不重要的,唯有精神层面上的东西将是永存的。此曲虽吊古,感慨富贵功名的过眼云烟,但并不伤今,对人生的感悟也达到了相当的高度。

〔双调〕沽美酒兼太平令① 张养浩

在官时只说闲,得闲也又思官,直到教人做样看。从前的试观,哪一个不遇灾难? 楚大夫行吟泽畔②,伍将军血污衣冠③,乌江岸消磨了好汉④,咸阳市干休了丞相⑤。这几个百般,要安,不安,怎如俺五柳庄逍遥散诞⑥?

【作者简介】

张养浩(1270—1329),字希孟,号云庄,又称齐东野人。济南(今属山东)人。少有才名,长游京师,献书于平章不忽木,大以为奇。曾任监察御史,因批评时政被免职。后复官,累官翰林侍读、礼部尚书、中书省参知政事。至治二年(1322),辞官归隐,朝廷七聘不出。天历二年(1329),关中大旱,特拜陕西行台中丞,前往赈灾,得疾不起,卒于任上。追封滨国公,谥文忠。诗文兼擅,而以散曲著称。散曲多写归隐生活,寄寓对时政的不满,怀古和写景之作也各具特色。著有《归田类稿》,散曲集《云庄休居自适小乐府》。《全元散曲》录其小令一百六十一首,套数二套。

【注释】

①沽美酒兼太平令:双调曲牌名。由《沽美酒》(前五句)和《太平令》(后八句)两个小令组成。

②楚大夫:即屈原,曾任楚国三闾大夫。行吟泽畔:在水岸边一边行走一边吟咏。《楚辞·渔父》:"屈原既放,游于江潭,行吟泽畔。"

③伍将军:伍员,字子胥,春秋时吴国大夫,因参谋军务,又称伍将军。血污衣冠:伍子胥辅佐吴王阖闾、夫差,先后击败楚国和越国,国势强盛。后吴王夫差中越王勾践离间之计,听信吴太宰嚭谗言,遣使赐伍子胥属镂之剑,让其自刎而死,故称"血污衣冠"。

④乌江:在今安徽和县境内。好汉:指西楚霸王项羽。项羽与刘邦争夺天下,失败后在乌江边自刎。

⑤丞相:指秦丞相李斯,为秦王朝的建立立下功勋,后为赵高所害,腰斩于咸阳街市。干休:徒然被杀害。

⑥五柳庄:作者隐居时的住所。晋陶渊明归隐后,曾在其宅边植柳五株,并作《五柳先生传》以自况。作者效法陶渊明,也在宅边栽柳五棵,号五柳庄。散诞:悠闲自在,舒心。

【解读】

本曲是一首带过曲,由两只小令组成。前五句为《沽美酒》,后八句是《太平令》。

张养浩为官清廉,直言敢谏。他浮沉宦海达三十年之久,洞悉元代社会各种弊端,对官场黑暗尤其感受深切,特别是两次疏议时政遭黜,差点丢掉性命,因此充满了对仕途的绝望,于是在元英宗时弃官归隐。这首小令就写于刚刚辞官家居的时候。《雍熙乐府》卷二十收录,题为"叹世"。作者慨叹仕途险恶,表达了毅然隐居、远祸全身的愉快心情。

曲子开头两句,开门见山,真实地写出了辞官前后的心理矛盾:"在官时只说闲",在做官时却想过闲适的日子;"得闲也又思官",待到真过上闲适生活,却又眷恋在官的日子。寥寥两笔,就把当时犹豫徘徊的复杂心情表现出来,这确实是作者真情流露,毫不遮掩、做作。第三句,直到自己真下了决心要辞官归隐做个样子给他人看看,这是在参破世情之后毅然而然做出的决定。为什么突然做出这个决定,四、五两句是答案,这是因为看了从前为官的下场,没有哪一个是没有遇到灾难的。

下片开头四句,就是举例说明,具体充实上一片中的答案。作者所举四例,都是极有作为的官员,均对国家有大功,但最终结局惨不忍睹,不由得不令人怵目寒心。"楚大夫行吟泽畔,伍将军血污衣冠,乌江岸消磨了好汉,咸阳市干休了丞相。"这里用了两组对仗工整而又有变化的合璧对偶句子,对屈原、伍子胥、项羽、李斯的不幸遭遇,寄予了满腔同情,同时也借古喻今,揭露了仕途的险恶,从而催人猛省:官场是不值得留恋的。最后四句通过富含哲理、耐人寻味的"百般,要安,不安"与"五柳庄逍遥散诞"的对比,既总结了上文,又表示隐居生活的逍遥自在。

本曲句式参差,层次清晰;一韵到底,浑然一体。抒情与议论相结合,融合无间。曲词不事雕琢,畅达自然。

〔中吕〕朱履曲①   张养浩

警 世

休只爱夸强说会②,少不得直做的贴骨粘皮③,一旦待相离怎相离。爱他的着他的④,得便宜是落便宜⑤,休着这眼皮儿谩到底⑥!

鹦鹉杯从来有味⑦,凤凰池再也休提⑧,忧与辱常常不曾离。挂冠归山也喜,抬手舞月相随,却原来好光景都在这里。

正胶漆当思勇退⑨,到参商才说归期⑩,只恐范蠡张良笑人痴⑪。腆着胸登要路⑫,睁着眼履危机⑬,直到那其间谁救你?

才上马齐声儿喝道,只这的便是送了人的根苗⑭,直引到深坑里恰心焦。祸来也何处躲? 天怒也怎生饶? 把旧来时威风不见了!

【注释】
①朱履曲:曲牌名,又名《红绣鞋》。属中吕宫,亦入正宫。六句五韵,句式(不计衬字)为六、六、七、五、五、五。
②夸强说会:夸耀自己能力强、本事大。
③贴骨粘皮:骨头和皮肤都粘在一块。指做事非常卖力,非常辛苦。
④着:穿,用。
⑤落便宜:指吃亏。落,丧失。
⑥谩(mán):欺骗,蒙蔽。
⑦鹦鹉杯:一种酒杯,用鹦鹉螺制成。
⑧凤凰池:禁苑中池沼。魏晋南北朝时设中书省于禁苑,掌管机要,接近皇帝,故称中书省为"凤凰池"。
⑨胶漆:胶和漆,是两种最具黏性的东西。比喻情意投合,亲密

无间。

⑩参(shēn)商:参星和商星。参星在西,商星在东,此出彼没,永不相见。喻彼此对立,不和睦。

⑪范蠡(前536—前448),字少伯,春秋时越王勾践的谋臣,是著名的政治家、军事家,曾献策助勾践复国灭吴,后来急流勇退,辞官隐居。张良(前250?—前186),字子房,西汉开国功臣,政治家,协助汉高祖刘邦在楚汉战争中最终夺得天下,帮助吕后扶持刘盈登上太子之位,被封为留侯。他精通黄老之道,不留恋权位,据说晚年跟随赤松子云游。

⑫腆(tiǎn):挺起。登要路:登上重要的位置。

⑬履:踩、踏。危机:危险的机关,用于杀敌、猎兽、捕鱼等的器具。引申为潜伏的祸害或危险。

⑭送:断送。根苗:植物的根与苗。比喻性命。

【解读】

据隋树森《全元散曲》,《朱履曲》共九首,这里选四首。题作"警世",自然是对世人有所警诫,有所劝谕。这四首都是揭露官场危机,劝人激流勇退的曲子,用大量口语入曲,语言生动形象,勾画淋漓尽致,行文风趣幽默。

第一首,大意是:在官场上,不要过分夸耀自己的能耐,不然,能者多劳,什么事都将落到你头上,就会让你"直做的贴骨粘皮",很辛苦。但一旦你发觉这个官场的不可靠,想要摆脱它,那就不容易了,因为你已经与它融合在了一起,脱离它就会有一种撕裂的痛苦。但这种痛苦都是你自己造成的,因为你倚仗这个官场,贪恋这个官场,说到底,其实你是得了它的便宜,也吃了它的亏。别要不承认,这分明都是眼皮儿底下的事实,你再不要自欺欺人到底了。这是极权制度下普遍存在的现象,老实的忙死,奸巧的闲死,导致水旱不均,令人心寒。但个人又无力改变或消除这种顽疾,想要从中挣脱,却又身陷其中,无力自拔。作者劝人早认清这个事实,早生脱离之计,不要一味自欺到底,道理很通俗浅显,也有现实意义。

第二首,写参破了富贵繁华的虚幻,毅然辞官归隐,发现这才是自己想要的自在快乐的生活。首二句,是说在官场吃喝玩乐,看似十分"有味",但它全过程是伴随着"忧与辱",高官显爵的辛苦和风险是一般人所不知的。作者在经历宦海沉浮之后,幡然醒悟,这都是不值得追求的,所以警诫自己不要再想着官场的事。辞官归隐之后,"久在樊笼里,复得返自然"(陶渊明句),举手抬足,自由轻快,作者才真正体会到山林自在的快乐。

第三首,这是作者对正在热衷官场的人进行的忠告。仕途险恶,深陷在官场上的人只知一味搏击,没想到终会有参商相违的时候,所以只是挺胸往前攀登高官显爵,再不顾"履危机"的后果。作者告诫他们应当把握自己,适可而止,在得意之时谨慎从事,甚至要激流勇退,否则悔之晚矣。他举了两个正面的例子加以说明,一是春秋时越王勾践谋臣范蠡,一是汉刘邦谋臣张良,他们都是功成身退的典型,所以全得善终;而反面的,在他的另一首《沽美酒兼太平令》中有详尽的例证,如屈原、伍子胥、项羽、李斯等人,功成身不退,都遭到惨酷的下场。最后一句"直到那其间谁救你",苦口婆心,以反诘之语道出作者的金玉良言——你们要救自己,而且是要早一点救自己啊!这是作者三十年宦海沉浮的经验之谈,对官场的黑暗恐怖有一定揭露意义。全曲虽为议论说理,但能以形象的表述出之,不给人以枯燥之感,语言亦简洁干净,无晦涩之嫌。

第四首,作者将做官上台时的威风得意与被祸时的威风扫地两相对比,形象鲜明地揭露了官场的险恶。首句写走马上任,鸣锣开道,前呼后拥,排场十分热闹,官员们一个个志得意满,耀武扬威,气势十足。第二句便说这正是断送人性命的根本原因,就如一把锥子将刚刚鼓胀的气球一下刺破。这两句一上来就给人惊心动魄的感觉。"直引到深坑里恰心焦"一句,直承前一句,得祸罢官尚是小事,直到断送性命,到这时才"心焦",那就迟了。最后三句,写官吏们得祸时无处躲藏、威风扫地的惶恐战栗和忧虑情状,与先前前呼后拥的场面相对比,冷热反差有如天壤。此曲全用口语,泼辣流畅。刻画人物情状尽致,寓意深刻,概括力极强。

〔中吕〕山坡羊

张养浩

潼关怀古①

峰峦如聚②,波涛如怒,山河表里潼关路③。望西都④,意踌躇⑤,伤心秦汉经行处⑥,宫阙万间都做了土⑦。兴,百姓苦;亡,百姓苦!

【注释】

①潼关:关名。位于陕西省渭南市潼关县北,是长安(今陕西西安)、咸阳的东大门,地势险要,历来为兵家必争之地。

②峰峦:连绵的山峰。峰,高而陡的山。峦,小而尖的山。

③山河表里:指潼关外有黄河,内有华山,形势非常险要。表里,即内外。语出《左传·僖公二十八年》:"楚师背酅而舍。晋侯患之,听舆人之诵曰:'原田每每,舍其旧而新是谋。'公疑焉。子犯曰:'战也!战而捷,必得诸侯;若其不捷,表里山河,必无害也。'"

④西都:指长安。汉唐皆以长安为西都,洛阳为东都。

⑤踌躇:徘徊不进,迟疑不决。这里指思潮起伏,陷入沉思。

⑥秦汉经行处:秦朝都城咸阳和西汉都城长安都在潼关的西面。经行处,经过的地方,指秦汉故都遗址。

⑦宫阙:古时帝王所居宫门前有双阙,故称宫殿为宫阙。

【解读】

天历二年(1329),关中大旱,张养浩被任命为陕西行台中丞,前往赈灾,途经洛阳、沔池、潼关、骊山、咸阳等地,用《山坡羊》曲调写了一组怀古曲,共九首。这首小令即是经潼关时所写。前三句先写潼关地理形势的雄伟险要,接着四句由潼关联想到历代王朝的兴替,末四句又由历代王朝的兴衰治乱联想到百姓的苦难。"兴,百姓苦;亡,百姓苦",这八个字,字字千钧,一笔概括了两千多年的封建历史,一针见血揭示了封建社会改朝换代的实质:无论谁当皇帝,老百姓都要遭灾受难,表现了作者对历史的深刻认识。同时,作者评判历史,不是发一般的思古之幽情或感叹兴衰,而是站在同情人民的立场去考察历史,评论功罪,客观地揭示了阶级对立的状况,立意精警,思想深刻。

艺术特点:一、结构上,分三层,开头三句为一层,写潼关地势;中间四句为第二层,写潼关怀古;末四句第三层,写怀古得出的结论。三层意思,环环相扣,紧密相连。二、写法上有描写,有抒情,有议论,三者紧密结合,而其中又以议论为中心。描写生动,抒情沉郁,议论深刻。

〔黄钟〕人月圆

张可久

山中书事

兴亡千古繁华梦,诗眼倦天涯①。孔林乔木②,吴宫蔓草③,楚庙寒鸦④。　　数间茅舍,藏书万卷,投老村家⑤。山中何事?松花酿酒⑥,春水煎茶。

【作者简介】

张可久(1270？—1350？)，字小山。一说名伯远，字可久，号小山。又一说字仲远，号小山。庆元路(治所在今浙江宁波)人。仕途不得意，长期屈居路吏、典史等下僚。一生时官时隐，踪迹遍及江、浙、皖、闽、湘、赣等地，晚年居杭州。毕生致力于散曲创作，风格典雅清丽，是元人散曲创作最丰的作家之一。与乔吉并称"双璧"，与张养浩合称"二张"。现存小令八百五十五首，套曲九套。有《小山乐府》。

【注释】

①诗眼：诗人的赏鉴能力、观察力。

②孔林：是孔子及其后裔的墓园，在山东曲阜城北。乔木：高大的树木。

③吴宫：指春秋时吴王的宫殿。唐李白《登金陵凤凰台》："吴宫花草埋幽径，晋代衣冠成古丘。"蔓草：生有长茎能缠绕攀缘的杂草，泛指蔓生的野草。

④楚庙：指楚国的宗庙。寒鸦：寒天的乌鸦，受冻的乌鸦。唐王昌龄《长信秋词》之三："玉颜不及寒鸦色，犹带昭阳日影来。"

⑤投老：临老，到老；告老。

⑥松花：松树的花，可以酿酒。

【解读】

这首小令当是作者寓居西湖时所作。通过感慨历史的兴亡盛衰，表现了作者勘破世情、厌倦风尘的人生态度，抒发了他放情山水、诗酒自娱的恬淡情怀。

上片咏史，下片叙事。开头两句，总写历来兴亡盛衰，都如幻梦，自己早已参破世情，厌倦尘世。接下来三句，以孔林、吴宫与楚庙为例，说明往昔繁华，如今只剩下乔木蔓草、断壁寒鸦，凄凉一片。下片转入对眼前山中生活的叙写，虽然这里仅有简陋的茅舍，但有诗书万卷,喝着自酿的松花酒,品着自煎的春水茶,幽闲宁静,诗酒自娱,自由自在,十分快乐。

此曲风格豪放,直抒胸臆。语言浅近直朴,层次井然有序。

〔双调〕折桂令 　　张可久

九　　日①

对青山强整乌纱②,归雁横秋③,倦客思家④。翠袖殷勤⑤,金杯错落,玉手琵琶⑥。人老去西风白发,蝶愁来明日黄花⑦。回首天涯,一抹斜阳,数点寒鸦⑧。

【注释】

①九日:指农历九月初九,重阳节。《艺文类聚》卷四引南朝梁吴均《续齐谐记》:"今世人每至九日,登山饮菊酒。"

②乌纱:古代官员所戴的乌纱帽。泛指官帽。

③归雁横秋:秋天,南归的大雁横空而过。

④倦客:客游他乡而对旅居生活感到厌倦的人。

⑤翠袖殷勤:指歌女殷勤劝酒。化用宋晏几道《鹧鸪天》"彩袖殷勤捧玉钟"句意。翠袖,青绿色衣袖,泛指女子的装束。此处借指女子。宋辛弃疾《水龙吟·登建康赏心亭》:"倩何人唤取,红巾翠袖,揾英雄泪?"

⑥玉手琵琶:谓歌女弹奏琵琶助兴。玉手,洁白如玉的手。

⑦"蝶愁"句:重阳节后,菊花也将憔悴,蝴蝶也因此生愁。化用苏轼《南乡子·重九涵辉楼呈徐君猷》"万事到头都是梦,休休。明日黄花蝶也愁"句意。明日,即重阳节后。黄花,即菊花。

⑧"回首"三句：借用宋秦观《满庭芳》"多少蓬莱旧事，空回首、烟霭纷纷。斜阳外，寒鸦数点，流水绕孤村"句意。

【解读】

九月初九，是农历重阳节，这一日古来有"登山饮菊酒"的习俗。作者人已垂老，虽然未能效古人登高，但"饮菊酒"还是需要的。所以在赴宴过程中，面对青山，心生向往，因此强打精神，勉强整理了一下自己的乌纱帽。乌纱帽是官服，说明作者仍在为官，所以才有后面第四、五、六句的场景受用。可以想象，当时赴宴，一路上看到南归大雁成排从头顶横穿而过，作者想到自己的远在他方的家乡，倦游已久，内心的思念和怅触油然而生。在酒宴上，即使有如花似玉的女子殷勤劝酒，有歌舞音乐助兴，但也难以排解心中的寂寞与忧愁。人生易老，好景不常，西风吹动着白发，走在苍茫的暮色中；明日而后，菊花也将渐趋凋零，蝴蝶都为之愁悴，何况天涯羁旅的游子，怎能不触景而赋归去之情呢？这时已是黄昏，一抹斜阳映照在青山上，天涯尽处，只有几只乌鸦在寒风吹拂中静静地孤独飞翔。作者此时自然备感凄凉。

本曲语言清丽，对仗工整，特别是巧妙地引前人诗词入曲，自然贴切，具有典雅蕴藉之美。

〔中吕〕卖花声①　　　　　　　　张可久

怀　古

阿房舞殿翻罗袖②，金谷名园起玉楼③，隋堤古柳缆龙舟④。不堪回首，东风还又，野花开暮春时候。

美人自刎乌江岸⑤,战火曾烧赤壁山⑥,将军空老玉门关⑦。伤心秦汉,生民涂炭⑧,读书人一声长叹!

【注释】

①卖花声:曲牌名,又名《升平乐》,属中吕宫,又入双调。六句六韵,基本句式为七、七、七、四、四、七。

②阿房:指阿房宫,秦宫殿名。前殿筑于秦始皇三十五年(前212)。遗址在今西安市西阿房村。秦亡时全部工程尚未完成,故未正式命名。因作前殿阿房,时人即称之为阿房宫。秦亡,为项羽所焚毁。现尚存高大的夯土台基。罗袖:指轻软的丝绸长袖。罗,稀疏而轻软的丝织品。

③金谷名园:即金谷园。西晋石崇的别墅,遗址在今洛阳老城东北。

④隋堤:隋炀帝时沿通济渠、邗沟河岸修筑的御道,道旁植杨柳,后人谓之隋堤。唐韩琮《杨柳枝》:"梁苑隋堤事已空,万条犹舞旧东风。"缆:以索系船。

⑤美人:指楚霸王项羽的美人虞姬。虞姬常随项羽出征。楚汉相争后期,项羽趋于败局,被汉军围困于垓下(今安徽灵璧南),兵少粮尽,夜闻四面楚歌,哀大势已去,面对虞姬,在营帐中酌酒悲歌:"力拔山兮气盖世,时不利兮骓不逝。骓不逝兮可奈何,虞兮虞兮奈若何?"歌词苍凉悲壮,情思缱绻悱恻,史称《垓下歌》。随侍在侧的虞姬,怆然拔剑起舞,并以歌和之:"汉兵已略地,四方楚歌声。大王意气尽,贱妾何聊生。"歌罢自刎,以断项羽后顾之忧。

⑥赤壁山:山名。汉献帝建安十三年(208),孙权与刘备联军大破曹操军队处。在今湖北武汉江夏赤矶山,与汉南纱帽山隔江相对。一说,湖北赤壁西之赤壁山。

⑦玉门关:关名。汉武帝置。因西域输入玉石时取道于此而得

名。汉时为通往西域各地的门户。故址在今甘肃敦煌西北小方盘城。

⑧涂炭：泥淖和炭灰。比喻极困苦的境遇。

【解读】

这两首曲子都是读书兴感。

第一首，作者由三桩历史事迹的结局，抒发其对事物的盛衰兴亡的感慨。开头三句，并列三桩史实，秦始皇筑阿房宫，歌舞升平；西晋权贵石崇建金谷园，蓄妓寻欢；隋炀帝起大运河，沿岸植柳，龙舟行幸扬州。这都是穷奢极侈的事，当时之不可一世，以为千秋盛世可得永久，但转瞬之间，都已变成陈迹，三位主角也都死于非命。以侈靡始，以败亡终。物之盛极而衰，自是必然的结局。如今，一句"不堪回首，东风还又，野花开暮春时候"，证实了过去的繁华之虚幻，往事之不堪回首，正是作者心中悲凉的感慨所在。后面三句的清凉景象与前三句的繁华奢侈形成尖锐的对比，造成意念上的巨大反差，给人视觉和意念的极大冲击。全曲对偶工整，语言端谨中又具变化，有一种错落别致之美。

第二首，开篇也同样并列三桩历史事实，一是楚汉之争，楚霸王项羽战败，与美人虞姬双双自刎于乌江岸边；二是东汉末赤壁之战，曹操大军被孙刘联军所败；三是汉武帝开辟西域，驻军把守，多少士兵和将军远隔万里，默默老去。这些都是穷兵黩武的表现，给人民造成的灾难和损失是无以估价的，带给人民的痛苦也都是无法估量的。此曲通过对秦汉时期三个历史事件的追忆，表达了对民生疾苦的同情和关注，也流露了对历史现实的悲怆与无奈。作者能够从历史的表象中发掘出"生民涂炭"的本质，并善于将历史事件的陈述与生活本质的提示有机地统一起来，表现出深刻的认识能力和高超的艺术表现才能。全曲感情深沉，句法整齐，语言庄重，具有一种端谨的艺术格调。

〔双调〕水仙子①

张可久

次　　韵

蝇头老子五千言②,鹤背扬州十万钱③。白云两袖吟魂健④,赋庄生《秋水》篇⑤,布袍宽风月无边⑥。名不上琼林殿⑦,梦不到金谷园,海上神仙。

【注释】

①水仙子:曲牌名,又称《湘妃怨》等。见卢挚《〔双调〕湘妃怨·西湖》注①。

②蝇头:指像苍蝇头那样小的字。老子五千言:指老子所著《道德经》,全书约五千字。《史记·老子韩非列传》:"(老子)至关,关令尹喜曰:'子将隐矣,强为我著书。'于是老子乃著书上下篇,言道德之意五千余言而去,莫知其所终。"

③"鹤背"句:南朝梁殷芸《小说》卷六:"有客相从,各言所志:或愿为扬州刺史,或愿多赀财,或愿骑鹤上升,其一人曰:'腰缠十万贯,骑鹤上扬州。'欲兼三者。"后以"鹤背扬州"比喻利欲之心。

④白云两袖:指除两袖白云之外,别无所有。白云,喻归隐。南朝梁陶弘景《诏问山中何所有赋诗以答》:"山中何所有?岭上多白云。只可自怡悦,不堪持寄君。"吟魂健:指诗兴很浓。

⑤赋:吟诵。庄生:庄子。《秋水》篇:指《庄子·外篇》中题名为《秋水》的一篇文章,主旨讨论人应怎样去认识外物。

⑥风月无边:言无限美好的景色。

⑦琼林殿:即琼林苑,北宋时皇帝赐宴新科进士的场所,在汴京(今河南开封)城西。

【解读】

　　该曲淋漓尽致地抒发了作者对道家生活的向往，自然奔放，意境高远。

　　起首两句如"横空盘硬语"，气势不凡，对仗亦工整，有整饬之美。而其意象则居于两端，一是悟道的老子，以五千言说尽事象的本质，而归隐于山林；一是俗世的凡夫，以对名利的贪恋极力追求世间的浮华，而置身风月之场。两者一萧瑟、一喧嚣，作者所选择的自然是前者，愿做一个无功名之追求、无财富之束缚、"白云两袖"、诗意无边的"海上神仙"。

　　"白云两袖"用南朝梁道士陶弘景的典故，他挂冠归隐江苏句曲山（茅山），与白云为侣，曾作诗回答梁武帝问讯："山中何所有？岭上多白云。只可自怡悦，不堪持寄君。"相传他在山中娱乐宾客，能振袖放出云气。因此，这一句便带上了在肉体和精神上都离尘出世的高士韵味。"吟魂健"，所吟咏的是像《庄子·秋水篇》那样的至理道言，借由庄子著作以认识外物相对性和认知过程的变异性，从而达到知道、达理、明权，不以物害己，天机自然的至德境界。身着道家的宽大布袍，胸中包罗了天地万象，这里面自有无限美丽的风景。这接下来的三句，完满地体现了得道高士的风神。道家追求精神绝对自由的宗旨与文人希冀获得个性解放的心理一拍即合，像大诗人李白就曾加入道籍，所以作者在曲中的虔心皈依，是毫不奇怪的。

　　末三句点明全曲题旨。"名不上琼林殿"是藐视功名，"梦不到金谷园"是鄙弃富贵。"海上神仙"则是对前文的诠释，也是对全曲的总结。然而唯因有了"琼林殿""金谷园"这些人事因素的陪衬，作者所标举的"海上神仙"，便更多了避世抗俗的积极意味，而与纯粹宗教意义上的求道成仙有了截然的区别。

〔越调〕寨儿令① 张可久

次 韵

你见么？我愁他,青门几年不种瓜。世味嚼蜡②,尘事抟沙③,聚散树头鸦④。自休官清煞陶家⑤,为调羹俗了梅花⑥。饮一杯金谷酒⑦,分七碗玉川茶⑧。嗏⑨,不强如坐三日县官衙?

【注释】

①寨儿令:曲牌名。又名《柳营曲》。第七、八两句可作六字句。多对句。

②世味嚼蜡:社会人情浇薄,没有味道。

③尘事抟(tuán)沙:比喻社会一团散沙,怎么也聚拢不起来。抟,捏之成团,使聚集。

④聚散树头鸦:人之聚散无常如同树上的乌鸦。

⑤休官:辞去官职。清煞:清净极了。陶家:陶渊明家。这里借指自家。

⑥调羹:用盐梅等调和羹汤。喻治理国家政事。盐梅,指盐和梅子。盐味咸,梅味酸,均为调味所需。喻指国家所需的贤才。《尚书·说命下》:"若作和羹,尔惟盐梅。"宋赵善括《醉蓬莱·魏相国生日》:"补衮工夫,调羹手段,如今重试。"

⑦金谷酒:金谷园宴会饮用的美酒。泛指美酒。

⑧七碗玉川茶:指卢仝七碗茶。卢仝,号玉川子,唐代诗人。他有《走笔谢孟谏议寄新茶》诗,写出了品饮新茶给人的美妙意境,广为传颂:"一碗喉吻润,二碗破孤闷。三碗搜枯肠,惟有文字五千卷。四碗

发轻汗,平生不平事,尽向毛孔散。五碗肌骨清,六碗通仙灵。七碗吃不得也,唯觉两腋习习清风生。"

⑨嗏(chā):语气词。

【解读】

此曲写隐居田园的愉悦和对官场生活的厌弃。

上半部分一至六句通过引用秦人邵平的典故,发出感慨,写出世态炎凉,人情冷暖。"你见么?我愁他,青门几年不种瓜。"你见过他吗?我是真有点替他犯愁啊,他在青门外已经几年不再种瓜了。这个"邵平"可能是作者朋友,好几年不见了,不知他现在情况如何,心里有些惦念,也替他忧愁。"世味嚼蜡,尘世抟沙,聚散树头鸦",这是作者根据自己长期经验所得,了解了世味的淡薄和人与人之间关系的疏远,以及聚散无常,作者用味同嚼蜡、团捏沙子、树上的乌鸦来作形容,非常巧妙生动。

"自休官"以下为下半部分,通过陶渊明、玉川茶等人和事,写挣脱了功名利禄,休官归隐后闲适自在的生活及其快乐。"清煞陶家",借陶渊明以自况,一"清"字将作者的"清净""清白""清洁""清贫""清介""清正""清雅"等种种况味写了出来,说明作者过上退隐的生活,回到了清静的世界。"为调羹俗了梅花"句,写得更巧妙。梅花自然是清香高雅的形象,但是,结成梅子,味道就变酸,可以作为调味品。它和盐合在一起,称盐梅,以作调羹之用,这就再没有什么清香高雅可言了,所以说"俗了梅花"。另方面,"盐梅"又借以美称宰辅之才。《尚书·说命下》:"若作和羹,尔惟盐梅。"宰相治理国政,也称"调和鼎鼐"。"为调羹俗了梅花"就语意双关,它的潜台词是:如果你是一个高雅之士,入了仕途,就如同进了染缸,就会变得俗不可耐。"俗了梅花",与"清煞陶家"形成对照,显示了作者决心从名利场脱身的意向。"饮一杯金谷酒,分七碗玉川茶",林下的生活,是多么的自由自在,饮一杯金谷园的美酒,或是分享一下卢仝七碗茶的乐趣,这种自由惬快的生活是多么美妙啊!"不强如坐三日县官衙?"一句反诘,不比你坐三天县衙做县太爷"抱官囚"的生活强得多吗?表现得很有力。这样写,也同时关合了上半部分提到的青门种瓜的邵平,贵至东陵侯,到头来尚且一场空,一个小小的县官,那就更不用说了。

全曲纯用通俗口语,且用典亦口语化,本色当行,体现了民曲特点。行文诙谐活泼,淋漓酣畅。

〔双调〕折桂令　　　　虞　集

席上偶谈蜀汉事,因赋短柱体①

鸾舆三顾茅庐②,汉祚难扶③,日暮桑榆④。深渡南泸⑤,长驱西蜀⑥,力拒东吴⑦。美乎周瑜妙术⑧,悲夫关羽云殂⑨。天数盈虚⑩,造物乘除⑪。问汝何如,早赋归欤⑫。

【作者简介】

虞集(1272—1348),字伯生,号道园,人称邵庵先生。祖籍仁寿(今属四川),生于崇仁(今属江西)。少受家学,尝从吴澄游。元成宗大德初年,以荐授大都路儒学教授,历国子助教、博士。元仁宗时,迁集贤院修撰,除翰林待制。元泰定帝时,改授为国子司业,后任秘书少监,又升任翰林直学士兼国子祭酒。元文宗时,除奎章阁侍书学士,领修《经世大典》。虞集素负文名,与揭傒斯、柳贯、黄溍并称"元儒四家";诗与揭傒斯、范梈、杨载齐名,并称"元诗四大家"。著有《道园学古录》《道园遗稿》。散曲仅存小令一首。

【注释】

①短柱体:词曲中俳体之一格,通篇每句两韵,或两字一韵,元人

所谓六字三韵语。

②鸾舆：皇帝的车驾，亦指代皇帝。此处指三国时蜀汉先主刘备。三顾茅庐：《三国志·蜀书·诸葛亮传》载，刘备往访诸葛亮，凡三往，乃见。后诸葛亮上后主表云："先帝不以臣卑鄙，猥自枉屈，三顾臣于草庐之中，咨臣以当世之事，由是感激，遂许先帝以驱驰。"后以"三顾茅芦"比喻对贤才的诚心邀请。

③祚：皇位。

④桑榆：指日暮时，因日暮时夕阳照在桑树和榆树梢上。比喻暮年，晚年。

⑤深渡南泸：蜀汉时南中（川南和云贵一带）叛乱，诸葛亮率师征伐，指挥蜀军渡过泸水（金沙江），七擒孟获，平定叛乱。诸葛亮《前出师表》："故五月渡泸，深入不毛。"泸，水名，即现在的金沙江，在四川南部，所以称南泸。

⑥西蜀：今四川省。古为蜀地，因在西方，故称。

⑦东吴：指三国时吴国。因其地处江东，故名。

⑧周瑜妙术：周瑜（175—210），字公瑾，庐江（今属安徽）人。建安十三年（208），周瑜率军与刘备联合，在赤壁之战中，用黄盖诈降、火攻之计，纵火烧毁曹操全部舰船，大败曹操，由此奠定"三分天下"的基础。

⑨关羽云殂：关羽也死了。云殂，死亡，云为语气助词。关羽（？—220），字云长，河东解县（今山西运城）人。早年跟随刘备颠沛流离，辗转各地。赤壁之战后，关羽助刘备、周瑜攻打曹仁所驻守的南郡。而后刘备势力逐渐壮大，关羽则长期镇守荆州。建安二十四年（219），关羽在与曹仁之间的军事摩擦中逐渐占据上风，随后水陆并进，围攻襄阳、樊城，并利用秋季大雨，水淹七军，将前来救援的于禁打得全军覆没。关羽威震华夏，使得曹操一度产生迁都以避关羽锋锐的想法。但随后东吴孙权派遣吕蒙、陆逊袭击关羽后方，关羽又在与徐

晃的交战中失利,最终进退失据,兵败被杀。

⑩天数:天命。盈虚:指盈满或虚空。指盛衰,成败。

⑪造物乘除:意指造物者对世事的消长盛衰操有掌控之权。造物,即造物者,特指创造万物的神。乘除,乘法和除法,指计算、算计。指安排人事的消长盛衰。

⑫早赋归欤:早点赋写回家的文章,意即早点作回家的打算。赋,《诗经》六义之一,是一种直陈其事的表现手法。欤,语气助词。

【解读】

此曲由席上偶谈三国蜀汉事引发。元末陶宗仪曾记载虞集作此曲的逸事,见于《辍耕录》卷三"广寒秋"条:"虞邵庵先生集在翰苑时,宴散散学士家。歌儿郭氏顺时秀者唱今乐府,其《折桂令》起句云'博山铜细袅香风',一句而两韵,名曰短柱,极不易作。先生爱其新奇,席上偶谈蜀汉事,因命纸笔,亦赋一曲曰:'鸾舆……'盖两字一韵,比之一句两韵者为尤难。先生之学问该博,虽一时娱戏,亦过人远矣。折桂令,一名广寒秋,一名天香第一枝,一名蟾宫引。今中州之韵入声似平声,又可作去声,所以蜀、术等字皆与鱼、虞相近。"

顺时秀所唱的《折桂令》"博山铜细袅香风"句,"铜""风"押韵,即上述"一句而两韵",这个叫"短柱"体。虞集可能是第一次听到,觉得它"新奇",因此根据席上偶然谈及的蜀汉兴亡故事,即兴赋"短柱体"一首。在一曲十二句中,每两字押韵,一韵到底,用韵自然稳贴,用词流利通畅,且内容富含哲理,文学性强,很见功力,既体现了作者学问的该博,又体现了他高超的艺术技巧。

此曲抒发历史兴亡皆由天数所定,非人谋之所成的感叹。全曲主要着眼在"天数盈虚,造物乘除"八字,即天意主宰着世间万物的消长变化。这种观点,在元代文人作品中几乎成为了普遍的现象,这也是出于现实的无可奈何而形成的充满悲剧色彩的世界观、历史观。作者开篇连用八句写蜀汉兴亡,前七句一意贯之,即叙蜀汉兴盛故事,其中有人谋、有人力,共同组成蜀汉的格局。然而第八句一转折,以关羽兵败身亡的悲剧结局预示蜀汉之衰亡,将前人之所谋所为一笔勾销。这一切,都是天意所操控,造物主于世事的盛衰自有它的安排,所以天意难违,人谋毕竟是徒劳的,作者遂发出"问汝何如,早赋归欤"之叹,以自问自答方式,得出不如辞官退隐、早归山林为佳的结论。

【点评】

先生(虞集)文章道义,照耀千古,出其余绪,尤能工妙如此,洵乎天才,不可多得也。此种"短柱"句法,自元迄今,和之者绝少,唯明徐天池《四声猿》中,曾一仿之,后不一见也。(吴梅《顾曲麈谈》)

虞学士集之《折桂令》咏蜀汉事云云,通篇用"短柱格",语妙天成。(王季烈《螾庐曲谈·词曲掌故杂录》)

〔般涉调〕哨遍　　睢景臣

高祖还乡①

社长排门告示②:但有的差使无推故③。这差使不寻俗④,一壁厢纳草除根⑤,一边又要差夫⑥,索应付⑦。又言是车驾,都说是銮舆⑧,今日还乡故。王乡老执定瓦台盘⑨,赵忙郎抱着酒胡芦⑩。新刷来的头巾⑪,恰糨来的绸衫⑫,畅好是妆幺大户⑬。

〔耍孩儿〕瞎王留引定伙乔男女⑭,胡踢蹬吹笛擂鼓⑮。见一彪人马到庄门⑯,匹头里几面旗舒⑰:一面旗白胡阑套住个迎霜兔⑱,一面旗红曲连打着个毕月乌⑲,一面旗鸡学舞⑳,一面旗狗生双翅㉑,一面旗蛇缠胡芦㉒。

〔五煞〕㉓红漆了叉，银铮了斧㉔，甜瓜苦瓜黄金镀㉕。明晃晃马镫枪尖上挑㉖，白雪雪鹅毛扇上铺㉗。这几个乔人物㉘，拿着些不曾见的器仗，穿着些大作怪衣服㉙。

〔四煞〕辕条上都是马㉚，套顶上不见驴㉛，黄罗伞柄天生曲㉜。车前八个天曹判㉝，车后若干递送夫㉞。更几个多娇女㉟，一般穿着，一样妆梳。

〔三煞〕那大汉下的车㊱，众人施礼数㊲。那大汉觑得人如无物。众乡老展脚舒腰拜㊳，那大汉挪身着手扶。猛可里抬头觑㊴，觑多时认得，险气破我胸脯。

〔二煞〕你须身姓刘，你妻须姓吕，把你两家儿根脚从头数㊵。你本身做亭长㊶，耽几盏酒㊷。你丈人教村学㊸，读几卷书。曾在俺庄东住，也曾与我喂牛切草，拽坝扶锄㊹。

〔一煞〕春采了桑，冬借了俺粟，零支了米麦无重数㊺。换田契强秤了麻三秤㊻，还酒债偷量了豆几斛㊼。有甚胡突处㊽？明标着册历㊾，见放着文书㊿。

〔尾煞〕(51)少我的钱，差发内旋拨还(52)；欠我的粟，税粮中私准除(53)。只道刘三(54)，谁肯把你揪捽住(55)？白甚么改了姓、更了名(56)，唤做汉高祖！

【作者简介】

睢景臣，生卒年不详。一作舜臣。字景贤，或作嘉贤。扬州（今属江苏）人。一生在书会才人之中生活，未能仕进。大德七年（1303），自扬州至杭州，与钟嗣成结识。钟嗣成《录鬼簿》将其名列在“方今已亡名公才人，余相知者”之列。明朱权《太和正音谱》将其列于“古今群英乐府格势”之中，称其词“如凤管秋声”。一生著述甚多，著有散曲集

《睢景臣词》,杂剧《莺莺牡丹记》《千里投人》《屈原投江》等,今俱不存。唯散曲保存套数三套,断句四句。

【注释】

①高祖:即汉高祖刘邦。刘邦(前256—前195),字季,沛郡丰邑(今江苏丰县)人。汉朝开国皇帝。去世后,谥号高皇帝,庙号太祖。

②社:古代行政区划单位之一。周代二十五家为一社,元代以五十家为一社。排门告示:挨家逐户通告。元朝规定农村在各户门前立白粉墙,遇有告示挨家逐户写上。《元典章》:"排门粉壁告示。"

③但:只要。差使:差遣,派遣。无推故:不要借故推辞。

④不寻俗:不寻常,不一般。

⑤"一壁厢"句:一边要供给马饲料。一壁厢,一边。纳草,交纳草料。

⑥差夫:服劳役的人。

⑦索应付:须认真对待。索,须。

⑧车驾、銮舆:都是帝王乘的车子,因以作为皇帝的代称。

⑨乡老:乡村中年高德劭的头面人物。执定:端稳,托住。瓦台盘:一种带底座的陶制高盘。

⑩忙郎:也叫"忙儿",宋元时俗语,指村童。

⑪新刷来:刚洗刷过。

⑫恰:副词,才,刚刚。糨(jiàng)来:浆好。糨,同"浆",用粉浆或米汤浸纱、布或衣服,使干燥后坚挺。

⑬畅好是妆幺大户:正好充装有身份的大户人家。畅好,正好,甚好。妆幺,装扮。大户:指有财势的人家。

⑭"瞎王留"句:爱出风头的青年率领一伙装模作样的坏家伙。瞎,犹言坏,胡来。王留,元曲中常用以指好出风头的农村青年。乔男女,恶徒。乔,无赖,狡诈。

⑮胡踢蹬:胡乱折腾,胡闹。踢蹬,折腾。

⑯一彪人马:一大队人马。彪,同"飙",量词,用于军队人马。

⑰匹头里:犹"劈头""打头""当头"。旗舒:旗子招展。

⑱"白胡阑"句:指月旗。胡阑,"环"的合音,即圆圈。迎霜兔,玉兔,古代神话谓月中有玉兔捣药。

⑲"红曲连"句:指日旗。曲连,"圈"的合音,即红圈,像日的形状。毕月乌,古代传说日中有三足乌。

⑳鸡学舞:指舞凤旗,一名凤凰旗。

㉑狗生双翅:指飞虎旗,上画有一非虎非马、背生双翅的动物,身处火焰中。一名飞黄旗(飞黄,传说中的神马名)。

㉒蛇缠葫芦:指蟠龙戏珠旗。

㉓煞:曲牌名。多用于套数结尾处。煞用多少遍没有规定,序数一般是倒过来写,例如用五煞则先写五煞,然后写四煞,三煞,二煞,一煞(重复的几段,煞字可以省去),偶尔也有顺写的,但不多见。各"煞"是"尾"前的配曲,表示乐曲由缓入急,最后用"尾"来结束整套曲子。

㉔铮:镀。

㉕"甜瓜"句:这是说金瓜锤,在红漆棒上装个镀金的瓜,帝王的仪仗。甜瓜是圆形的,象形锤子;苦瓜是长条形的,象形金瓜锤柄。这都是从农民视角来看待那些他们未曾见识过的仪仗器具。

㉖"明晃晃"句:这是说朝天镫(又名"镫杖"),其形状像倒放的马镫,下面有长柄。帝王的仪仗。

㉗"白雪雪"句:这是写鹅朱宫扇(又名障扇或掌扇)。

㉘乔人物:怪人物,装模作样的人。乔,假扮,做作,装假。

㉙大作怪:非常奇怪。

㉚辕条:车前的横木。

㉛套顶上不见驴:车前看不见用驴驾车。当时农村很少用马拉车,这里是对全用马表示惊奇。套顶,北方俗称"套包子",套在牲口脖子上以便驾车。

㉜"黄罗伞"句:此指帝王仪仗中的曲盖。曲盖像伞,柄是曲的,所以乡民以为这伞柄是自然生成弯曲的。

㉝天曹判:天上的判官。这里指"导驾"的官员。一个个板起面孔,神情呆滞,像庙宇里泥塑、木雕的判官。

㉞递送夫:送东西的差役。这里指车驾后面跟着的一群捧香案、交椅、水盆、净巾等杂物的内官。

㉟多娇女:指美丽的宫娥。

㊱那大汉:指刘邦。

㊲施礼数:行礼。

㊳展脚舒腰:展开脚,伸直腰肢,这是"拜"(行礼)前的准备动作。拜:表示恭敬的一种礼节。行礼时下跪,低头与腰平,两手至地。后用为行礼的通称。

㊴猛可里:猛然间,忽然间。觑:偷看。上文"觑得人如无物"的"觑",当"斜视"讲。

㊵根脚:指家世、出身、资历等。

㊶亭长:刘邦曾经做过泗水亭长。秦制,十里为亭,十亭为乡。亭设亭长。泗水亭,在今江苏沛县东。

㊷耽:爱好,沉湎。盏:小杯子。

㊸丈人:岳父。

㊹拽(zhuài)坝扶锄:泛指平整土地之类的农活。拽,拉扯,用力拉。坝,通"耙"。

㊺零支:零借。无重数:数不清,数不完。

㊻换田契:更换田契。指刘邦欠账太多,用田契抵换。田契,买卖、租借田地时所立的契约或田地所有权的凭据。麻三秤:麻四十五斤。秤,古量词,指十五斤。

㊼斛(hú):原为量器名,亦用作量词。古代一斛为十斗,南宋末年改为五斗。

㊽胡突：糊涂。

㊾明标着册历：明白地记载在账簿上。标，记载。册历，账簿。

㊿见放着文书：现在还放着借据在那儿。见，同“现”。文书，字据，契约。

(51)尾煞：即《尾声》，也是曲牌，用在套数的末段。

(52)差发：元时指赋税徭役。宋彭大雅《黑鞑事略》：“其赋敛谓之差发。”旋：立刻，马上。拨：调拨，分配。

(53)私准除：私底下扣除。准除，照数抵扣。

(54)刘三：刘邦兄弟共四人，刘伯、刘仲、刘季、刘交。刘季即刘邦，排行第三。刘伯早死，追尊武哀王。刘仲，名喜，封代王。刘交，封楚王。

(55)揪捽：扭抓。

(56)白甚么：说什么。白，说。

【解读】

此曲为叙事套曲。写汉高祖刘邦衣锦还乡，旌旗开道，车骑护从，声威显赫，前来迎驾的乡亲故旧无意中发现，所迎圣驾原来竟是同村的泼皮刘三。而这个刘三先前则是耽酒欠债、给地主打短工、迹近小偷无赖的角色，欠了一身的账不还，又跑得无影无踪。如今摇身一变，装模作样，目空一切，做起了帝王。在乡亲们的眼里，这自然是很离奇的事儿，也很使他们愤怒。此曲以冷嘲热讽的口气，以诙谐滑稽的情绪，借用一个乡民的口吻，揭露了“帝王之尊”的虚伪与可笑，表现了作者对封建王权的蔑视与否定。

首段写乡里接驾的准备，社长分派工作，众人各自落实忙碌。一位乡民，估计是扮演乡中的大户，只负责作看客和迎驾接待，所以全篇场景就从他的视角展出。本来是一桩很严肃的事，但作者一开头却通过滑稽幽默的叙述为全篇定下诙谐、嘲讽的基调。如《哨遍》“王乡老执定瓦台盘，赵忙郎抱着酒葫芦。新刷来的头巾，恰糨来的绸衫，畅好是妆幺大户",这些句子一下子将严肃的氛围破解,使得庄重的场景类似于戏场。《耍孩儿》《五煞》《四煞》三首曲子铺陈旌旗、车驾的排场,很有些离奇古怪、莫名其妙,大有草台演戏所用道具的意味,视帝王气派和尊严如无物,更加深了讽刺的色调。《三煞》《二煞》《一煞》是在不经意中认出眼前被迎驾的人正是流氓无赖的刘三时,立即引起这个"大户"的愤怒。于是,历数刘三当年的寒酸和劣迹,一下子就揭穿了隐藏在黄袍之后的真面目。而刘邦他还在人前装腔做势、目中无人,两厢对比,更觉可笑。《三煞》中"那大汉下的车,众人施礼数,那大汉觑得人如无物",将一个目中无人、威风凛凛的"帝王"形象刻画得十分生动、传神。"春采了桑,冬借了俺粟,零支了米麦无重数。换田契强秤了麻三秤,还酒债偷量了豆几斛",这些话都极尽挖苦嘲讽之能事,令刘邦颜面扫地以尽。《尾煞》是全篇的高潮。刘邦字季,排行第三,所以称之为"刘三"。这个小名从乡民口中呼出,既调侃刘邦的泼皮无赖,形神酷似,又妙在它粉碎了"真命天子"的神话,所谓帝王之尊在辛辣的嘲笑声中荡然无存。

此曲视角独特,构思奇巧,叙事井然,心理描写亦十分真切,人物形象呼之欲出。语言质朴生动,具有口语化特点。特别是对比手法的运用,揭示本质,具有强烈的喜剧性与讽刺性。元钟嗣成《录鬼簿》卷下称:"维扬诸公俱作《高祖还乡》套数,唯公《哨遍》制作新奇,诸公皆出其下。"可知此曲在当时已享盛名。

【点评】

《高祖还乡》,确是奇作。他能够把流氓皇帝刘邦的无赖相,用傍敲侧击的方法曲曲传出。他使刘邦荣归故乡的故事,从一个村庄人眼里和心底说出。村庄人心直嘴快,直把这个故使威风的大皇帝,弄得啼笑皆非。这虽是游戏之作,却嬉笑怒骂,皆成文章了。(郑振铎《中国俗文学史》下册)

〔正宫〕塞鸿秋

周德清

浔阳即景①

长江万里白如练,淮山数点青如淀②。江帆几片疾如箭,山泉千尺飞如电。晚云都变露,新月初学扇③,塞鸿一字来如线④。

【作者简介】

周德清(1277—1365),字日湛,号挺斋,高安(今属江西)人。工乐府,善音律。终身不仕。其音韵学著作《中原音韵》,以元大都(今北京)语音系统为标准进行理论性总结,并由此规范和制约元曲的音韵特质,从而为市井文学的发展、繁荣和曲作语言的规范化,做出了重要的贡献。《全元散曲》录存其小令三十一首,套数三套。

【注释】

①浔阳:今江西九江,流经此处的长江一段被称为浔阳江。即景:就眼前的景物(吟诗、作文或绘画等)。

②淮山:泛指长江以北淮河流域的山。淀:同"靛",即靛青,一种青蓝色染料。

③新月初学扇:新月开始像团扇那样慢慢展露。汉班婕妤《怨歌行》:"裁为合欢扇,团团似明月。"

④塞鸿:塞外的鸿雁。塞鸿秋季南来,春季北去,故古人常以之作比,表示对远离家乡的亲人的怀念。

【解读】

本曲是一首写景小令。作者选择了独特的视觉角度,按照由远及近、自下而上的空间顺序,就亲目所见长江、淮山、江帆、山泉、晚云、新月、塞鸿七种景物,采用比喻、对仗并用的修辞手法,借助于动态描写的艺术表现形式,各以其物征依次描绘,为读者勾画了一幅生动传神的浔阳秋景图。

"长江万里白如练,淮山数点青如淀",这是远望所见。长江一泻千里,静如白练;淮山数点,青如蓝靛。这两句分别脱化于南朝谢朓"余霞散成绮,澄江静如练"(《晚登三山还望京邑》)及金诗人杨奂"淮山青数点,不肯过江来"(《题江州庾楼》)诗句,意象雄远。大江万里,浩荡而来,江面开阔,与遥远的淮山呈现出的"数点"形成了空间形象的悬殊对比,而"白如练"与"青如淀"又在色彩上形成鲜明的对比,给人以视觉上的巨大冲击。"江帆几片疾如箭,山泉千尺飞如电",这是中景,是俯瞰所见。"江帆"像箭一样疾速,"山泉"如电一样飞迸,作者从江与山的众多景物中各截取其一点,从近处、细处着眼,虽然写的只是某一个体的景物,却又极富群像性,给人以动态的感官体验。"晚云都变露,新月初学扇,塞鸿一字来如线",这三句是仰望所见,有远景,有近景。近景是"晚云"都变成了"露",露水是微观之物,只有就近才能见到和感触到;"晚云""新月""塞鸿"都是远景,以深秋天空三种主要景观为描写对象,抓住其特有的物征,形象地写出了景物的情态变化和明暗变化,同时给读者以清晰的时间流动的感觉,富有动态变化之美。特别最后一句"塞鸿一字来如线",写从塞外归来的大雁,排成长长的一字形掠过烟波浩渺的江天,仿佛就像一条细长的丝线。这一句不仅点明了季节时令,也创建了一个令人展开无限遐想的空间。这"一字"塞鸿,将前面的六幅画面串联在一起,充分传达出秋意的苍凉之感,有题外传神之妙。

全曲笔势矫健,比喻精到,形象简洁生动,音韵浏亮,不愧为散曲中的写景杰作。

〔双调〕蟾宫曲

周德清

别　　友

倚篷窗无语嗟呀①,七件儿全无②,做甚么人家③?柴似灵芝④,油如甘露⑤,米若丹砂⑥。酱瓮儿恰才梦撒⑦,盐瓶儿又告消乏⑧。茶也无多,醋也无多,七件事尚且艰难,怎生教我折柳攀花⑨?

【注释】

①嗟呀:叹息。

②七件儿:即七件事,指日常生活中的七种必需品。宋吴自牧《梦粱录·鲞铺》:"盖人家每日不可阙者,柴、米、油、盐、酱、醋、茶。"

③人家:家庭。

④灵芝:传说中的瑞草、仙草,古人认为服用后可长生不老。这里指柴之稀少。

⑤甘露:甘美的露水。古人认为仙人以甘露为饮料,或人饮之可成仙。这里指食用油之量少。

⑥丹砂:即朱砂。矿物名,色深红。古代道教徒用以化汞炼丹,中医作药用,也可制作颜料。这里指粮食也少。

⑦恰才:刚刚。梦撒:犹言无、空。

⑧告:宣告。消乏:贫乏,缺少。

⑨怎生:犹怎样,如何。折柳攀花:这里一语双关,"折柳",折取柳枝,古人常以作赠别或送别之具,此曲题名"别友",切合题意。用作送别,则后面"攀花"一词只是为凑韵用。另一层含义,"折柳攀花",又常用来比喻狎妓。这里用诙谐的语言表现自己的贫穷,既无物送友作

别,更无资狎妓。

【解读】

七件儿,即生活中七种必需品:柴、米、油、盐、酱、醋、茶。这是每天都不能缺少的。作品中形容"柴似灵芝,油如甘露,米若丹砂"等,是用夸张诙谐的手法,叙写家庭日用极端缺少,生活极端困窘。末句"七件事尚且艰难,怎生教我折柳攀花",以诙谐的语言出之,反映出作者过度贫困不能和别人一样去寻花问柳的自嘲。

吴梅《顾曲麈谈·谈曲》说:"挺斋家况奇窘,时有断炊之虞。戏咏开门七件事云……其贫可想见也。余尝谓天下最苦之事,莫若一穷字,饥寒交迫,而犹能歌声出金石者,即原思在日,亦未必能如斯。"原思,即孔子弟子原宪,字子思,又称仲宪,春秋末鲁国人(一说宋人)。孔子为鲁司寇时,他曾任孔子的总管。孔子卒后,不求仕进,隐居卫国草泽中,茅屋瓦牖,粗茶淡饭,生活极为清苦。然而,原宪夷然自若,"匡坐而弦歌"。在孔门弟子中他以清静守节、安贫乐道、积极实践儒家思想而著称。吴梅以原宪比作者,对作者给予了极高的评价。

〔南吕〕骂玉郎过感皇恩采茶歌① 钟嗣成

恨 别

风流得遇鸾凰配②,恰比翼便双飞③。彩云易散琉璃脆④。没揣地钗股折⑤,厮琅地宝镜亏⑥,扑通地银瓶坠。

香冷金猊⑦,烛暗罗帏⑧。子剌地搅断离肠⑨,扑速地淹残泪眼⑩,吃答地锁定愁眉⑪。天高雁杳⑫,月皎乌飞⑬。暂别离,且宁耐⑭,好将息⑮。 你心知,我诚实,有情谁怕隔年期。去后须凭灯报喜⑯,来时长听马频嘶⑰。

【作者简介】

钟嗣成(1279？—1360？),字继先,号丑斋,汴京(今河南开封)人。屡试不中,一生坎坷。曾为江浙行省掾史。编著《录鬼簿》二卷,有至顺元年(1330)自序,载金末至元代中期杂剧、散曲作家小传和作品名目,是研究戏剧史的重要参考资料。所作杂剧今知有《章台柳》《钱神论》《蟠桃会》等七种,皆不传。所作散曲今存小令五十九首,套数一套。明朱权《太和正音谱》评其曲"如腾空宝气"。

【注释】

①骂玉郎过感皇恩采茶歌:南吕宫带过曲,由《骂玉郎》《感皇恩》《采茶歌》三支曲子组成,这三支曲都不能单独用作小令。

②鸾凰:鸾凰配对。比喻夫妻或情侣。

③比翼:翅膀挨着翅膀(飞翔),喻夫妇相伴不离。双飞:成对飞翔。常比喻夫妻情笃。

④彩云易散琉璃碎:比喻好景不长。唐白居易《简简吟》:"大都好物不坚牢,彩云易散琉璃脆。"琉璃,指玻璃。

⑤没揣:不意,没料到。钗股折:钗股折断。钗股,为古代妇女用以固定发髻的头饰。

⑥厮琅:拟声,形容物体破碎声。

⑦金猊:香炉的一种。炉盖作狻猊形,空腹。焚香时,烟从口出。

⑧罗帏:罗帐。

⑨子剌:拟声词。

⑩扑速:即"扑簌",拟声词。物体轻落貌。

⑪吃答:犹即刻,一下子。形容动作迅速。

⑫杳(yǎo):深远,高远。

⑬皎:洁白,光亮。

⑭宁耐:忍耐。

⑮将息:调养,休息。

⑯灯报喜:旧谓灯心爆结灯花,预兆喜事临门。

⑰来时长听马嘶声:长时间倾听情郎来到时的马叫声。五代和凝《江城子》:"轻拨朱弦,恐乱马嘶声。"

【解读】

此曲标题为"恨别",叙述女子与情郎相遇,两情相悦,比翼双飞,但好景不长,即行离别。曲子写尽女子在离别过程中情绪的变化,离别的愁苦,以及期待重逢的心情。

曲子共分三段,第一段,从头到尾运用比喻,"鸾凰"喻两人相遇,感觉很匹配,"比翼""双飞"喻结成情侣或夫妻。"彩云易散""琉璃碎"比喻好景不常,以及离别的轻易。"钗股折""宝镜亏""银瓶坠"都是比喻情缘暂满即亏的典实。很细腻,也很巧妙地将女子的由喜悦到不舍的心绪刻画尽致。

第二段,写离别在即,女子无心梳妆打扮,烟不熏,灯烛也暗,那种离愁别恨就像"肠一日而九回"般让人心痛,突然眼泪就掉下来,突然眉头就蹙起来,这种思念中女子的心绪就像春天多变的孩儿脸,也是描画得非常生动细腻。情郎见此情状,于是安慰女子,他用"天高雁杳,月皎乌飞"两句,说即使音讯不通,时光流逝,但分别也只是暂时的,你要暂且忍耐一下,同时注意休息,调养好自己的身体。这里"天高雁杳",天空高远,大雁杳然,不见影踪,化用成语"鱼沉雁杳"以喻彼此音讯断绝;"月皎乌飞",化用成语"兔走乌飞",比喻日月运行,光阴流逝。兔,月中玉兔;乌,日中金乌。

第三段,是女子心中对情郎说的话。意思是,你心里知道我对你的爱情是真实的,我对你的心也是永不会变的,我们相互之间只要有感情,谁还怕隔年重逢的期待呢?你走后,我只须依凭灯花报喜,就知道你要回来,而且我会长时间在窗前倾听外面的马叫声,也许哪一天马一叫你就回来了呢。"来时长听马频嘶",化用五代和凝《江城子》"轻拨朱弦,恐乱马嘶声"句意,将女子等待情郎来到的焦虑而急切的心情描摹殆尽。

此曲虽写别恨,但风格明朗,语意明快,刻画细腻,且工于抒怀,善用排比,对情感的铺陈、增强具有逐层递进的作用。

〔双调〕凌波仙① 钟嗣成

吊陈存父②

钱塘人物尽飘零③,幸有斯人尚老成④。为朝元恐负虚星命⑤,凤箫闲鹤梦惊⑥,驾天风直上蓬瀛⑦。芝堂静⑧,蕙帐清⑨,照虚梁落月空明⑩。

【注释】

①凌波仙:曲牌名,即《湘妃怨》《水仙子》。

②陈存父:陈以仁,字存甫,元代戏曲作家,生卒年不详,杭州人。大约元成宗元贞(1294—1297)前后在世。

③钱塘:即杭州。

④斯人:此人,指陈以仁。老成:年高有德。或指辞章功力深厚。

⑤朝元:道教徒朝拜老子。唐初,追号老子李耳为太上玄元皇帝。唐白居易《寻郭道士不遇》:"郡中乞假来相访,洞里朝元去不逢。"虚星:即虚宿。二十八宿之一,属北方玄武七宿的第四宿。也称玄枵。虚宿主秋,含有肃杀之意。

⑥凤箫:即排箫。比竹为之,参差如凤翼,故名。亦指箫声。鹤梦:谓超凡脱俗的向往。

⑦蓬瀛:蓬莱和瀛洲。神山名,相传为仙人所居之处。亦泛指仙境。

⑧芝堂:灵芝之堂,指道士居室。

⑨蕙帐:帐的美称。唐卢鸿一《洞元室》:"蕙帐萝筵兮洞元室,秘而幽兮真可吉。"蕙,香草名。俗称佩兰,古人佩之或作香焚以避疫。

⑩"照虚梁"句:落月照在屋梁上显得空虚澄明。唐杜甫《梦李白》:"落月满屋梁,犹疑照颜色。"

【解读】

此曲是吊唁元代戏曲作家陈以仁的作品。大意为:杭州戏曲界有名的人物都已经凋零殆尽,幸而还有这位年高德劭的老成人物在。不过,他早已辞去人间的浮华,皈依道教,礼敬老子。现在,凤箫已闲,又突然惊闻他乘鹤仙去,已进入蓬瀛仙境。远在千里之外,可以想见他所居的芝堂已十分安静,芳洁的帷帐已很冷清,落月照在虚空的屋梁上,到处是空旷澄澈的境界,但依稀中犹能见到他的容颜依旧。

孙楷第据《录鬼簿》和元张翥《蜕庵诗集》考知元代戏曲家"陈以仁,字仁甫,号复斋,以福州人寓杭州,晚居婺州为道士"(见《元曲家考略》),但家世不详。明朱权《太和正音谱》评其词曲格势,喻如"湘江雪竹"。曲子首句就点"钱塘人物",说明陈以仁的位置,在杭州戏曲界中是有名的人物。随着老成纷纷凋谢,陈以仁硕果仅存,这是戏曲界的幸运。三句点明陈以仁皈依道教,出家做了道士。四、五、六句是惊闻他去世的噩耗,虽然在道界他是成仙,到了蓬瀛的仙境,但作为朋友,仍不免为之感到悲伤,为之哀悼。最后三句,写人亡物在,到处清静一片,抬头望去,屋梁落满月光,仿佛仍能见到朋友的样子。末句化用杜甫《梦李白》"落月满屋梁,犹疑照颜色"的句意,表达对死者的深切怀念。

曲子词意超逸,境界空明。寓情于景,寄托尤深。

〔南吕〕阅金经① 徐再思

闺　　情

一点心间事,两山眉上秋,拈起金针还又休②。羞,见人推病酒③。恹恹瘦④,月明中空倚楼。

【作者简介】

徐再思(1280？—1350),字德可,号甜斋。浙江嘉兴人。钟嗣成曹本《录鬼簿》言其"好食甘饴,故号甜斋。有乐府行于世"。天一阁本《录鬼簿》,除包括上述内容外,还记载他做过"嘉兴路吏",且"为人聪敏秀丽","交游高上文章士。习经书,看鉴史"等。这些都说明他在仕途上虽仅止于地位不高的吏职,但却是一位很有才名的文人。他一生的活动足迹在江浙一带。现存小令一百零三首。作品与当时自号酸斋的贯云石齐名,称为"酸甜乐府"。

【注释】

①阅金经:又名《金字经》《西番经》,曲牌名,属南吕宫。七句六韵,平仄同部互协。

②金针:针的美称。用以缝补、刺绣。

③病酒:醉酒,或谓饮酒过量而生病。

④恹恹:精神萎靡貌。亦用以形容病态。

【解读】

题目是"闺情",写的是相思。把闺中女子对情人的相思,又无法在人前表露的心情表现得淋漓尽致。

"一点心间事",没有说破,但点明是心中的事。"两山眉上秋",郁结而化为愁思,所以表现在眉头,就像秋天的两座山皱蹙起来,舒展不开。"拈起金针还又休",想刺绣,刚拿起针却又放下,形容女子有心事,遂心神不定,做什么都没有兴致。这一句写女子的相思之状非常传神。但这种相思又不能告诉别人,女子认为这是令人羞愧的事,所以愁怀便更为痛苦。它直接导致人没有精神,身体也病恹恹的消瘦下去,引起别人的疑问,只好推说是酒喝多了,所以精神萎靡不振。这种心思只能在夜深人静的时候,独自倚楼向明月倾诉。

曲子刻画闺情,细致入微,形神酷肖,生动如画,堪称佳作。

〔双调〕蟾宫曲 徐再思

春 情

平生不会相思,才会相思,便害相思。身似浮云,心如飞絮①,气若游丝②。空一缕余香在此,盼千金游子何之③。证候来时④,正是何时?灯半昏时,月半明时。

【注释】

①飞絮:飘飞的柳絮。

②游丝:指蜘蛛等布吐的飘荡在空中的丝。

③千金:喻珍视、看重。游子:指离家远游或久居外乡的人。何之:到哪里。

④证候:同"症候",症状。

【解读】

此曲惟妙惟肖地描画了刚刚堕入情网的少女在春日中纯真缭乱的相思情绪。开头三句,写少女由不识人事,而到情窦初开,一接触

"相思",便深深地掉入爱河之中。紧扣"相思"二字,反复渲染,逼真地传达了初涉爱河便为相思所困的纯情少女的纷纭心绪。以下三句,"身似浮云,心如飞絮,气若游丝",比喻非常巧妙,将少女的相思症候从身体、心绪、神气几个方面用"浮云""飞絮""游丝"这些极富形象的词加以描画,把染上相思的姑娘那种心神恍惚、坐卧不安、气微力弱的种种情态刻画无遗,十分生动逼真,又淋漓尽致。接着,"空一缕余香在此,盼千金游子何之",写游子一去,徒然留下一缕余香,天涯漂泊,游子何所,少女期盼想望之情状历历可感可见。此一联对偶句,由近及远,由此及彼,表现了怀春少女微妙复杂的心理活动。由怀春之情变成相思病之症候,思情渐渐加深加重,描画了少女的相思之殷切。最后两句点出相思病最难挨的时刻,是灯半昏,月半明,夜已阑。半明半暗的光景,最能勾起相思之苦。用自问自答方式,补足相思难耐之悲苦况味。全曲真情贯注,一气流走,直率而不失温润,妙语天成,曲折尽致,可谓传神入微。

作者擅长写相思之情,他另有一曲《清江引·相思》说:"相思有如少债的,每日相催逼。常挑着一担愁,推不了三分息。这本钱儿见他时方算得。"也写得真率坦诚,不假辞藻而墨花四照,与这首《蟾宫曲·春情》异曲同工。所以,清褚人获《坚瓠集·壬集》卷三说这两曲"得相思三昧"。

〔双调〕水仙子　　　　　　　徐再思

夜　　雨

一声梧叶一声秋,一点芭蕉一点愁,三更归梦三更后。落灯花棋未收①,叹新丰孤馆人留②。枕上十年事③,江南二老忧④,都到心头。

【注释】

①灯花:油灯灯心余烬结成的花状物。

②叹新丰孤馆人留:用唐代初期大臣马周的故事。《旧唐书·马周传》载,马周早年穷困不得志,初游长安,路过新丰,住于旅店中,受到店主的冷遇。后到京城,住在大将常何家里,替常何向唐太宗写条陈,为唐太宗赏识,得到破格任用。后因以"新丰客"指怀才不遇、行旅在外遭冷落的人。

③枕上十年事:指作者在外旅寄十年的经历。据清褚人获《坚瓠集·丁集》载徐再思"旅寄江湖,十年不归",作者又有《〔双调〕蟾宫曲·西湖》"十年不到湖山,齐楚秦燕,皓首苍颜"等句,均证实他确曾在外漂泊达十年之久。

④二老:指年老的双亲。

【解读】

这是一首写漂泊在外的游子客馆愁思的小令。前面三句,通过梧叶坠落、芭蕉夜雨,点出时间,传达出孤馆旅愁的情绪,照应题目;通过"三更归梦",写长夜难眠,游子的思乡之情更显浓重。"一声梧叶一声秋",化用《淮南子·说山训》:"以小见大,见一叶落而知岁之将暮。"宋唐庚《文录》引唐人诗:"山僧不解数甲子,一叶落知天下秋。"唐温庭筠《更漏子》:"梧桐树,三更雨,不道离情正苦。一叶叶,一声声,空阶滴到明。"梧叶的落下,预示秋天的到来,万物凋零,大雁回翔,将近岁暮,游子都将回归故乡,而作者这时仍在旅馆,有家归不得,自然怅触滋生。"一点芭蕉一点愁",雨打芭蕉,客居异乡羁旅思乡的人们听出的是别离漂泊、孤独寂寥。这在唐宋的文学作品中有广泛的反映,如唐白居易《夜雨》:"隔窗知夜雨,芭蕉先有声。"唐杜牧《雨》:"一夜不眠孤客耳,主人窗外有芭蕉。"唐李商隐《代赠》:"芭蕉不展丁香结,同向春风各自愁。"南唐李煜《长相思》:"秋风多,雨相和,帘外芭蕉三两窠。

夜长人奈何?"宋张栻《偶作》:"世情易变如云叶,官事无穷类海潮。退食北窗凉意满,卧听急雨打芭蕉。"宋俞德邻《客窗夜雨》:"小窗一夜芭蕉雨,倦客十年桑梓心。"宋李清照《采桑子》:"窗前谁种芭蕉树,阴满中庭。阴满中庭,叶叶心心,舒卷有余情。伤心枕上三更雨,点滴霖霪。点滴霖霪,愁损北人,不惯起来听。"雨打芭蕉、夜阑卧听,是特别容易引起孤旅愁绪的。作者用这两句,生动形象地描画出了客中凄清、冷寂的环境,并通过秋雨连绵不断,亦暗示作者的愁思亦如秋雨一样无法断绝,极大地深化了曲子的意境。

"落灯花棋未收",此句化用宋赵师秀《约客》"有约不来过夜半,闲敲棋子落灯花"诗意,写雨夜客居时的孤寂。客已离去,油灯已残,但作者的愁绪仍郁结未解,所以没有心思去整理棋子。"叹新丰孤馆人留",此句化用唐代马周的故事,抒发自己行旅在外、漂泊江湖,像"新丰客"一样独宿旅馆的感慨。据清褚人获《坚瓠集·丁集》载徐再思"旅寄江湖,十年不归",然而仕途多艰,仅做过下等小官。这里结合上一句,以马周自况,羁旅他乡,饱受寂寥愁苦,然而仕进无门,仿佛马周当年为新丰客般备受冷落。而马周穷途尚有常何引荐,自己怀才不遇,久困异乡,前途渺茫。言念及此,安得不梦魂缭绕,黯然神伤?一个"叹"字,把自己羁旅异乡的孤寂、怀才不遇的愁闷,尽情抒发出来。

最后三句,十年宦海漂泊的经历,江南家乡父母的担忧,一时间都涌上心头。这是作者躺在床上,夜不能寐,所思所想。十年之间经历了多少事,而远在江南的双亲却总在为久客不归的游子担心。这里作者巧妙地运用侧面落笔的手法,以年迈双亲的忧思烘托出自己离愁之苦的悲情色彩,遂使此曲更加具有感人的力量。末句"都在心头"四字戛然而止,欲语还休,给人无限的遐想。

全曲情景交融,语言朴实,用典用对,贴切自然。又善用重词叠字和数目字,给人回环复沓、一咏三叹之感。

〔双调〕蟾宫曲 赵禹圭

题金山寺①

长江浩浩西来,水面云山,山上楼台。山水相辉,楼台相映,天与安排。诗句就云山动色,酒杯倾天地忘怀。醉眼睁开,遥望蓬莱②。一半儿烟遮,一半儿云埋。

【作者简介】

赵禹圭,字天锡,汴梁(今河南开封)人。生卒年不详。曾任承直郎,元至顺间(1330—1333)官镇江府判。明朱权《太和正音谱》评其词"如秋水芙蕖"。著杂剧《何郎傅粉》《金钗剪烛》二种,今皆不存。《金元散曲》存其小令七首。

【注释】

①金山寺:位于今江苏镇江西北的金山上。金山为江南胜景之一,本在长江中,清末江沙淤积,始与南岸相连。山上有洞泉寺塔等名胜,其中以金山寺最为壮观。寺始建于东晋,依山就势,殿宇厅堂幢幢相衔,亭台楼阁层层相接。

②蓬莱:蓬莱山,古代传说中的神山名。亦常泛指仙境。

【解读】

这首散曲写的是作者登上金山寺所看到的壮观景象并由此产生的内心感受。

前面六句主要写景。先写长江浩浩荡荡,如脱缰的野马,一泻千里,从西而来,这是动景。但进入江苏,到了镇江附近,却突然出现"水面云山"的景象,这是巍峨的金山在江中突兀而起,这是静景。作者在这里用"浩浩西来"的长江作背景,以动衬静,使金山的景象显得更加壮观。金山寺就雄跨在金山上。接着具体描绘金山寺的胜景。金山寺楼台矗立,殿宇相连,寺塔上耸,突兀云天,山水楼台相互映照,山在水中,水在山上,呈现出一派金碧辉煌的壮丽景象,宛若仙境。面对如此壮丽奇妙的景色,作者不得不感叹,鬼斧神工,这真的是上天的布局啊!

于是,作者触景生情,豪兴大发,饮酒赋诗,即景抒怀。其佳词妙句,云山见之也为之动容;美酒入口,顿时天地也被忘得干干净净。情融于景,超然象外,诗人不仅陶醉于山水楼台之间,也陶醉于天地的浩荡情怀。结尾,描写金山一半儿被云雾笼罩,一半儿陷于烟霭之中,若隐若现,亭台楼阁,仿佛都在烟云中冉冉浮动。此时,作者恍如置身蓬莱仙境。最后几笔,给整个画面抹染了一层朦胧的色彩,把读者引入无限的遐想之中。

全篇写景抒情,扣紧金山寺的题目。作者将金山寺所处背景、位置以及四周景色逐层写来,条理清晰,明白如画,并巧妙地置情感于美景之中,使读者身历其境,很有感染力。

〔双调〕风入松① 赵禹圭

忆 旧

怨东风不到小窗纱,枉辜负荏苒韶华②。泪痕渥透香罗帕③,凭阑干望夕阳西下④。恼人情愁闻杜宇⑤,凝眸处数归鸦⑥。

记前日席上泛流霞⑦,正遇着宿世冤家⑧。自从见了心牵挂,心儿里撇他不下。梦儿里常常见他,说不的半星儿话⑨。

【注释】

①风入松:曲牌名。南北曲皆有。字句格律均与词牌七十六字体前半阕略同。北曲属双调,用在套曲内或用作小令。南曲属仙吕入双调,用作过曲。

②荏苒(rěnrǎn):(时间)渐渐过去。常形容时光易逝。韶华:美好的时光,多指春光;美好的年华,多指青春年少时期。

③湮(yīn):液体落在布或纸上而漾开。罗帕:丝织方巾。旧时女子既作随身用品,又作佩带饰物。

④阑干:栏杆。

⑤杜宇:即杜鹃鸟。相传为古蜀王杜宇之魂所化。春末夏初,常昼夜啼鸣,其声哀切。

⑥凝眸:注视,目不转睛地看。

⑦流霞:传说中天上神仙的饮料,泛指美酒。

⑧宿世:前世,前生。冤家:对情人的昵称。

⑨半星儿:半点儿,表示数量极少。

【解读】

赵禹圭《风入松·忆旧》共四首,皆写闺情。此选两首。

第一首写思妇怨东风,怨的是情郎不到,自己独守空闺,美好的韶华也白白地虚度了,以至思念情人,整日以泪洗面,湿透罗帕。登楼远望,希望看到情人的影子,但夕阳西下,情人未来。只听得杜鹃啼叫,彻夜不息,使闺中的怨思更加悲苦;只好凭栏独坐,点数回巢的老鸦一只只从眼前飞过。后三句写思妇的悲苦之情、愁闷之绪,竟至无可聊赖,用典贴切,描画亦极生动。

第二首写怎样遇见情人的经过,以及情人走后,自己如何的牵挂和割舍不下。语言很直白,描画勾阑中儿女的情思很到位。

〔正宫〕绿幺遍① 乔 吉

自 述

不占龙头选②,不入名贤传。时时酒圣,处处诗禅③,烟霞状元④,江湖醉仙,笑谈便是编修院⑤。留连⑥,批风抹月四十年⑦。

【作者简介】

乔吉(1280—1345),字梦符,号笙鹤翁,又号惺惺道人。太原(今属山西)人。一生怀才不遇,落魄江湖,自称:"时时酒圣,处处诗禅,烟霞状元,江湖醉仙。"著杂剧十一种,现存三种。散曲以婉丽见长,精于音律,好引用或融化前人诗句,与张可久有相近风格。尝谓:"作乐府亦有法,曰凤头、猪肚、豹尾六字是也。大概起要美丽,中要浩荡,结要响亮。尤贵在首尾贯穿,意思清新。苟能若是,斯可以言乐府矣。"《全元散曲》辑存其小令二百余首,套曲十一套。

【注释】

①绿幺遍:曲牌名,也称《柳梢青》,句式是三三四四、四四七二七。九句八韵,第三句不叶韵。邻句字数相等的宜对仗。

②不占龙头选:不参加科举考试。龙头,状元的别称。

③诗禅:诗中隐含的禅理,亦指隐含禅理的诗。又指诗道与禅道。

④烟霞状元:指放浪形骸于山水中的头号闲人。烟霞,泛指山水、山林。

⑤编修院:官署名。宋朝史馆所属编书机构,掌编修国史、会要、实录、日历,以馆职分领其事。这里是说在嬉笑怒骂之间,对当时的人作出评论来,就等于参加编修国史的工作。

⑥留连:留恋不舍;留心,用心琢磨。

⑦批风抹月:犹言吟风弄月。指诗人以风花雪月为吟诵的题材以状其闲适。

【解读】

此曲为作者晚年所作,标题为"自述",是作者四十年生涯的回顾。在这首曲子中,作者叙述了自己生平的性情、志趣、爱好,以及人生态度和四十年来生活的主要方面。作者生于北国而客居江南,四十年江湖飘零,终身不得志,自然难免有许多感慨。从作品中,我们可以看到作者放浪山水、纵情诗酒的疏狂性格,也可以看到他以"烟霞状元,江湖醉仙"这样孤傲的姿态作为他与俗世功名争夺相抗衡的精神力量,在鲜明地表达自己的生活态度之余,又抒发了他潜意识下怀才不遇、愤世嫉俗的感情。

首二句,"不占龙头选,不入名贤传",态度很鲜明,表示自己无意仕进,也不追求名誉,就是平常所说的"功名"两字且放开。这种超脱决绝的态度,心中没有足够的思考、觉悟和定力,是不可能说得这么干脆的。这应当是元朝野蛮而黑暗的政治现实给作者带来了幻灭式的打击,所以对当时政治不抱任何希望。"时时酒圣,处处诗禅",逃避现实一般的途径,一是逃于酒,借酒浇愁;一是逃于禅,借禅解脱。旧时代知识分子在现实遇到挫折时都喜欢选择这两种途径,或选其一种,或两种兼取。如果经济状况比较好,有较多的余钱,还有第三种途径,那就是游山玩水。这就是曲子中第五、六句所说的"烟霞状元,江湖醉仙"。可见,作者当时的生活条件不像有些人所讲述的那样穷困潦倒,而是比较宽裕的,所以才能够过上酒圣诗禅、啸傲山水、醉心风月的生活,也才有跟现实政治断然决绝的底气。

第七句,"笑谈便是编修院",编修院是编修国史的官署,野老闲谈,素心人讲论,评论今古,也权当是编修国史的工作。这一句也间接说明作者心中并不是对科举和功名一无所感,潜意识底下也还是向往的。只是当时政治的黑暗,使他的这种愿望被压抑,而导致逆反情绪的发生,于是站在了功名的对立面。

最后两句,"留连,批风抹月四十年",批抹,犹言批注校改,作者四十年之间,所集中精力做的事,也就只有"风月"二字。吟风弄月,并加以品评点校,这是唐代诗人李贺所鄙薄的人生态度。

李贺《南园》诗:"寻章摘句老雕虫,晓月当帘挂玉弓。不见年年辽海上,文章何处哭秋风?"唐代知识分子,也同样有怀才不遇之时,同样有辛酸愤激之辞,但他们的态度却是积极的,他们自觉地把个人遭遇和国家的命运联系起来。所以在他们的笔下,虽然表现出感伤时事、哀悼穷途之悲苦,但他们决不逃避,而是将自己置身于时代的潮流中去感受,甚至去历练。元朝知识分子的表现趋于另一个极端,是明知天下事不可为,则不为,更有甚者,塞耳而不闻,亦不问。他们眼里心里有的只是风花雪月,他们对世事、对生活的姿态,正如张爱玲所说:"卑微到尘埃里,再从尘埃里开出花来。"所以作者在这里,也无可选择地成为一个"独善其身"的吟风弄月的"闲人",在风月中自得其乐,而开出自己的花。

〔双调〕水仙子

乔 吉

赋李仁仲懒慢斋①

闹排场经过乐回闲②,勤政堂辞别撒会懒③,急喉咙倒换学些慢④。掇梯儿休上竿⑤,梦魂中识破邯郸⑥。昨日强如今日,这番险似那番,君不见鸟倦知还。

【注释】

①懒慢:懒惰散漫。
②闹排场:热闹的戏场。乐回闲:享受一回安闲。
③勤政堂:指官员的办公场所。
④急喉咙:急嗓子。倒换:掉换。学:述说,讲话。
⑤掇(duó)梯儿休上竿:不要爬到高竿上去,因为有人会搬走梯子。指做事要考虑退路和风险,不要一味冒进。元人有"上竿掇梯"的俚语,犹上树拔梯,意思是怂恿着把人送上了高竿,就赶紧将梯子搬走。比喻引诱人上前而断绝他的退路。
⑥梦魂中识破邯郸:唐沈既济《枕中记》载,卢生在邯郸客店遇道士吕翁,生自叹穷困,翁探囊中枕授之曰:"枕此当令子荣适如意。"时主人正蒸黄粱,生梦入枕中,享尽富贵荣华。及醒,黄粱尚未熟,怪曰:"岂其梦寐耶?"翁笑曰:"人世之事亦犹是矣。"后因以"邯郸梦""黄粱梦"喻虚幻之事。

【解读】

李仁仲是作者的朋友,居住在杭州。元代词人张雨有《太常引题李仁仲画舫》词:"堤上早传呼,是那个烟波钓徒。"根据作者此曲标题《赋李仁仲懒慢斋》,书斋名为"懒慢",当是其性格的反映。既有画舫,又辞别勤政堂,则可推知此李仁仲是在官,极富贵,但天性可能比较懒散,又且有退隐之想,至少想成为"烟波钓徒"之类的人物,跟作者"臭味相投"。

此曲前三句,是写李仁仲的经历。热闹的排场经历过,勤政堂上也做过官,以前的性子比较急躁,如今,则已抽身出来,享受一回闲适懒散的生活,性子也由急躁掉换为缓慢,连书斋的名字也更换为"懒慢斋"了,过上了退隐、自由自在的生活。这个转变是怎么来的呢?四、五两句应当是答案,"掇梯儿休上竿,梦魂中识破邯郸",李仁仲宦海遨游,也曾风光一时,享受过荣华富贵,也曾爬上高竿被人掇掉梯子,遭受陷害,进退失据。因此觉悟了人世如黄粱一梦,看破了人世浮华虚幻的实质,不愿再步邯郸旅店中卢生的后尘。以上显示了李仁仲曾经沧海的阅历,又显示了他激流勇退的明智。官场上的黑暗一天强似一天,仕途上的风险一天大似一天,六、七两句直言沉溺官场执迷不悟的危险,是对从官者作的警诫之语。正因如此,所以引出"倦鸟知还"的结论,仕途上累了,自然要休息。曲子至此,水到渠成,作者对李仁仲之退隐以及"懒慢斋"的得名便充满了理解与赞赏。"倦鸟知还"出自晋陶渊明《归去来兮辞》:"鸟倦飞而知还。"作者在这里用"君不见"这一反诘句,使语意得到进一步加强,又呈现顿挫抑扬之美,更加肯定了李仁仲退隐林泉的理所当然。

〔正宫〕小梁州①

贯云石

朱颜绿鬓少年郎,都变做白发苍苍。尽教他花柳自芬芳②,无心赏,不趁燕莺忙③。

〔幺篇〕④东家醉了东家唱⑤,西家再醉何妨?醉的强⑥,醒的强,百年浑是醉⑦,三万六千场⑧。

【作者简介】

贯云石(1286—1324),字浮岑,号成斋、疏仙、酸斋。畏兀儿人。祖父阿里海涯为元朝开国大将。本名小云石海涯,因父名贯只哥,遂以贯为姓。出身将门,武力绝伦。初袭父官为两淮万户府达鲁花赤,镇永州。后让爵于弟,北上从姚燧学。元仁宗时,拜翰林侍读学士、中奉大夫、知制诰、同修国史。后称疾还江南,改名易服,在钱塘卖药为生,自号"芦花道人"。散曲清丽婉腻,和号"甜斋"的徐再思齐名,世称"酸甜乐府"。今存小令八十首,套数八套。

【注释】

①小梁州:又名《小凉州》,曲牌名,属正宫,用于剧曲、散曲套数或小令。基本定格为:七四七三五,四平韵一仄韵;幺篇七七三三四五,三平韵二仄韵。

②尽教:尽管,任凭。

③趁:追逐,追赶。燕莺:比喻相爱的青年男女。

④幺篇:后篇,末篇。

⑤"东家"句:到东边的人家喝醉了只管在东家唱。其意为尽可醉生梦死,寻欢作乐。

⑥强:好,优越。

⑦浑:副词,皆,都,表示范围。

⑧三万六千场:意谓每天都在醉梦之中。百年三万六千日,取其成数而言。

【解读】

这是一篇感叹人生虚幻、借酒浇愁的愤世嫉俗之作。作者生活的年代,朝廷内部斗争激烈,社会动荡不安。大德十一年(1307)正月,元成宗铁穆耳死后,皇室内部争权夺势更加激烈。作者为避祸全身,不得不辞官,变易姓名南下杭州隐居。而且,变易姓名避祸的也不只是作者一人。监察御史张养浩曾于至大三年(1310)上书言十害,言辞激烈,切中时弊。当政者不能容,将其罢官。张养浩也变易姓名,逃出大都。这样黑暗的政治形势下,正直的知识分子怎能不忧心如焚呢?可他们没有实际的办法,只能将这种情绪抒发于作品中而已。

这首小令就是这种背景下催生出的作品。前只曲说人生易老,本来是"朱颜绿鬓"的少年郎,转眼之间,就变成了白发苍苍的老人。身体衰老之后,心境也同样衰老了,花柳的芬芳既无从领略,燕舞莺忙则更无力追逐。一切良辰美景都不再属于他们,人间的欢乐也似乎已离他们远去。但这一切都只是表面的意义,隐藏在悲观消极态度底下的则是对于社会环境黑暗的极度恐惧和愤慨。

《幺篇》承接上面的悲观消极的人生态度而来,既然人生易老,青春易逝,那么老来之后,怎样来打发人生呢?作者提出的解决办法,就是借酒浇愁,借酒打发恐惧,借酒麻醉自己,然后凭着酒力歌咏一些风花雪月的内容,抒发一些人生如梦的悲观想法。所谓"东家醉了东家唱,西家再醉又何妨",那是一种真正悲凉绝望情绪下彻底的颓废和放纵。在黑暗的时代里,没有是非,没有公平正义,一切都无意义,所以是醉了好呢,还是醒着好呢?没有任何评判标准,所以还不如天天喝酒,一醉解千愁。"百年浑是醉,三万六千场",这是极度的愤慨之词。中国古代文人多数有这种倾向,即在社会极度黑暗的时候,便在醉乡中缓解内心的苦闷和极大的愤慨。在消沉的人生态度背后,隐含着巨大的精神痛苦。

〔正宫〕塞鸿秋   贯云石

代 人 作

战西风几点宾鸿至①,感起我南朝千古伤心事②。展花笺欲写几句知心事③,空教我停霜毫半晌无才思④。往常得兴时⑤,一扫无瑕疵⑥,今日个病厌厌刚写下两个相思字⑦。

【注释】

①战西风:迎着西风。宾鸿:即鸿雁,大雁。大雁秋则南来,春则

北往,过往如宾,故曰"宾鸿"。

②南朝:指南北朝时期,据有江南地区、建都建康(今江苏南京)的宋、齐、梁、陈四朝。

③花笺:精致华美的笺纸,多供题咏书札之用。

④霜毫:白兔毛做的、色白如霜的毛笔。毫,长而锐的毛,长毛。

⑤得兴:得到兴致,兴致到来。

⑥一扫无瑕疵:一挥而就,没有毛病。瑕疵,玉上的斑点,引申为缺点或毛病。

⑦病厌厌:即"病恹恹",病得精神萎靡不振的样子。

【解读】

标题是"代人作",是作者应一位女子之请代她给情人写情书,用《塞鸿秋》的曲调表现出来。此曲写得婉曲别致,寥寥几笔就生动地勾勒出了女子相思的情绪和神态,以及对情人所要倾诉的话语,最终千言万语都归结为简简单单的"相思"两个字。全曲抒写了主人公相思成疾的心境,行文由远而近,委曲道来,一波三折,语妙天成。

首句触景生情,托物寄兴。西风刮起,大雁南来,猛然一见,便引起女子的遐思,而且是"南朝千古伤心事"。此句用吴激《人月圆·宴北人张侍御家有感》"南朝千古伤心事,犹唱后庭花"词意。金皇统二年(1142),在北人张侍御的饮宴中,席间主人出侍儿唱歌以侑酒助兴。中有一人意状摧抑可怜,得知是因靖康之难被俘流落在北方,最终沦为张侍御的家婢。吴激因写《人月圆》词,以叙述张侍御家婢沦落天涯的不幸经历。作者用这个典故,推测此女子应有类似经历,天涯沦落,自伤身世。"战西风",西风凛冽,女子迎战西风,有寒冷、挣扎、抗争之意。此抗争,一是与情人的别离,自己孤寂的等待;二是身世的沦落,与命运的抗争。这一切均有待于外物的支撑,亦即情人的态度和相守,这也是后面几句欲言又止的原因。

三、四句承前而来,写女子要对情人说知心话,可是提起笔半天写不出一个字。不是没有知心话可写,而是千言万语,竟不知从何说起。用"半晌无才思",说明女子思恋情人、相守之苦。末后,"往常得兴时,一扫无瑕疵",写女子往常不是这样子,而是才思敏捷,一挥而就,这与"半晌无才思"形成鲜明、强烈的对照,是孤寂、无赖、痛苦到了极致的反映。最后一句,病恹恹地挣扎着才写出两个字——"相思",一语见意,揭开谜底,原来一切起因均由"相思"而起。别离之恨,"相思"之苦,命运之未知,致使女子一无才思,二来憔悴成疾。语短情长,有余不尽之意跃然纸上。

〔双调〕殿前欢①　　贯云石

畅幽哉②,春风无处不楼台③。一时怀抱俱无奈④,总对天开。就渊明归去来⑤,怕鹤怨山禽怪,问甚功名在?酸斋是我,我是酸斋⑥。

【注释】

①殿前欢:曲牌名,又名《凤将雏》《小凤孙儿》《燕引雏》《小妇孩儿》,属双调,用于剧曲、散曲套数和小令。

②畅:极甚之词。幽:沉静而安闲。

③春风无处不楼台:句式倒装,即楼台无处不春风。

④怀抱:喻指抱负、志向。无奈:无可奈何。

⑤就:趋就,遵循,依随。归去来:晋陶渊明所作的辞赋名。

⑥酸斋:贯云石的别号。

【解读】

作者《〔双调〕殿前欢》共九首,这是第一首,抒发了作者敝屣功名、避世隐居的愉快心境和洒脱不羁的情怀。

首二句写作者在春天登上楼台,春风拂面,满目苍翠的景色让人赏心悦目。"畅幽哉",将作者发自肺腑的畅快和愉悦表达出来,仿佛战国时宋玉《风赋》"快哉此风"的气势。那种酣畅淋漓的痛快不仅是因为春季的和暖让人畅爽,更有一种鸟别樊笼、鱼归故渊的欢呼雀跃。三、四句表明作者也是一位怀才不遇或有才不得施展的有志青年。"无奈"二字充分体现了作者对现实的无力感,所以意志消沉,他的心思、抱负无法对人诉说,只有向天敞开,向天倾诉,以此减轻或释放自己郁闭着的情绪。五至七句,"就渊明归去来",意即跟随陶渊明的步伐,以赋归去。"怕鹤怨山禽怪",因作者早有隐居山林的想法,一直未能实现,迟至今日才下定决心,因此怕招致鹤鸟和山禽的责怪埋怨。这是借鹤禽说事,流露了作者未能早早归隐山林的遗憾和愧疚心情。"问甚功名在?酸斋是我,我是酸斋",你们不要问我做过什么官任过什么职,那个辞官不做、退隐江南的"酸斋"就是我,我就是那个自由自在遨游林泉的"酸斋"!末后两句,回环往复的自我表白,是作者的强调之词,旗帜鲜明地体现了他归隐的决心以及洒脱不羁的人生态度。

这首小令的情调并非一味愉悦和轻松,三、四两句就很低沉,充满着对社会、人生无奈的感慨,末后两句则更展现了那种高调的愤激的情绪,反映了黑暗现实下读书人不得已"独善其身"的心理状态。

〔中吕〕红绣鞋 贯云石

挨着靠着云窗同坐①,偎着抱着月枕双歌②,听着数着愁着怕着早四更过③。四更过情未足,情未足夜如梭④。天哪,更闰一更儿妨什么⑤!

【注释】

①云窗:华美的窗户。常以指女子居处。

②月枕:形如月牙的枕头。

③四更过:意为即将天明。旧时黄昏至拂晓一夜间,分为甲、乙、丙、丁、戊五段,谓之五更,每更一个时辰,约两小时。又称五鼓、五夜。

④如梭:喻时光犹如梭织,瞬息即逝。

⑤闰(rùn)一更儿:增添一更的时间。恋人欢娱嫌夜短,故有延长一更的谐趣想法。闰,增添。

【解读】

这首曲子是作者的代表作。用一位年轻女子的口吻,描写了一对情人共度良宵的情景,体现了曲中恋人欢爱的情势以及情意的浓烈。

曲子先是叙写一对恋人"挨着靠着",一同坐着;随着情意的加深,然后"偎着抱着",一同在床上躺着;继而"数着"更声,担心时间过去;然而怕什么来什么,转瞬间四更就过了,天就快亮了,而两人之间缠绵缱绻,情意尚浓。正应了那句俗语:"欢娱嫌夜短,寂寞恨更长。"所以女子祈祷天公:你再多给我们一点时间不好吗?这又不让你损失什么!直白大胆,天趣洋溢,一对小儿女男欢女爱的情景明白如画。

此曲用语通俗流畅,构思精巧,情景逼真。结尾"更闰一更儿妨什么",出语新奇,意象僄巧,充满谐趣。

〔正宫〕叨叨令①

周文质

自　叹

筑墙的曾入高宗梦②,钓鱼的也应飞熊梦③。受贫的是个凄凉梦,做官的是个荣华梦。笑煞人也末哥④,笑煞人也末哥,梦中又说人间梦⑤。

【作者简介】

周文质(？—1334)，字仲彬，建德(今属浙江)人，后居杭州。与钟嗣成相交二十余年，《录鬼簿》对他有详细记载："体貌清癯，学问该博，资性工巧，文笔新奇。家世儒业，俯就路吏。善丹青，能歌舞，明曲调，谐音律。性尚豪侠，好事敬客。"所作杂剧四种，现仅存《苏武还乡》(或称《苏武还朝》)残曲。散曲存小令四十三首，套数四套。作品多咏闺怨离情，风格偏重于流丽文雅，正体现了元代中后期南方曲坛追求的理想。明朱权《太和正音谱》评周氏之词"如平原孤隼"。

【注释】

①叨叨令：曲牌名，属正宫。正格：七七七七五五七，五仄韵。

②"筑墙"句：筑墙的，指傅说。相传说筑于傅岩之野，武丁访得，举以为相，因命以傅为姓。高宗，殷(商)高宗武丁。《史记·殷本纪》载："武丁夜梦得圣人，名曰说。以梦所见视群臣百吏，皆非也。于是乃使百工营求之野，得说于傅险中。是时说为胥靡，筑于傅险。见于武丁，武丁曰是也。得而与之语，果圣人，举以为相，殷国大治。故遂以傅险姓之，号曰傅说。"

③"钓鱼"句：钓鱼的，指吕尚，即姜太公。《史记·齐太公世家》："吕尚盖尝穷困，年老矣，以渔钓奸周西伯。西伯将出猎，卜之，曰：'所获非龙非彨，非虎非罴；所获霸王之辅。'于是周西伯猎，果遇太公于渭之阳，与语大说，曰：'自吾先君太公曰当有圣人适周，周以兴。子真是邪？吾太公望子久矣。'故号之曰'太公望'，载与俱归，立为师。"西伯，即周文王。按"非虎"《宋书·符瑞志》作"非熊"，后又由"非熊"讹为"飞熊"，因有"飞熊入梦"的传说。《武王伐纣平话》载，西伯侯夜梦飞熊一只，来至殿下，周公解梦谓必得贤人，后果得贤人姜尚，当时姜尚正在渭水之滨垂钓。

④也末哥：即"也么哥"。元明戏曲中常用的衬词，无义。

⑤"梦中"句:化用《庄子·齐物论》"梦之中又占其梦焉"。

【解读】

此曲说"梦",其实说的是人世的虚幻如梦。标题为"自叹",抒发的是对自己怀才不遇、不得志的慨叹,在看似调笑的笔调中,流露的是对当时社会失望而产生的强烈的愤激情绪。

曲子前二句,举了两个君臣际遇、怀才得用的例子,一个曾在傅险做奴隶的版筑工人傅说,夜入殷高宗之梦;另一个是垂钓渭水的姜太公吕望,遭逢周文王,应了飞熊之梦。两人均从此大展抱负,以至飞黄腾达,这是由贫贱而入富贵的梦。三、四两句,指出梦境各有不同,其实也是现实的区别,受贫的生活凄苦,做官的享尽荣华,两者有天高地远之别。作者曲意是在说,无论贵贱贫富,无论升沉荣辱,一切得失和悲欢,均为空幻。甚至连自己在这里说梦之事也非真实,是痴人说梦,梦说痴人,梦与非梦,无从分别,从而以一"梦"字将人世间的坎坷、高下一笔抹杀。然而,作者潜意识底下对人世的辛酸苦辣是无法打杀、不能忘怀的,所以在五、六句以定格"也末哥"前加"笑煞人"三字,以一种极端调笑之词对当世极不公平的现实发出了愤激、无奈、绝望、沉重的哀叹。

全篇以"梦"字为韵,贯串到底。"梦"既是每句韵脚所在,又是各种意象的焦点。意象的聚合与韵脚的重复,强化了全曲的意境,收到了一唱三叹的艺术效果。

〔越调〕寨儿令

周文质

分凤鞋①,剖鸾钗②,薄情自来年少客③。义断恩乖④,雨冷云埋,痴意尚怜才。风不定花落闲阶,云不蔽月满楼台。燕归也人未归,雁来也信悭来⑤。才,不得休约到海棠开。

弹玉指⑥,觑腰枝⑦,想前生欠他憔悴死。锦帐琴瑟,罗帕胭脂,则落得害相思。曾约在桃李开时,到今日杨柳垂丝。假题情绝句诗,虚写恨断肠词⑧,嗏!都扯作纸条儿。

【注释】

①凤鞋:旧时女子所穿的绣花鞋。以鞋头花样多绘凤凰,故称。

②鸾钗:鸾形的钗子。钗,女子用来绾住头发或别在头发上的首饰。

③薄情:情义淡薄,不念情义。多用于男女情爱。

④乖:背离,隔绝,断绝。

⑤悭(qiān):吝啬,欠缺。

⑥弹指:捻弹手指作声。佛家多以喻时间短暂。

⑦觑:看。腰枝:腰肢,身段。此处有瘦损腰肢的意思。

⑧"假题情"二句:指情人所题写的感情和幽怨、感伤的诗词都不是真实的,都是做作的,虚情假意的。

【解读】

作者《〔越调〕寨儿令》共有十首,都是写情人离别之后,女子盼望情郎归来的幽思和怨情。此选前二首。

第一首,写少女与少年男子的恋情。起初两情相悦,离别时将"凤鞋""鸾钗"各留一半相赠,以作信物。但情郎一走,就没有了音信,所以女子骂他薄情,骂他全不顾恩义。但骂归骂,心里还是对他很留恋,一句"痴意尚怜才",虽然落花有意,流水无情,但女子的痴心不改。"风不定花落闲阶,云不蔽月满楼台",风吹不定,花落在幽静的台阶上,背景从容闲静,但女子的心则起伏不宁;青天湛湛,月满楼台,环境幽雅美好,但女子仍感到孤寂难耐。想当初他们相约的归期在春天,可燕子回来了,雁也飞向北方了,春天早已到来,而情郎的信也没有见到一封寄回。末后二句,"才"字,副词,强调确定的语气,与后面"不得"两字连读,表示"才不能""才不要"的意思,与"休"字均同义,两个词意叠加。才不要又约到海棠开了才回来,在女主人公撒娇的口吻下,也表示态度的坚决。燕子回来在孟春,海棠花开在暮春,两三个月的时间差,女主人公都等不得了,表明盼情郎回来的心之急切。

第二首,承上面一首而来。写时间转瞬即逝,女子等情郎不回,腰也瘦减了,人也憔悴了,但就是痴情不悔,想必是前世欠了他的,今世来还他的债。睡觉的时候,弹琴鼓瑟的时候,梳妆打扮的时候,无时无刻不在害着相思。"曾约在桃李开时,到今日杨柳垂丝",一般江南季候,桃李花开在仲春,杨柳垂丝应当是季春或是初夏了,而情郎依旧不见踪影。所以女子的幽怨更深了,心情也更急切了。"望来终不来"(宋辛弃疾《菩萨蛮·金陵赏心亭为叶丞相赋》),末后一段"假题情绝句诗,虚写恨断肠词",女主人公的情绪发生了变化,现在这些情郎所写的在女主人公眼里都变作了虚情假意的东西。所以,"嗤!都扯作纸条儿"。将女子那种由怨而恨的神态生动传神、惟妙惟肖地刻画出来。

〔双调〕沉醉东风

赵善庆

秋月湘阴道中①

山对面蓝堆翠岫②,草齐腰绿染沙洲。傲霜橘柚青,濯雨兼葭秀③,隔沧波隐隐江楼。点破萧湘万顷秋④,是几叶儿傅黄败柳⑤?

【作者简介】

赵善庆(？—1345年后),字文贤。一作赵孟庆,字文宝。饶州乐平(今江西乐平)人。《录鬼簿》说他"善卜术,任阴阳学正"。著杂剧《教女兵》《村学堂》八种,均佚。散曲存小令二十九首。明朱权《太和正音谱》称其曲"如蓝田美玉"。

【注释】

①湘阴:今属湖南岳阳。
②岫:山。
③濯(zhuó)雨:被雨水洗涤。蒹葭(jiānjiā):指芦苇。
④点破:改变原来的状况。
⑤傅(fū)黄败柳:涂抹着黄颜色的叶子和衰败的柳树。傅,通"敷",搽,涂。

【解读】

湘阴,在湖南东北部,湘江下游,濒临洞庭湖,山川秀美。作者走在湘阴道上,所见秋色烂漫,生气蓬勃,一派生意盎然的景象。首二句,由远及近,写对面山上层峦叠嶂,苍翠欲滴,路边青草齐腰,染绿了沙洲。一"堆"一"染",山由蓝而翠,草由深而绿,浓墨重彩,层次感很强,也十分生动形象。"傲霜"与"濯雨"二句,写近景。青色的橘柚,傲然挺立在霜风中;被雨水洗涤过的芦苇,愈发清秀。作者在展现南方初秋动人景色的同时,也隐隐透露出其喜悦的心情。"隔沧波隐隐江楼",站在江边远眺,隔着烟波浩渺的江面,影影绰绰看到矗立在江对面的高楼,用"沧波"二字写出高远开阔的秋日气象。"点破潇湘万顷秋,是几叶儿傅黄败柳",前面五句描写生机勃勃,丝毫让人感觉不到秋意的萧瑟,直到最后两句,用"傅黄败柳"几个字将一碧万顷的潇湘美景突然"点破",才知叶儿开始"傅黄"、柳枝也开始凋败,秋天毕竟已经到来,万物凋零也在不远的时日里了。"点破"二字,生动传神,既有突兀之感,又有自然之意,出奇制胜,使全曲顿生波澜。

此曲远景、近景结合,层次井然,色调浓重明快,意境阔大高远;末尾别出心裁,遒劲有力,余味悠然。

〔正宫〕醉太平① 刘庭信

忆 旧

泥金小简②,白玉连环③,牵情惹恨两三番。好光阴等闲。景阑珊绣帘风软杨花散④,泪阑干绿窗雨洒梨花绽⑤,锦斓斑香闺春老杏花残⑥。奈薄情未还。

【作者简介】

刘庭信(1300?—1370?),原名廷玉,又名廷信。身高而黑,俗呼"黑刘五"。以彭城(今江苏徐州)人居武昌(今属湖北武汉)。他虽出身于公卿子弟,但因落魄不羁而混迹于市井间,工于填词作曲。散曲皆不出男欢女爱范围,多写旷男怨女、密约偷情、秦楼楚馆、调笑风情等内容,颇具婉约柔媚风格。明朱权《太和正音谱》评其词"如摩云老鹘"。散曲今存小令三十九首,套数七套。

【注释】

①醉太平:曲牌名。小令兼用。又名《凌波曲》。入正宫,亦入仙吕、中吕。有多种格体。北曲正体每句入韵,平仄混押;首二句须对,五、六、七句鼎足对。南曲不同。

②泥金小简:用泥金涂饰的信笺。泥金,用金箔和胶水制成的金色颜料,用于书画、涂饰笺纸,或调和在油漆里涂饰器物。

③白玉连环:白玉制作的玉环手饰。连环,连结成串的玉环。

④景阑珊:意谓好景已尽。阑珊,衰败状。
⑤泪阑干:泪水纵横。阑干,纵横散乱貌。
⑥锦斓斑:形容落花缤纷。斓斑,色彩错杂貌,斑痕狼藉貌。

【解读】

这首小令以"忆旧"为名,写女子对情郎的思念。开头四句,睹物思人,"泥金小简""白玉连环",都是情郎用过的物件,或给女子的信物,见到它们就如见到情郎在时的样子,于是无端牵出两三番的幽怨情恨。"好光阴等闲",感叹大好春光白白流逝。一语双关,喻指女子的青春如同这春天的美景,也在渐渐逝去。"景阑珊"以下用三个鼎足对句,铺陈绣帘风软,杨花已散,景色将残;女子终日以泪洗面,泪珠纵横,如雨打绿窗,梨花绽放;落英缤纷,杏花凋残,春色已老。表现出一种孤寂难耐的情绪,同时也抒发了女子对情郎的思念之殷、用情之深,以及对容颜渐老、年华虚度的悲叹。末句,"奈薄情未还",语气一顿,主旨遂出,全都因他之故,以致触景伤情,引起对往事的回忆。这一句也包含了对薄情郎的深深怨恨。

曲子借景写情,托物兴感,感情深沉细腻,文辞疏密交错,有抑扬顿挫之美。

〔双调〕折桂令 刘庭信

忆　别

想人生最苦离别,三个字细细分开,凄凄凉凉无了无歇①。别字儿半晌痴呆②,离字儿一时拆散,苦字儿两下里堆叠。他那里鞍儿马儿身子儿劣怯③,我这里眉儿眼儿脸脑儿乜斜④。侧着头叫一声行者⑤,阁着泪说一句听者⑥,

得官时先报期程⑦,丢丢抹抹远远的迎接⑧。

想人生最苦离别,雁杳鱼沉,信断音绝⑨。娇模样甚实曾丢抹⑩,好时光谁曾受用⑪,穷家活逐日绷拽⑫。才过了一百五日上坟的日月⑬,早来到二十四夜祭灶的时节⑭。笃笃寞寞终岁巴结⑮,孤孤另另彻夜咨嗟⑯,欢欢喜喜盼的他回来,凄凄凉凉老了人也。

【注释】

①无了无歇:没完没了。了,完结;歇,休止。

②半晌:半日;许久,好久。

③劣怯:懦弱。

④乜(miē)斜:本意是眼睛眯成一条缝,这里指糊里糊涂、萎靡的样子。

⑤行者:出行的人。

⑥阁:禁受。听者:犹言听着。

⑦期程:起程日期。

⑧丢丢抹抹:元代俗语,意谓修饰打扮。

⑨"雁杳"二句:古代有雁足系书和鱼腹藏书的传说,"雁杳鱼沉"形容书信全无,音讯断绝。

⑩"娇模样"句:娇美的模样也曾很是梳妆打扮过一番。丢抹,同上"丢丢抹抹"。

⑪受用:享受,享用。

⑫家活:犹家产,家业。绷拽:支撑。

⑬一百五日:即寒食日。在清明节前一(或二)日,距上一年冬至日,刚好一百零五天。

⑭二十四夜祭灶:旧俗,每年农历腊月二十四(或二十三)日夜间

祭祀"灶王爷"。

⑮笃笃寞寞：谓盘旋、徘徊。巴结：努力，勤奋。

⑯孤孤另另：同"孤孤零零"，孤单，孤独。彻夜：通夜。咨嗟：叹息。

【解读】

　　作者《折桂令·忆别》组曲共十二首，这是其中的第二、四两首。组曲中只有第一首以"想离别怎挨今宵"开篇，其他各首开头一句均是"想人生最苦离别"。咏唱离别之苦是整个组曲的主旨。

　　第一首回忆了夫妻离别时依依难舍的情景。在女子的眼里，人生最痛苦的事就是离别，尤其是跟丈夫的离别，她将"苦离别"三个字分拆开来叙述离别后的凄凉和无休无止的痛苦。"别字儿"怎样呢？刚说到要分别，女主人一下子就懵了，然后半日痴呆模样，久久回不过神来；"离字儿"怎样呢？离就是实实在在的分离，那是天各一方，人分两处，就像骨肉被生生拆散一样，那种痛苦是常人难以想象的；最后"苦字儿"，是叙写随着时间和空间的延展，离愁别恨随之堆积，相去愈远，相别愈久，就会愈厚愈重，直至压垮双方，在这里主要是指压垮女方。这三句分三个层次，又是工稳自然的鼎足对，给人以雄厚沉着感，真的是不同凡响，别开生面，将离别而生的心理感受宣泄无余，道前人所未道。曲词后半，则又把"苦离别"三字合起来写，字字句句紧紧扣住三个字落笔。"劣怯"是虚弱不胜情的形象，"乜斜"是痛苦失态的神情。两句以形传神，夫妻不堪离别之情态，宛然目前。最后的"行者""听者"几句，将妻子交代丈夫的表情和语言叙写得栩栩如生，形神毕肖，音容凄切，酸楚动人。

　　第二首主要写分别后丈夫音讯全无，女子寂寞艰苦的生活和凄凉苦闷的心情。女子以前也有过精心打扮的娇美模样，也有过美好的时光，但丈夫不在，都白白地浪费了。加上丈夫离去，家里失了顶梁柱，生活艰于支撑，日子过得紧紧巴巴的。虽然终年努力，但还是孤立无援,只有通夜叹息。曲子将女子因离别日久而产生的幽怨情绪以及生活的艰难、面临的现实窘境描写得声情并茂、淋漓尽致,最后更抒发了青春易逝、人生易老的感慨。

曲子通过使用大量的叠字、衬字、俗语,使作品充满了生活气息,也增强了表现力。

〔正宫〕醉太平　　　　王元鼎

寒　食①

声声啼乳鸦②,生叫破韶华③。夜深微雨润堤沙,香风万家。画楼洗净鸳鸯瓦④,彩绳半湿秋千架。觉来红日上窗纱,听街头卖杏花。

【作者简介】

王元鼎,生卒年不详。与阿鲁威同时。官至翰林学士。所作散曲,或写景状物,或吟咏闺情,词皆流美,用韵响亮,风格明丽委婉。今存小令七首,套数二套。

【注释】

①寒食:节日名。在清明前一日或二日。相传春秋时晋文公负其功臣介之推。介之推愤而隐于绵山。文公悔悟,烧山逼令出仕,介之推抱树焚死。人民同情介之推的遭遇,相约于其忌日禁火冷食,以为悼念。以后相沿成俗,谓之寒食。

②乳鸦:雏鸦,幼鸦。

③生:偏偏,硬是。韶华:美好的时光,指春光。

④鸳鸯瓦:成对的瓦。

【解读】

《醉太平·寒食》小令共四首,这是其中的第二首。寒食节在农历三月初,清明节前一日或二日,此时春已过半,春光明丽。作者在这首小令中,不直接宣泄自己的情感,而是采用融情于景、含藏不露的抒写手法,把对春天的喜悦之情完全融化在一片生机勃勃、情趣盎然的声光画面之中。

首二句点明时节,是春季。三至六句,描写夜来春雨春风给环境带来的变化,河堤上沙子湿了,千门万户吹进了春风,画楼上的鸳鸯瓦也被雨水洗得干干净净,院子里秋千架上的彩绳湿了一半。特别是七、八两句,早晨一觉醒来,发现鲜红的太阳照在纱窗上,耳听得外面街头有人吆喝卖杏花的声音,一切是如此生动、清新。这些景象的一一勾勒点染,字里行间洋溢着美妙的春天气息和勃勃生机。曲中时间的交替,角度的互补,层次的错落,众多意象的有机组合,构成了一幅立体的、流动的、有声的画面,而作者对春天的喜悦之情便油然而生、跃然纸上。

曲中巧妙地用典,增强了曲词的厚度。"夜深微雨润堤沙",用杜甫《春夜喜雨》"随风潜入夜,润物细无声"句意;"听街头卖杏花",用陆游《临安春雨初霁》"小楼一夜听春雨,深巷明朝卖杏花"句意。

〔中吕〕快活三过朝天子四边静[①] 马谦斋

夏

恰帘前社燕忙[②],正枝头楚梅黄[③]。当空畏日炽炎光[④],杨柳阴迷深巷。　　北堂,草堂,人在羲皇上[⑤]。亭台潇洒近池塘,睡足思新酿。竹影横斜,荷香飘荡,一襟满意凉。醉乡,艳妆,水调谁家唱⑥? 红尘千丈⑦,岂羡功名纸半张? 渔樵闲访,先生豪放,诗狂酒狂,志不在凌烟上⑧。

【作者简介】

马谦斋,生平不详。约元仁宗延祐(1314—1320)前后在世。与张可久同时,且相识,张可久有《天净沙·马谦斋园亭》。曾在大都(今北京)做过官,后辞官归隐,有人说他后来隐居杭州。工散曲,《太平乐府》等集中所收颇多。现存小令十七首。

【注释】

①快活三:曲牌名,属中吕宫,用于剧曲和散曲套数。四句二十二字,前三句平韵,第四句仄韵。此调与《朝天子》《四边静》组成带过曲。朝天子:又名《谒金门》《朝天曲》,属中吕宫,用于剧曲和散曲小令。正格二二五七五四四五二二五,十一句十一韵。四边静:北曲牌名,属中吕宫,亦入正宫。正格四七四四四五,六句六韵。

②社燕:燕子春社时来,秋社时去,故有"社燕"之称。古时于春耕前祭祀土地神,以祈丰收,谓之春社。春社的时间一般为立春之后的第五个戊日,约在春分前后。秋社的时间在立秋后第五个戊日,约在农历八月,收获已毕,官府、民间皆于此日祭祀社神加以报谢。

③楚梅:指楚地产的梅子。

④日炽:烈日照晒。炽,燃烧。炎光:炎热的阳光。

⑤羲皇:即伏羲氏。伏羲为三皇(燧人、伏羲、神农)之一,故称羲皇。

⑥水调:曲调名。唐杜牧《扬州》之一:"谁家唱《水调》,明月满扬州。"自注:"炀帝凿汴渠成,自造《水调》。"

⑦红尘:指繁华之地。

⑧凌烟:凌烟阁的省称。唐杜甫《丹青引赠曹将军霸》:"凌烟功臣

少颜色,将军下笔开生面。"

【解读】

此曲由《快活三》《朝天子》《四边静》三个曲牌组成带过曲。写夏景以及作者的生活情趣,抒发了其闲适自在、不逐功名的性情和志向。

前面四句是《快活三》曲牌。头二句,点明时间、地点,是在夏季的楚地。这里社燕,是泛称燕子,它们正在帘前穿梭飞舞着,很是繁忙的样子;梅子黄时,在农历的四、五月间,说明已到了夏季。三、四句,写头上的阳光炽烈地燃烧着;路边杨柳长得很茂盛,将阳光遮挡成一条深深的巷子。一炎热一清凉,形成对照,一"迷"字将那种因清凉引发的对夏天的疑惑表现出来,恍如是在神仙的境界。然后换曲牌《朝天子》,从"北堂"至"水调谁家唱",共十一句。《朝天子》头三句,"北堂,草堂,人在羲皇上",虽然居住的是简陋的草堂,但却过着恬静闲适、快意人生的隐士生活。"羲皇上",是指伏羲氏以前的人,即太古的人。古人想象羲皇之世其民皆恬静闲适,故隐逸之士自称羲皇上人。晋陶潜《与子俨等疏》:"常言五六月中,北窗下卧,遇凉风暂至,自谓是羲皇上人。"住所有池塘,亭台就在池塘的附近;池塘边栽种着许多竹子,竹子倒映在池塘里,呈现或横或斜的模样;池塘里种植了荷花,此时荷花正开放着,风吹来一阵阵清香,舒畅极了。"睡足思新酿"和"一襟满意凉",将作者夏日享受的清凉快意、自在神仙般的生活抒写得淋漓尽致。一边喝着酒,一边欣赏着邻家艳妆女子唱的优美的水调歌,有这样的美景艳情,外面就是"红尘千丈",也不会去羡慕那些辛苦的功名了。"红尘千丈"到"志不在凌烟上"为《四边静》曲牌,主要是写作者满足于闲适、豪放的隐士生活,放浪诗酒,不追逐功名仕途的志趣。

此曲文辞优美,音韵和谐,情调疏朗豪放,有超凡脱俗之美。

〔双调〕水仙子

马谦斋

雪　夜

一天云暗玉楼台①,万顷光摇银世界②。卷帘初见阑干外,似梅花满树开,想幽人冻守书斋③。孙康朱颜变④,袁安绿鬓改⑤,看青山一夜头白。

【注释】

①"一天"句:满天的云使得白色的楼台都变得灰暗。
②"万顷"句:无边无际的大雪在夜晚映现出闪光,整个世界都披上了银妆。
③幽人:幽居之士,隐士。
④孙康:晋代人,聪敏好学,家贫无油时在冬月映雪读书。五代李瀚《蒙求》卷上:"孙康映雪,车胤聚萤。"徐子光注引《孙氏世录》:"康家贫无油,常映雪读书。少小清介,交游不杂,后至御史大夫。"
⑤袁安:汉时袁安未达时,洛阳大雪,人多出乞食,安独僵卧不起。洛阳令按行至安门,见而贤之,举为孝廉,除阴平长、任城令。见《后汉书·袁安传》唐李贤注引《汝南先贤传》。后因以"袁安高卧"为典,指身处困穷但仍坚守节操的行为。绿鬓:青黑色的鬓发。

【解读】

此曲吟咏雪夜之景。曲子先用夸张手法,写出银装素裹的雪夜世界,气势恢宏开阔。接着又借用典故,抒写了对幽人"冻守书斋"的深切同情。构思新巧,画面生动。

首句,云暗楼台,写雪前景,是满天的凝云将楼台笼罩;二句,是雪后景,满世界银色一片,清光摇动,要将这世界冷浸。三、四两句,写作者将窗帘拉起来,看到窗外的景色,雪纷纷扬扬落下,像是满树的梅花开放。末后四句,由眼前之景,由天寒地冻之事实,转入人事的联想,首先想到的是"冻守书斋"的"幽人"。幽人亦隐士,是读书人,也是清贫之士。他们在这样严酷的气候下,会怎样呢？作者用了两个与雪有关的典故,一是映雪读书的孙康,一是雪天高卧的袁安,一个是勤奋努力的典型,一个是节操高严的典型,在歌咏他们的同时,亦借以赞美"幽人"的志趣和情操。同时,"看青山一夜头白",一语双关,托物寄兴,既表达了大雪将山覆盖的景状,也表现了对清贫"幽人""一夜头白"的关切、担忧之情。

〔双调〕水仙子　　　马谦斋

咏　竹

贞姿不受雪霜侵①,直节亭亭易见心②。渭川风雨清吟枕③,花开时有凤寻④,文湖州是个知音⑤。春日临风醉,秋宵对月吟,舞闲阶碎影筛金⑥。

【注释】

①贞姿:坚贞的姿质。这里指竹子常年翠绿永不改变的姿质。

②直节:笔直的竹节。这里指竹子笔直向上,比喻守正不阿的操守。亭亭:直立貌;独立貌。

③渭川:即渭水,亦泛指渭水流域。古渭水流域以盛产竹子著称。《史记·货殖列传》:"陈夏千亩漆,齐鲁千亩桑麻,渭川千亩竹……此其人皆与千户侯等。"清吟:清美的吟哦;清雅地吟诵。

④"花开"句:花开的时候自会有高贵的凤凰来光顾。传说凤非竹

实不食。语见《庄子·秋水》:"夫鹓鶵,发于南海而飞于北海,非梧桐不止,非练实不食,非醴泉不饮。"鹓鶵,是与鸾凤同类的鸟。练实,就是竹实,其色白,故名。

⑤文湖州:文同,字与可,宋代著名画家,以善画竹而闻名。曾为湖州知州,故世称文湖州。

⑥碎影筛金:月光从竹子枝叶间照射下来,闪闪发亮。

【解读】

此曲是一首咏竹的佳作。首二句写竹子不因风霜的侵凌而变色,并保持其亭亭直节。"易见心"三字写出竹子任何时候都保持正直、向上的习性,以见其初心不改。托物寓意,竹节亦人之节,正直的人亦如是,不因尘世苦难的折磨而改变其节操。接下来三、四句,隐括宋代诗人吴可《养竹》诗意:"渭川分一种,亲植隐岩东。有实终来凤,无心自化龙。疏阴留夜月,清韵起秋风。待养鳌竿就,沧溟作钓翁。"写渭川千亩竹,果实可供凤凰食用,其清韵可供诗人吟咏,抒发其内心不与流俗同污的高贵品节。第五句是用文与可的典故,苏轼有《文与可画筼筜谷偃竹记》一文,记文与可生性高洁、善画墨竹的故事,"成竹在胸"就是文与可画墨竹的经验之谈。苏轼又有《筼筜谷》诗:"汉川修竹贱如蓬,斤斧何曾赦箨龙。料得清贫馋太守,渭滨千亩在胸中。"写文与可对竹的喜爱和熟悉程度,所以说文与可是竹的知音。这些描写,丰富了竹的形象意蕴。最后几句是关于竹的情态描写,同时也是作者所追求的一种人生状态和境界。

全曲自然流畅,情景相融,寄意高远,韵味悠然。

〔双调〕折桂令 倪瓒

拟张鸣善①

草茫茫秦汉陵阙②,世代兴亡,却便似月影圆缺。山人家堆案图书③,当窗松桂,满地薇蕨④。侯门深何须刺谒⑤,白云自可怡悦。到如今世事难说,天地间不见一个英雄,不见一个豪杰。

【作者简介】

倪瓒(1301—1374),初名珽,字泰宇,别字元镇,号云林子、荆蛮民、幻霞子。无锡(今属江苏)人。自幼读书过目不忘。长事翰墨,诗曲俱佳,又善琴操,精音律。画尤有名,为"元四家"之一。所居清闷阁,多藏法书名画秘籍。元末弃家业,泛舟五湖三泖间,自称"懒瓒""倪迂"。常随兴挥洒,偶流于市,人争贸之。著有《清闷阁集》。存世小令十二首。

【注释】

①拟:模拟。张鸣善:元代后期散曲作家。

②陵阙:山陵和城阙。或指皇帝的陵墓。

③山人家:山居的人,作者自称。堆案图书:图书堆满桌子,形容藏书丰富。案,几桌。

④薇蕨:薇和蕨,嫩叶皆可作蔬菜,为贫苦者所常食。殷末,孤竹君二子伯夷、叔齐,反对周武王伐纣,曾叩马而谏。周代殷而有天下后,他们"义不食周粟",隐于首阳山,采薇蕨而食。

⑤侯门:泛指官宦显贵人家。刺谒:求见,拜访。刺,类似后来的名片。

【解读】

　　此曲是述志寄怀之作。倪瓒生活在元末，社会动乱，危机四起，农民起义风起云涌，元朝统治日趋崩溃。倪瓒是一位高士，一生抱清贞绝俗的态度，工书好学，笃于自信，以书画名噪一时。但他也不能与世隔绝，更不能对社会的动荡无动于衷。这首小曲，抒发了他对历史和现状的感慨，直接表现了他的生活态度。

　　曲词大意是，现在秦汉的陵阙都埋在茫茫的野草之下，世代兴亡，江山易主，就像天边的月亮时圆时缺。这些都是虚妄的东西，不值得过多在意。不如关注内心的真实，遨游书海，激扬文字，在优美自然的环境下过避世隐居的生活。一切功名都不必求它，白云伴我晨昏，自可怡养情性，让自己快乐。如今世道大坏，世事难定，放眼世界，天地间看不见一个英雄，也看不见一个豪杰。最后三句，在战乱纷杂的环境下，百姓不得安居乐业，作者虽然避世，但并未忘情，仍充满着对时政的忧虑和关心，期盼英雄、豪杰出来澄清这个世界。

　　语言自然秀拔，辞意清隽淡雅，末句如豹尾，遒劲有力。

〔越调〕寨儿令　　鲜于必仁

　　汉子陵①，晋渊明，二人到今香汗青②。钓叟谁称？农父谁名？去就一般轻③。五柳庄月朗风清，七里滩浪稳潮平④。折腰时心已愧⑤，伸脚处梦先惊⑥。听，千万古圣贤评。

【作者简介】

　　鲜于必仁，字去矜，号苦斋，渔阳（今天津蓟州区）人。生卒年不详,大约生活在元英宗至治(1321—1323)前后。出身官宦家庭,却一生布衣。"工诗好客,所作乐府,亦多行家语"(吴梅《顾曲麈谈》)。生性达观,常寄情山水。其散曲中写景之作,曲文华美,意境开阔;咏史论世之作,格调健朗。明朱权《太和正音谱》评其词"如奎璧腾辉"。

【注释】

①汉子陵:指东汉隐士严子陵,即严光。

②香汗青:谓流芳于史册。汗青,古人以竹简写字,为使竹简不受虫蛀,先用火炙竹简,让水分蒸发,如出汗一样,干后再写,故称竹简为汗青。借指史册。

③去就:离去或接近;担任官职或不担任官职。

④七里滩:又名七里濑、严陵濑,严光垂钓之所。在浙江桐庐富春山畔。

⑤折腰:用陶渊明"不为五斗米折腰"典故。

⑥伸脚:语出《后汉书·严光传》:"引光入,论道旧故,相对累日。帝从容问光曰:'朕何如昔时?'对曰:'陛下差增于往。'因共偃卧,光以足加帝腹上。明日,太史奏客星犯御坐甚急。帝笑曰:'朕故人严子陵共卧耳。'"

【解读】

这首曲子依然是歌咏避世隐居的行为的。主要讲了两个人,一个是东汉光武帝的同学严子陵,另一个是晋朝的诗人陶渊明,他们的事迹、他们的高风亮节都是万古流传,名垂青史。在现实社会,谁会去称颂一个钓鱼翁,或称扬一个农夫呢?但他们两人在功名面前,掉头不顾,将做不做官看得非常轻。这就是他们与别人不一样的地方,也是他们的高明所在。他们敝屣功名,一个回到了五柳庄,享受着月朗风清的美景;一个回到了富春山,经常垂钓于七里滩,过着平安踏实的日子。面对着他们,我们该有什么样的人生态度呢?我们在功名面前,是否也会像他们那样折腰时心里会有惭愧的感觉,与有权势的人在一起,是否会惊慌惶恐,寝食难安?如果心里有疑惑,那么还是先听一听千万古圣贤怎样来评说吧!

曲子第九、十句,用词很新鲜别致,有一种顿挫抑扬的感觉。"折腰时心已愧",用陶渊明不为五斗米折腰的典故;"伸脚处梦先惊",用刘秀做皇帝时,与同学严光同寝,严光将脚压在刘秀的肚子上的典故。讲述他们二人在功名势利面前,因为无愧无畏,所以表现得去就从容,波澜不惊。作者借此警醒世人,不要做问心有愧的事,也不要在权势面前轻易低头,否则你是会睡得不安稳的。

〔双调〕寿阳曲 　　　　　阿鲁威

千年调①,一旦空,惟有纸钱灰晚风吹送②。尽蜀鹃血啼烟树中③,唤不回一场春梦④。

【作者简介】

阿鲁威,生卒年不详。字叔重,号东泉。蒙古人。元延祐间(1314—1320)任南剑太守,即延平路总管。至治间(1321—1323)任泉州路总管。泰定间(1324—1328)任翰林侍讲学士,曾译《世祖圣训》《资治通鉴》等为泰定帝讲说。致和元年(1328)官同知经筵事。是年挂冠南游,家于杭州。能诗善曲,明朱权《太和正音谱》评其词"如鹤唳青霄"。《全元散曲》录存其小令十九首。

【注释】

①千年调:人生的长远之计。这里指对长寿的追求。

②纸钱:迷信者在祭祀时焚化给死人或鬼神当钱用的纸片,亦可望空抛撒或悬挂墓地。形状有圆形方孔如铜钱者,也有纸上打些钱形

的。据《新唐书·王玙传》记载,汉以来丧葬者埋钱于墓圹中,称瘗钱,魏晋以后则演变为用纸钱。

③蜀鹃血:传说古代蜀国国王杜宇,名望帝,死后魂化为鸟,名曰杜鹃,啼声凄苦,昼夜不止,甚至口中流出血来,故称。常形容悲怨之深。

④一场春梦:本喻世事无常,转眼成空,后亦喻幻想破灭。春梦,春天的梦,喻易逝的荣华和无常的世事。

【解读】

这首曲子讲述的是世事无常,人生如梦,人再怎样规划自己,再怎样努力,再大的荣华富贵,也很快到头来是一场空,表达了一种强烈的悲观情绪。语言很直白,感情也很直白。用"纸钱灰晚风吹送"形容人死后的情形,很容易引起共鸣;用杜鹃啼血的典故,直陈在生的人再伤心挽求,也于事无济。意象强烈,对心灵的冲击力很大。

〔双调〕殿前欢　　阿里西瑛

懒　云　窝

懒云窝,醒时诗酒醉时歌。瑶琴不理抛书卧①,无梦南柯②。得清闲尽快活,日月似撺梭过③,富贵比花开落。青春去也,不乐如何?

懒云窝,醒时诗酒醉时歌。瑶琴不理抛书卧,尽自磨陀④。想人生待则么⑤?富贵比花开落,日月似撺梭过。呵呵笑我,我笑呵呵。

懒云窝,客至待如何?懒云窝里和衣卧,尽自婆娑⑥。想人生待则么?贵比我高些个,富比我惚些个⑦。呵呵笑我,我笑呵呵。

【作者简介】
阿里西瑛,生卒年不详。又名木八剌,字西瑛,省称里西瑛。西域人。生平不详。约元仁宗延祐(1314—1320)末前后在世。陶宗仪《辍耕录》卷十一言其"躯干魁伟,故人咸曰长西瑛"。久居吴城(今江苏苏州),并自名其居所"懒云窝"。擅交际,长音律,文友如云。亦善吹筚篥。今存小令四首。

【注释】
①瑶琴:用玉装饰的琴。理:弹奏。
②无梦南柯:不做南柯梦,即不做荣华富贵的梦。南柯,典出唐代李公佐传奇《南柯太守传》。
③撺梭:犹穿梭。形容往来频繁。
④磨陀:逍遥自在。
⑤待则么:想怎么,要怎样。待,想,将要。
⑥婆娑:逍遥,闲散自得。
⑦惚(sōng):俗"惚"字。同"松",轻松。

【解读】
作者《懒云窝》共三首,是述志之作。每首的意思都差不多,无非叙写作者在"懒云窝"中的生活及其生活态度。大致意思是:醒的时候就饮酒作诗,酒醉的时候就高歌长啸,不弹琴也不读书,更不做荣华富贵的梦,客人来了,也不起身迎接,只管自己和衣而睡,只求闲散自在、逍遥快乐地过自己的日子。主人公这种极端懒散、放纵任性,实际上是对政治的极端绝望,转化为蔑视功名利禄,以独善其身的生活态度,达到精神自由的一种过激反映。这是元代很多知识分子对统治者所采取的一种消极对抗的态度。曲子风格素朴真率,行文洒脱畅达。其中,像"富贵比花开落"句意,很形象;"贵比我高些个,富比我忝些个",语言十分诙谐风趣。

此三首曲子写出之后,一时名流雅士如贯云石、乔吉、卫立中、吴西逸等皆有唱和,可见当时的影响很大。

〔双调〕殿前欢　　景元启

梅　花

月如牙①,早庭前疏影印窗纱。逃禅老笔应难画②,别样清佳③。据胡床再看咱④,山妻骂⑤:为甚情牵挂?大都来梅花是我⑥,我是梅花。

【作者简介】

景元启,生平不详,约元仁宗延祐(1314—1320)中前后在世。工作曲。散曲今存小令十五首,套数一套。

【注释】

①月如牙:农历月初月亮形状如钩。

②逃禅老笔:南宋画家杨补之(1097—1171),字无咎,号逃禅老人,以擅画梅花著称。逃禅,指遁世而参禅。老笔,老练娴熟的笔法。

③别样:不同寻常,特别。清佳:清新美好。

④据胡床:靠坐在胡床上。据,靠。胡床,一种可以折叠的轻便坐具,又称交床。咱:句末语气词。

⑤山妻:隐士之妻。后多用为自称其妻的谦词。

⑥大都来:大概,多半。来,语尾助词,无义。

【解读】

作者散曲多写男女情事及隐居生活,这一首就是写隐居生活的。此曲咏梅花,它采取了别样的角度,不咏梅花的实体本身,而是从月光映照纱窗上梅影的风姿入手,借作者的主观动作、思想以及与山妻的对答写出梅花"别样清佳"的本色。

首二句"月如牙,早庭前疏影映窗纱",月如牙,新月初生,形状如钩;疏影,指梅花的影子。新月照映,庭院前窗纱上很早就印下了枝干横逸的梅花的投影,在清幽的月光下,清旷飘逸,超凡脱俗,幽韵动人。这种"别样清佳"的景致,作者认为就是"逃禅老笔"那样画梅花的高手,也难画得出来。"逃禅老笔"指南宋杨补之,他善画梅花,自号逃禅老人。所以主人公完全被这空灵飘逸的美景陶醉,禁不住"据胡床再看"。胡床,又称交床,可以折叠。作者搬出胡床仔细"再看"这一动作,写主人公确实被这美景所打动,所陶醉。这一全神贯注、悠然神往的举动,使妻子产生了误会,责问他:"为甚情牵挂?"主人公便答曰:"大都来梅花是我,我是梅花。"此时的作者,已是物我相融,进入到两忘的审美境界中。

此曲情景如画,意境清逸,语言亦别致可喜。曲子中间夹入山妻插话,既表现出散曲特有的风格,又使情感的表达逼真而小有波澜,从而收到良好的艺术效果。

〔双调〕殿前欢

赵显宏

闲　　居

去来兮①,东林春尽蕨芽肥②。回头那顾名和利,付与希夷③。下长生不死棋,养三寸元阳气④,落一觉浑沦睡⑤。

莺花过眼⑥,鸥鹭忘机。

去来兮,生平志不尚轻肥⑦。林泉疏散无拘系⑧,茶药琴棋。听春深杜宇啼,瞻天表玄鹤唳⑨,看沙暖鸳鸯睡。有诗有酒,无是无非。

【作者简介】

赵显宏,号学村。生平、里籍均无考。长于散曲,与孙周卿同时。作品中有自写其行迹者,如《行乐》云:"十年将黄卷习,半世把红妆赡。"《叹世》云:"功名不恋我,因此上落落魄魄。"《闲居》云:"林泉疏散无拘系,茶药琴棋。"可见终身为布衣文人。《全元散曲》录存其小令二十一首,套数两套。

【注释】

①去来兮:即"归去来兮"之意。

②东林:指庐山东林寺,佛教净土宗的发源地。晋太元中,慧远法师在江州刺史桓伊资助下建成。蕨芽:蕨菜的嫩芽。蕨,多年生草本植物,生在山野,嫩叶可食,俗称蕨菜。

③希夷:陈抟(871—989),字图南,号扶摇子。五代宋初道士,著有《太极图》《先天方圆图》等。先后隐居武当山和华山。宋雍熙元年(984),太宗召见,赐号"希夷先生"。

④三寸元阳:指男子丹田中的精气。三寸,指上、中、下三丹田。《黄庭内景经·灵台章》:"灵台郁蔼望黄野,三寸异室有上下。"唐梁丘子注:"三丹田,上、中、下三处各异,每室方圆一寸,故云三寸。今人犹谓心为方寸,即一所。"元阳,中医谓人体阳气的根本,俗亦谓男子的精气。

⑤浑沦:囫囵,整个儿。

⑥莺花:莺啼花开,泛指春日景色。

⑦轻肥:"轻裘肥马"的略语,形容富贵豪华的生活。《论语·雍也》:"赤之适齐也,乘肥马,衣轻裘。"

⑧疏散:闲散,放达不羁。拘系:拘束,管束。

⑨天表:天外。玄鹤唳(lì):黑鹤鸣叫。唳,鸟鸣。

【解读】

作者《殿前欢·闲居》曲共四首,这里选的是其中第一、三首。两曲所写的都是放弃名利,追求避世,过自然隐居的生活。头一首着重在追寻道教高士的脚步,吃野菜,养阳气,炼长生不老之术,与天地自然浑然为一体。后一首写平生的志向,是无拘无束,也没有富贵荣华的想法。退隐林泉后,所过的生活无非是"茶药琴棋",春天听杜鹃鸟叫,看天外玄鹤鸣叫和暖和的沙洲上鸳鸯成双成对的栖宿,然后"有诗有酒",一种"无是无非"的自在日子。整个曲子散发着一种超然的恬静和美的气息,风格清新闲雅,语言自然流畅。

〔黄钟〕昼夜乐①

赵显宏

冬

风送梅花过小桥,飘飘。飘飘地乱舞琼瑶,水面上流将去了。觑绝似落英无消耗②,似那人水远山遥,怎不焦?今日明朝,今日明朝,又不见他来到。

〔幺〕佳人,佳人多命薄!今遭,难逃。难逃他粉悴烟憔③,直恁般鱼沉雁杳④!谁承望拆散了鸾凰交⑤,空教人梦断魂劳。心痒难揉,心痒难揉,盼不得鸡儿叫。

【注释】

①昼夜乐:曲牌名,属黄钟宫。有幺篇换头,须连用。

②觑绝:望断,极目望去。落英:落花。消耗:消息,音讯。

③粉悴烟憔:意为懒施脂粉,形容憔悴。粉,水粉,女子的化妆用品。烟,即"烟支",同"胭脂",用于化妆的红色颜料。

④直恁般:就这样。

⑤鸾凰交:鸾凰配对,比喻夫妻或情侣。

【解读】

大意是写一位女子在冬天落雪的时候,盼望情郎回家,但水远山遥,望断天涯,没有一点消息,因此非常焦虑。盼了一天又一天,情郎总是不见回来。幺篇叙写女子自叹佳人多薄命,以至终日相思,连梳妆打扮的心情都没有了,所以容颜憔悴。女子一边埋怨着情郎一去杳无音讯,一边回忆着从前两相恩爱的欢娱日子。那时以为是会天长地久,再也不曾想到会将这段夫妻的情谊拆散,弄到如今是日也盼夜也盼,只好在梦中和情郎极意幽会。那种魂牵梦绕、心痒难挠的感觉,真是恨不得报晓的鸡儿都不要叫了。

曲子用"梅花"意象,借喻女子对感情的坚贞,很巧妙。描画女子相思的心理也很形象,起首写梅花被风吹落,飘过小桥,连用两个"飘飘",又加上"乱舞",形容女子的心绪是无着无落,又很烦乱。"水面上流将去了",整个意象合了一个成语——"落花有意,流水无情",预示着女子对情郎是很喜欢、依恋的,但情郎却表现得很无情,一去之后,了无音讯。连用"今日明朝",反复诉说,表现女子急切期盼而终归幻灭的焦虑心情,写得很到位。末后三句写女子无奈只有在梦中与情郎相会,用两个"心痒难揉",表达女子和情郎梦中相见的欣喜。同时用"盼不得鸡儿叫"结束,将女子主观上极不情愿将这个梦打破、对情郎思念入骨的心理刻画得淋漓尽致。

用大量口语入曲,语言自然朴实,也很生动。重叠的句式,反复运用,也达到了加强感情表达的效果。

〔南吕〕一枝花

沈禧

题张思恭《望云思亲卷》①,时父母已殁矣②

吾乡张思恭尝持《望云思亲诗卷》征予诗③。予嘉思恭之意④,遂赋五言古诗一首,已归之矣。兹复请余词,将欲揭诸座隅而朝夕歌咏之⑤,以示不忘亲之故也。大唐梁公仁杰为并州法曹时⑥,登太行,见白云孤飞⑦,因指曰:"吾亲舍在其下⑧。"云移乃去。此梁公思亲于在堂之日⑨。矧今思恭望云思亲于既殁之后⑩,其孝也为何如哉!予益嘉恭之孝且纯也⑪,故不辞而复述〔南吕〕词一阕以贻之⑫。

人为万物灵,孝乃一身本。贤愚均化育,今古重彝伦⑬。敬祖尊亲⑭,晨昏宜定省,冬夏问寒温⑮。看古来孝诸贤俊⑯,到如今青史流芳世不湮⑰。

〔梁州〕且休说唐时仁杰专前美,谁知道晋代张翰有远孙⑱。家居积祖松陵隐⑲。双亲沦殁,一念犹存。既归黄壤⑳,望断白云㉑。我则见卷舒触石生肤寸㉒,我则见变化从龙出厚坤㉓。云来时好着我搅断柔肠㉔,云聚处好着我结愁成阵,云飞时好着我飘散心神。泪痕,满巾。恨无羽翼能飞奋㉕,越思忖越愁闷。怎得吾亲更返魂,报答深恩。

〔余音〕云横岭岫连丘陇㉖,云锁松楸掩墓门㉗。云来云往何时尽?孝心未伸,孝思怎忍?留取个孝行名儿做标准。

【作者简介】

沈禧,字廷锡,吴兴(今属江苏湖州)人。生平不详,约元惠宗至正(1341—1370)中前后在世。工词善曲。有《竹窗词》一卷;存散曲八套,名曰《竹窗乐府》。

【注释】

①望云思亲:喻想念父母。典出《旧唐书·狄仁杰传》:"荐授并州都督府法曹。其亲在河阳别业,仁杰赴并州,登太行山,南望见白云孤飞,谓左右曰:'吾亲所居,在此云下。'瞻望伫立久之,云移乃行。"

②殁(mò):死,去世。

③征:求取,索取。

④嘉:嘉许,赞许。

⑤揭诸座隅:将它标示在座位的旁边。

⑥大唐梁公仁杰:即唐朝宰相狄仁杰,唐睿宗曾追封他为梁国公。并州:今山西太原。法曹:古代司法机关或司法官员的称谓。《新唐书·百官志》:"法曹,司法参军事,掌鞫狱丽法,督盗贼,知赃贿没入。"

⑦太行:即太行山,在山西高原与河北平原间。从东北向西南延伸。北起拒马河谷,南至晋豫边境黄河沿岸。西缓东陡,受河流切割,多横谷,为东西交通孔道。

⑧舍:房屋,居室。

⑨在堂:谓父母健在。

⑩矧(shěn):况且,何况。

⑪纯:淳厚,纯笃。

⑫阕(què):歌曲或词一首叫一阕。贻(yí):赠送。

⑬彝(yí)伦:伦常,人伦之常理;天地人之常道。彝,常规,法理。

⑭敬祖尊亲:礼敬祖先,尊重父母。

⑮"晨昏"二句:《礼记·曲礼上》:"凡为人子之礼,冬温而夏清(qìng),

昏定而晨省。"晚间安排床衽,服侍就寝,早上省视问安;冬温被使暖,夏扇席使凉。谓事亲无微不至。

⑯诸贤俊:各位才德出众的人。

⑰湮(yān):埋没,淹没。

⑱张翰:字季鹰,吴郡吴县(今江苏苏州吴中区)人。西晋文学家。有清才,善属文,性格放纵不拘,时人比之为阮籍,号为"江东步兵"。齐王司马冏执政,辟为大司马东曹掾。见祸乱方兴,以莼鲈之思为由,辞官而归。《晋书·张翰传》:"翰因见秋风起,乃思吴中菰菜、莼羹、鲈鱼脍,曰:'人生贵得适志,何能羁宦数千里以要名爵乎!'遂命驾而归。"

⑲积祖:犹累世,世代。松陵:吴淞江的古称。亦为吴江县(今江苏苏州吴江区)的别称。

⑳黄壤:犹黄泉。

㉑望断白云:即前"望云思亲"之典意。

㉒卷舒:卷起与展开。触石:谓山中云气与峰峦相碰击,吐出云来。《公羊传·僖公三十一年》:"触石而出,肤寸而合,不崇朝而遍乎天下者,唯泰山尔。"肤寸:古长度单位,一指宽为寸,四指宽为肤。借指下雨前逐渐集合的云气。晋张协《杂诗》之九:"虽无箕毕期,肤寸自成霖。"唐王昌龄《悲哉行》:"长云数千里,倏忽还肤寸。"

㉓从龙:云跟随龙。《周易·乾》:"云从龙,风从虎。"厚坤:指大地。唐杜甫《木皮岭》:"仰干塞大明,俯入裂厚坤。"

㉔好着我:好教我,好使我。着,教,使,让。

㉕飞奋:奋飞,振翼高飞。

㉖岭岫:山岭。岫,山。丘陇:坟墓。

㉗松楸:松树与楸树。墓地多植,因以代称坟墓。

【解读】

在元代的散曲中,写男女情事、避世隐居和吃喝玩乐的内容比较多,从正面人伦社会道德层面进行提倡的内容比较少。此曲是罕见的一篇提倡孝道的。曲子主要叙写《望云思亲卷》所涉及的内容,望云思亲,是唐代宰相狄仁杰的典故。孝子思亲,触景怅然,这个故事会油然引发千百年游子漂泊在外、思念亲人的共鸣。所以此曲题、序中所提张思恭要求作者写曲歌咏望云思亲的词,以作座右之铭,朝夕讽诵,以不忘父母养育之恩。当时,张思恭双亲已经过世,作者为张的孝心感动,于是应张的要求写下了这首曲子。

曲子前面有序,叙述写作的原因。序下就是正文,用《〔南吕〕一枝花》的套数。正文《一枝花》写人为万物灵长,孝是立身的根本。无论贤愚,无论今古,敬祖尊亲,都是必须的,这是人类社会的伦常。所以,晨昏定省、冬温夏清,都是孝子必须履行的。古往今来以孝行闻名的,都在青史上流芳百世。接着,《梁州》曲牌,除涉及唐宰相狄仁杰贤孝专美前代,引出西晋著名文学家张翰。他是张思恭的远祖,一脉相承,世代居住在吴江。现在思恭父母双亡,但思念之情不减。然后结合《望云思亲卷》,排比铺叙思亲的情形。"云来""云聚""云飞",里面均有着亲人的影子,希望双亲魂返,以报其深恩,描写张思念亲人的感情十分缱绻、强烈。末段《余音》曲牌,叙写"云横""云锁"坟墓,思亲不见,孝心难报。而作者谱写此曲,就是想留一段孝行的故事,以作后人的借鉴。

此曲主题鲜明,文字雅洁,详略得宜,感情真挚,有较强的正面意义。

〔中吕〕醉高歌过摊破喜春来[①] 顾德润

旅　　中

长江远映青山,回首难穷望眼。扁舟来往蒹葭岸,烟锁云林又晚[②]。　　篱边黄菊经霜暗,囊底青蚨逐日悭[③]。

破清思晚砧鸣④,断愁肠檐马韵⑤,惊客梦晓钟寒⑥。归去难,修一缄⑦,回两字寄平安。

【作者简介】

顾德润,字君泽,号九山,松江(今上海)人。生平不详,约元仁宗延祐(1314—1320)末前后在世。曾任杭州、平江路吏。工曲,与诗人钱惟善等相交好。曾自刊《九山乐府》《诗隐》二集,到市肆售卖,今皆不传。存世散曲有小令八首,套数两套。明朱权《太和正音谱》评其词"如雪中乔木"。

【注释】

①醉高歌:曲牌名,属中吕宫,用于剧曲、散曲套数和小令。基本定格为:六六七六,一平韵,三仄韵。此调可分别与《红绣鞋》《喜春来》《摊破喜春来》合为带过曲。摊破喜春来:曲牌名,属中吕宫,与《醉高歌》合为带过曲。基本定格为:七七六六六三三六,六平韵,二仄韵。

②云林:被烟云笼罩的树林。

③青蚨:金钱的别称。悭(qiān):指稀少。

④清思:清雅美好的情思。晚砧(zhēn):傍晚时捣衣,亦指傍晚的捣衣声。砧,捣衣石。

⑤檐马:挂在屋檐下的风铃,风吹作响。

⑥晓钟:报晓的钟声。

⑦缄(jiān):书信。

【解读】

这支曲子描写在旅途中的情景和感受。它写了旅程中的两种情味,一是舟船旅行中的况味,一是泊岸后旅宿中的感受,行、宿的感触不尽相同。

前四句用《醉高歌》记行,主要通过景物描写来反映心情。从长江的远映青山、难穷望眼,反映了作者已在江上行过漫长的途程。江流浩瀚,扁舟来往,这一切都会牵惹起"旅中"强烈的漂泊情绪。而"烟锁云林又晚",呈现出一派暮气沉沉的客乡景象,"又"字还带有羁旅日久、光阴蹉跎的感慨意味。笔墨虽然不多,却写出了旅中浪迹天涯的一重客愁。

后八句用《摊破喜春来》写下船后夜宿客馆。"篱边"句点出深秋的节令,"囊底"句则述出了客中困顿失意的处境。接着用三句鼎足对,详细描绘客馆中旅行者辗转反侧、夜不能寐的伤心情状,通过"晚砧""檐马""晓钟"的声响,凭空增重了旅行者的孤寂和失落感。这种孤苦的情味,是旅中孤独凄清的又一重客愁的表现。前一重客愁还能假借行程中的景物作为散虑的寄托,而在长夜止宿中,所表现出的旅愁就只能任它凝聚在心头了。结尾两句,写在晓钟惊梦的挨守中,起身修家书的情景。"归去难"这一沉重的现实,已着实让人不堪;还要向遥远的亲人掩饰真相,强自"回两字报平安",其苦心孤诣让人感动。

〔双调〕水仙子　　　　杨朝英

自　足

杏花村里旧生涯①,瘦竹疏梅处士家②,深耕浅种收成罢。酒新笃③,鱼旋打④,有鸡豚竹笋藤花⑤。客到家常饭,僧来谷雨茶⑥,闲时节自炼丹砂⑦。

【作者简介】

杨朝英,字英甫,号澹斋,青城(今四川都江堰,一说今山东高青)

人。生平不详。曾官郡守、郎中,后来归隐。与贯云石、阿里西瑛交往甚密,相互酬唱。编有《乐府新编阳春白雪》《朝野新声太平乐府》两部散曲集,人称"杨氏二选"。选辑认真,搜罗宏富,元人散曲多赖以传世。作品存小令二十七首,见于"二选"中。明朱权《太和正音谱》评其词"如碧海珊瑚"。

【注释】

①杏花村:唐杜牧《清明》:"借问酒家何处有?牧童遥指杏花村。"后因以"杏花村"泛指卖酒处。

②处士:本指有才德而隐居不仕的人,后亦泛指未做过官的士人。

③酒新篘(chōu):酒刚刚滤出。篘,一种竹制的滤酒的器具,也指滤酒。

④鱼旋打:鱼刚刚捞起来。旋,旋即,刚刚。

⑤豚:小猪,泛指猪。

⑥谷雨茶:谷雨前采摘的春茶。谷雨,二十四节气之一。在公历4月19、20或21日。

⑦炼丹砂:古代道教提倡炼丹服食,以延年益寿。丹砂,即朱砂。矿物名,水银和硫磺的化合物。古代道教徒多用之炼丹。

【解读】

此曲写田园生活的闲适。起首两句,写村居和家居环境之美,有杏花、竹、梅,清幽闲雅。杏花村和酒家的意象是相连缀的,酒正是避世隐居者的最爱;家有瘦竹和疏梅,作者刚直和高洁的处士风骨也就自然地烘托映现出来。中间四句写春种秋收、躬耕自得的乐趣。新过滤的酒,新捕捞的鱼,还有鸡、豚、竹笋和藤花,写出了收获以及自享劳动成果的满足和喜悦。最后三句写人情往来,都随性随俗,有客来家常饭招待,有僧道来谷雨茶款接,空闲时还学着道人模样炼一炼丹砂。所结皆高洁之士,来往无利禄之徒,远俗虑而求清静。全曲内容紧扣标题"自足"二字,层次清晰,文字雅洁自然,风格清新恬淡,有风神冲和、余韵悠扬之美。

〔双调〕得胜令① 张子坚

宴罢恰初更,摆列着玉娉婷②。锦衣搭白马③,纱笼照道行④。齐声,唱的是阿纳忽时行令⑤。酒且休斟,俺待银鞍马上听。

【作者简介】

张子坚,生平不详。张可久有《〔双调〕清江引·张子坚运判席上》三首,知其与张可久同时,曾做过转运判官。散曲现仅存小令一首。

【注释】

①得胜令:曲牌名。亦名《德胜令》,属北曲双调。据《九宫大成谱》,正格是五五五五二五二五,八句,六平韵,一仄韵。

②玉娉婷:指姿态美好、亭亭玉立的女子。

③锦衣:精美华丽的衣服,旧指显贵者的服装。

④纱笼:纱制灯笼。

⑤阿纳忽:曲牌名,属双调。时行令:流行曲调,时髦小令。

【解读】

此曲描写歌舞酒宴的穷奢极侈,是元代权贵生活的真实写照。大意是:酒宴结束正好是初更时候,客人正离席回去,亭亭玉立的美女在门口排列着送行。锦衣搭在白马上,纱制的灯笼照着道路前行。美女们齐声唱着《阿纳忽》时行小调,音声美好,酒就暂不要斟了,等我坐在马上再细细欣赏这妖娆的歌声。

曲子生动地描绘夜晚酒宴结束时纷繁艳丽的场景,充分调动了读者的视觉与听觉,绘声绘色地表现了权贵们风流跌宕、骄奢淫逸的生活。

〔正宫〕醉太平　　　　　　　　汪元亨

警　世

辞龙楼凤阙①,纳象简乌靴②。栋梁材取次尽摧折③,况竹头木屑④。结知心朋友着疼热⑤,遇忘怀诗酒追欢悦⑥,见伤情光景放痴呆⑦。老先生醉也!

憎苍蝇竞血⑧,恶黑蚁争穴⑨。急流中勇退是豪杰,不因循苟且⑩。叹乌衣一旦非王谢⑪,怕青山两岸分吴越⑫,厌红尘万丈混龙蛇⑬。老先生去也!

耳闻时做聋,眼见处推盲。且达时知务暗包笼⑭,权妆个懵懂⑮。听人着冷话来调弄⑯,由人着死句相讥讽⑰,任人着假意厮过送⑱。老先生不懂。

【作者简介】

汪元亨,生卒年不详。字协贞,号云林,别号临川佚老。饶州(今江西鄱阳)人。元至正间出仕浙江省掾,后徙居常熟。官至尚书。所作杂剧三种,今皆不传。《录鬼簿续编》云:"有《归田录》一百篇行于世,见重于人。"清钱大昕《补元史艺文志》列其有《小隐余音》《云林清赏》各一卷。现存小令百首,套数一套。他生当元末明初乱世,作品多警世叹时之作,吟咏归田隐逸生活。

【注释】

①龙楼凤阙:指帝王宫阙。

②纳:交还,退回。象简:即象笏,象牙制的手板,古代品位较高的官员朝见君主时所执,供指画和记事。乌靴:古代官员所穿的黑色靴子。

③取次:谓次第,一个挨一个地。

④竹头木屑:《世说新语·政事》:"(陶侃)作荆州时,敕船官悉录锯木屑,不限多少,咸不解此意。后正会,值积雪始晴,听事前除雪后犹湿,于是悉用木屑覆之,都无所妨。官用竹皆令录厚头,积之如山。后桓宣武伐蜀,装船,悉以作钉。"后以"竹头木屑"比喻可供利用的废置之材。

⑤着疼热:知疼知热,表示对人的关心、体贴。

⑥忘怀:不介意,不放在心上。晋陶潜《五柳先生传》:"忘怀得失,以此自终。"

⑦放痴呆:做出痴呆的样子。放,摆出,做出,显现。

⑧苍蝇竞血:苍蝇争着舔血腥之物。

⑨黑蚁争穴:黑蚁争抢洞穴。比喻人间自相争竞、摧残。

⑩因循:流连,徘徊不去,犹豫。苟且:只图眼前,得过且过。

⑪乌衣:即乌衣巷,在今南京秦淮河西。三国吴时在此置乌衣营,以士兵着乌衣而得名。东晋时王、谢等望族居此。

⑫分吴越:分裂成吴国和越国。指春秋末吴越两国多次争斗。

⑬混龙蛇:即龙蛇混杂,喻好人坏人混杂在一起。

⑭达时知务:通达时势,懂得实际事务。包笼:包藏,隐藏。

⑮懵懂:糊涂,迷糊。

⑯着冷话:用讥刺的话。调弄:耍弄,戏弄。

⑰死句:无寄托、无韵味、没有深意的句子。

⑱厮:犹相,相互。过送:敷衍,应付。

【解读】

作者《醉太平·警世》共有二十首,这里选第一、二及最后一首。

第一首,是写因见到政治黑暗,栋梁材逐次被摧折,一般的才能人士更是被废置。于是萌生退意,将"象简乌靴"缴还给朝廷,辞官退隐。结交一些相互关心、忘怀得失的朋友,一起吟诗醉酒,追逐欢快自由的生活。就是见到伤情的光景也不要去管它,做出痴呆的模样。你就只当我这个老先生喝醉酒了,什么事都不晓得了。这是对现实绝望下一种极度消极的逃避人生的态度,悲愤的文字下面隐藏着对黑暗政治的强烈反抗。

第二首,写作者厌倦了官场的尔虞我诈、勾心斗角。"苍蝇竞血""黑蚁争穴",表达了作者强烈的憎恶之情。所以他毫不犹豫、徘徊,在仕途中急流勇退,做真正的豪杰。他既感叹沧海桑田的变迁,担心旧时王谢的陨落,害怕战争造成国土分崩离析的现实,也厌倦了人世间龙蛇混杂、是非不分。所以作者说,我这个老先生经历了人间的幻灭后,就毅然决然地要辞官归隐了。此曲爱憎强烈,表达了对元末社会动荡和黑暗现实的无比痛恨。

最后一首,也是写作者对于世事已经不再关心。在是非颠倒、黑白不分、龙蛇混杂、以伪乱真,不再有公平正义的黑暗现实下,正直诚实的人、关心世事希望用世的读书人已无容身之所。只好退藏于密,装聋作哑,忍受他人的嘲讽、冷言冷语,唾面自干,做一个所谓"达时知务"的"懵懂"。所以不管什么事,他这个"老先生"都表示"不懂"。这是作者全身避祸所采取的不得已的避世态度,也是正直有为的读书人对现实政治无奈所采取的一种应对举措。虽然看起来让人感到憋屈,但作者的苦心与悲戚已经深深地融入文字之中。

曲子文字直率质朴,鼎足对句式亦工整,一气贯注,感情鲜明。

〔双调〕沉醉东风　　汪元亨

归　田

进步去天高地险,退身来浪静风恬①。买四蹄车下牛,卖三尺匣中剑②,免区区附势趋炎③。尽日看山独卷帘④,飞不到红尘半点。

【注释】

①恬:安静,安然。

②三尺匣中剑:古剑长凡三尺,故称。《史记·高祖本纪》:"吾以布衣提三尺剑取天下,此非天命乎?"

③区区:自称的谦词。附势趋炎:谓奉承、依附有权势的人。

④尽日:整日,整天。

【解读】

这首曲子也是吟咏隐退田园的生活。仕途险恶,难求上进,不如退身隐居,风平浪静。所以,将宝剑卖掉,买进耕田的牛,躬耕自得,过自足的生活,免得日日奔走权贵之门,做一些使良心委屈的"附势趋炎"之事。退隐下来之后,卷起窗帘,可以独自整天的看山看水,家中也飞不进半点红尘。红尘,就是飞扬的尘土,意指闹市的喧嚣之气。隐士的居所向来选在僻静的山林之地,避开人世的喧嚣,不预闻红尘中的世事。这是作者所追求的理想生活。同时,这种恬静的情绪,也暗藏着诸多身处浊世、遭逢不偶的感慨。

〔双调〕天香引① 汤 式

西 湖 感 旧

问西湖昔日如何？朝也笙歌，暮也笙歌②。问西湖今日如何？朝也干戈③，暮也干戈。昔日也二十里沽酒楼香风绮罗④，今日个两三个打鱼船落日沧波⑤。光景蹉跎⑥，人物消磨⑦。昔日西湖，今日南柯。

【作者简介】

汤式，生卒年不详。字舜民，号菊庄。象山（今属浙江）人。初补本县县吏，不得志，落魄江湖间。与杨景贤、贾仲明等交友甚厚。入明，流寓北方，明成祖在燕邸时，宠遇甚厚。著有杂剧《瑞仙亭》《娇红记》两种，今俱佚。所作散曲极多，有明钞本《笔花集》传世。《全元散曲》存其小令一百七十首，套数六十八套，残曲一首。明朱权《太和正音谱》称其词"如锦屏春风"。

【注释】

①天香引：即《蟾宫曲》。
②"朝也笙歌"二句：言朝朝暮暮都在演奏、歌唱音乐。极力渲染西湖的繁华。化用林升《题临安邸》"山外青山楼外楼，西湖歌舞几时休"诗意。笙：簧管乐器，一般用十三根长短不同的竹管制成。
③干戈：指战争。
④"昔日"句：仍形容昔日西湖之繁华。
⑤"今日"句：描绘西湖之荒凉。落日沧波：夕阳西下时的碧波。
⑥光景：风光，景象。蹉跎：衰退。
⑦人物消磨：有才能抱负的人物意志消沉。

【解读】

元顺帝至正十六年(1356),张士诚部袭杀元朝守将,占领杭州,和朱元璋形成对峙的局面。双方在此展开激烈的争夺战,前后经过大约十年时间。至正二十五年(1365),张士诚战败,朱元璋获胜。这首小令标题虽为《西湖感旧》,实际上对整个杭州的盛衰表示感慨,曲折地反映了作者希望太平、实现个人抱负的愿望。

此曲大意:问西湖过去怎么样?那时候早晨开始就是一片笙歌,晚上也是一片笙歌。问西湖现在怎么样?现在早晨是战争,晚上也是战争。过去,西湖二十里长堤酒楼相连,仕女游人络绎不绝。如今,偌大湖面只见两三只打鱼船,在沧波落照间隐没。好时光已消逝,风流人物也被消磨殆尽。过去的西湖呀,已是今日的一枕南柯梦。

此曲将过去与现在进行对照,写杭州西湖的巨大变化,抒发了昔日繁盛今日衰落的感慨和伤时忧世的心境。语言直白,对比鲜明。

〔正宫〕小梁州　　　　汤　式

上巳日登姚江龙泉寺分韵得暗字①

天风吹我上巉岩②,正值春三③。残红飞絮点松杉④,轻摇撼,无数落青衫⑤。

〔幺〕登临未了斜阳暗,借白云半榻禅龛⑥。发笑谈,论经忏⑦,老龙惊惮⑧,拖雨过江南⑨。

【注释】

①上巳:旧时节日名。汉以前以农历三月上旬巳日为"上巳";魏晋以后,定为三月三日,不必取巳日。《后汉书·礼仪志上》:"是月上

巳,官民皆洁于东流水上,曰洗濯祓除去宿垢疢为大洁。"姚江:又称余姚江,在浙江省境内,这里指当时余姚州(今浙江余姚)。龙泉寺:位于今浙江省余姚市市中心,坐落在龙泉山南麓。分韵:数人相约赋诗,选择若干字为韵,各人分拈,依拈得之韵作诗,谓之分韵。

②巉(chán)岩:险峻的山岩。

③春三:春天的三月初三,即上巳节。

④残红飞絮:凋残的花,飘落的柳絮。

⑤青衫:唐制,文官八品、九品服以青。泛指官职卑微。亦借指微贱者的服色。

⑥禅龛(kān):佛堂。龛,供奉神佛或神主的石室或小阁子。

⑦经忏:指佛教经文和忏悔文。

⑧老龙惊惮:唐牛僧孺《幽怪录》:"无言和尚讲《法华经》,有老翁立听毕,乘风云而去,众惊问之,曰:'洱水龙也。'"

⑨"拖雨"句:宋苏轼《江城子》词有"墨云拖雨过西楼"句。

【解读】

这是上巳日(三月初三)作者登临余姚龙泉山,同伴相约赋诗,分韵得"暗"字,即以"暗"字为韵,所写的一首《小梁州》曲子。

当日天朗气清,惠风和畅,登临龙泉山,作者和同伴们的心情都很好。用"天风"两字,表明如入仙境。这个季节,有些花已经凋谢,柳絮已经纷飞,轻轻摇动树枝,就会落满人的一身。这写环境和人的心境都很美好。《幺篇》写龙泉山尚未登临到绝顶,天就暗下来了,所以借龙泉寺歇宿。晚上与山僧高谈阔论,谈笑风生,又讲经论忏,高深莫测,吓得老龙都跑了,一路下雨直过江南。这里用"老龙听经"和苏轼"墨云拖雨过西楼"的典故,其意只是说作者他们在龙泉寺一夜谈经论忏,江南下了一夜的雨。

全曲语言优美,末句"老龙惊惮,拖雨过江南"意象新颖,生动别致,一"拖"字写尽春雨绵绵飘洒的形象,神采毕出。

〔中吕〕红绣鞋 杨讷

咏虼蚤①

小则小偏能走跳,咬一口一似针挑,领儿上走到裤儿腰。眼睁睁拿不住,身材儿怎生捞?翻个筋斗不见了②。

【作者简介】
杨讷,生卒年不详。原名暹,字景贤,一作景言,号汝斋。蒙古人。家于钱塘(今浙江杭州)。因从姐夫杨镇抚,人以杨姓称之。与贾仲明(《录鬼簿续编》作者)相交五十年。善琵琶,好戏谑。永乐间,与汤式并遇宠。后卒于金陵。著有杂剧十八种,今仅存《刘行首》《西游记》两种。《全元散曲》录存其小令二首,套数一套。明朱权《太和正音谱》评其词"如雨中之花"。

【注释】
①虼蚤:跳蚤。
②筋斗:以头抵地,将身体颠倒翻过去的动作。

【解读】
此曲拿跳蚤作为歌咏的对象。曲子抓住跳蚤的主要特征加以描写,如身材小、能走跳、嘴尖巧、动作灵敏等方面,形神毕肖。特别写到人被它咬了,又抓它不着,它"领儿上走到裤儿腰",眼睁睁地拿它没有办法,突然"翻个筋斗不见了",十分生动形象,又诙谐有趣。纯粹的状物,刻画工致灵动,令人忍俊不禁。

〔仙吕〕点绛唇

孙季昌

集赤壁赋①

万里长江,半空烟浪,惊涛响。东去茫茫,远水天一样。

〔混江龙〕壬戌秋七月既望②,泛舟属客乐何方③?过黄泥之坂④,游赤壁之傍⑤。银汉无声秋气爽,水波不动晚风凉。诵明月之句,歌窈窕之章⑥。少焉间月出东山上⑦,紫微贯斗⑧,白露横江⑨。

〔油葫芦〕四顾山光接水光,天一方,山川相缪郁苍苍⑩,浪淘尽风流千古人凋丧⑪。天连接崔嵬⑫,一带山雄壮。西望见夏口⑬,东望见武昌⑭。我则见沿江杀气三千丈,此非是曹孟德困周郎⑮?

〔天下乐〕隐隐云间见汉阳,荆襄⑯,几战场,下江陵顺流金鼓响⑰。旌旗一片遮,舳舻千里长⑱,则落的渔樵每做话讲⑲。

〔那吒令〕见横槊赋诗是皇家栋梁⑳,见临江酾酒是将军虎狼㉑,见修文偃武是朝廷纪纲㉒。如今安在哉,做一世英雄将,空留下水国鱼邦。

〔鹊踏枝〕我则见水茫茫,树苍苍,大火西流㉓,乌鹊南翔。浩浩乎不知所往,飘飘乎似觉飞扬。

〔寄生草〕渺沧海之一粟㉔,哀吾生之几场。举匏樽痛饮偏惆怅㉕,挟飞仙羽化偏舒畅㉖,溯流光长叹偏悒怏㉗。

当年不为小乔羞㉘,只今惟有长江浪。

〔尾声〕谩把洞箫吹㉙,再把词章唱。苏子正襟坐掀髯鼓掌㉚,洗盏重新更举觞㉛。眼纵横醉倚篷窗,怕疏狂错乱了宫商㉜。肴核盘空夜未央㉝,酒入在醉乡。枕藉乎舟上㉞,不觉的朗然红日出东方。

【作者简介】

孙季昌,生平、里籍均不详。

【注释】

①赤壁赋:北宋文学家苏轼作于宋神宗元丰五年(1082)贬谪黄州(今湖北黄冈)时。

②壬戌(rénxū):元丰五年(1082)。古代以干支纪年,该年为壬戌年。既望:农历每月十六日。

③属(zhǔ)客:给客人斟酒。属,倾注,引申指斟酒相劝。

④坂:山坡,斜坡。

⑤赤壁:苏轼所游之赤壁即赤鼻矶,在今湖北黄冈西北江滨,因山形截然如壁而有赤色,也称赤壁。清顾祖禹《读史方舆纪要·湖广二·黄州府》:"赤鼻山在府城西北汉川门外,屹立江滨,土石皆带赤色。下有赤鼻矶,今亦名赤壁山,苏轼以为周瑜败曹公处,非也。"

⑥诵明月之句,歌窈窕之章:指《诗经·陈风·月出》。首章为:"月出皎兮,佼人僚兮,舒窈纠兮,劳心悄兮!"凡三章。"窈纠"同"窈窕"。

⑦少焉:少刻,一会儿。

⑧紫微贯斗:紫微星贯穿于斗宿之间。紫微星,即北极星。斗宿,二十八宿之一,北方玄武第一宿,又称斗木獬。

⑨白露:白茫茫的水气。横江:横贯江面。

⑩缪(liáo):通"缭",盘绕。郁:茂盛的样子。苍苍:深青色。

⑪风流:英雄豪杰。凋丧:丧亡。

⑫崔嵬(wéi):本指有石的土山,后泛指高山。

⑬夏口:古地名。因在夏水(汉水下游的古称)注入长江处,故称。本在江北,即今湖北武汉市汉口。三国吴置夏口督屯于江南,北筑城于黄鹄山上,与夏口隔江相对,称夏口城,即今武昌。

⑭武昌:今湖北鄂州。

⑮曹孟德困周郎:指曹操被周瑜所困。曹孟德,即曹操(155—220),本名吉利,字孟德,小名阿瞒,沛国谯县(今安徽亳州)人。东汉末年杰出的政治家、军事家、文学家,三国时期魏国奠基人。周郎,即周瑜(175—210),字公瑾,庐江舒(今安徽舒城)人。东汉末年名将。赤壁之战中,率孙刘联军大破曹操。

⑯荆襄:荆州、襄阳的合称。泛指当时刘表主政荆州时期的地理范围。

⑰江陵:当时的荆州首府,今湖北荆州。

⑱舳舻(zhúlú):船头和船尾的并称。多泛指前后首尾相接的船。舳,船尾持舵的部位。舻,船头。

⑲渔樵每:渔夫樵父们,指打鱼和砍柴的人们。做话讲:当作话题来讲谈。

⑳"横槊"句:指曹操,为东汉献帝时丞相,所以称"皇家栋梁"。槊,矛长丈八谓之槊。横着长矛赋诗,形容曹操能文能武的英雄豪迈气概。

㉑酾(shī)酒:斟酒。

㉒"修文"句:提倡文教,停息武备,是国家的纲纪(法度)。指国家统治的原则是要天下太平,没有战争,保证人民能安居乐业。这里有谴责战争的意思。偃,停止。

㉓大火西流:大火,简称"火",心宿的古称。《诗经·豳风·七月》

"七月流火",即指夏历七月,大火西偏(流),兆示着秋季来临,天气将转凉。

㉔渺沧海之一粟:渺小如大海中的一粒粟米。苍海,即沧海,大海。粟,谷物名,北方通称"谷子",即小米。

㉕匏(páo)樽:匏制的酒樽,亦泛指饮具。匏,葫芦的一种,即瓠(hù)。

㉖羽化:指飞升成仙。

㉗流光:流逝的时光。悒怏(yìyàng):忧郁不快。

㉘小乔:周瑜之妻,貌美非常。民间传说曹操下江南,是为了夺取小乔姐妹。

㉙谩(màn):胡乱,随意,聊且。

㉚苏子:指苏轼。正襟:将衣襟整理端正。掀髯:笑时启口张须貌,激动貌。

㉛觞(shāng):古代酒器。

㉜宫商:五音中的宫音与商音。泛指音乐、乐曲。

㉝肴核:肉类和果类食品。未央:未尽,未结束。

㉞枕藉:枕头与垫席。引申为纵横相枕而卧。

【解读】

《赤壁赋》是苏轼的传世之作。宋元丰三年(1080),苏轼因"乌台诗案",被贬黄州团练副使。元丰五年(1082)七月十六日,苏轼泛舟赤壁,凭吊江山,恨人生之如寄;流连风月,喜造物之无私,有感而作《赤壁赋》。此赋记叙了苏轼与朋友月夜泛舟游赤壁的所见所感,以其主观感受为线索,通过主客问答形式,反映了由月夜泛舟的舒畅,到怀古伤今的悲咽,再到精神解脱的达观。全赋在布局与结构安排中展现了其独特的艺术构思,融情于景,借景抒情,情韵深致,理意透辟,从而成为中国文学辞赋作品的千古绝唱。

此曲作者孙季昌借《赤壁赋》以散曲套数的形式重新进行演绎。

由于《赤壁赋》内容较多,曲调所需容量较大,所以作者根据需要用了八首曲子来组成这首套曲。

曲子以《点绛唇》开篇,接着用《混江龙》《油葫芦》《天下乐》《那吒令》《鹊踏枝》《寄生草》,最后以《尾声》作结。

《点绛唇》为序曲,写烟水浩淼的长江,惊涛拍岸,水天茫茫,气势非常雄伟壮观。

第二曲《混江龙》,写东坡与客人泛舟出游的时间、地点、景色与情趣,渲染苏子泛舟的特定氛围。紧接着转入第三、四曲《油葫芦》《天下乐》,写出赤壁之战的壮观景象,以及曹操被周郎所困的情境。作者指出三国时这些事迹在民间被广为流传,都成为了渔夫樵父们茶余饭后闲聊的话题。

第五曲《那吒令》,赞叹曹操当年横槊赋诗的勇武与豪迈,描写跟随曹操南征将士的威武凶猛。但于赞叹之余,又并不赞同。作者认为国家应当"修文偃武",要让天下百姓安居乐业,这才是政治家统治的原则。但曹操南征使得生灵涂炭,虽然当时称得上英雄豪杰,但随着硝烟远去,这些所谓的英雄事业都如梦如烟,也无影无踪。

第六曲《鹊踏枝》,作者通过水、树、大火星的渐渐西移,归巢的乌鹊结队南飞,写出了秋天到,秋意浓,人在江上、心在物外的情态,境界十分空灵、飘逸。

第七曲《寄生草》,抒发人物渺小、生命短暂的感慨,在惋叹曹操南征失利的情况下,又借杜牧《赤壁》"东风不与周郎便,铜雀春深锁二乔"诗意,写出"当年不为小乔羞",点出赤壁之战以周瑜获胜作结。

最后,《尾声》,隐括《赤壁赋》"客有吹洞箫者"一段,"苏子愀然,正襟危坐"纵论明月江水及至自然界万事万物变与不变的辩证关系一段,再至文章末尾"洗盏更酌""杯盘狼藉"等系列动作细节,表现了听江流有声,看山间明月,纵情尽兴,放怀于天地之间的逸兴豪情。

原作文辞雅洁,节奏紧健,叙事畅达,辩识入微,情景交融,境界深邃。此曲既保留了原作的神韵,改编成曲,一韵到底,朗朗上口,增添了音乐美感的同时,又提升了作品的通俗性。

〔般涉调〕耍孩儿 睢玄明

咏 西 湖

钱唐自古繁华地①,有百处天生景致。幽微尽在浙江西,惟西湖山水希奇②。水澄清玻璃万顷欺蓬岛③,山峻峭蓝翠千层胜武夷④。山水共谁相类?山旖旎妖妍如西子⑤,水回环妩媚似杨妃⑥。

〔九煞〕遇清明赏禁烟⑦,艳阳天丽日迟,倾城士庶同游戏⑧。绣帘彩结香车稳,玉勒金鞍宝马嘶⑨。骋豪富夸荣贵,恣艳冶王孙士女⑩,逞风流翠绕珠围。

〔八〕闲嬉游父老每多⑪,恐韶光暗里催,怕春归又怕相寻觅。坐兜轿的共访欧阳井⑫,骑蹇驴的来寻和靖碑⑬。闷选胜闲拾翠⑭,凝翠霭亭台楼阁⑮,琐晴岚茅舍疏篱⑯。

〔七〕见胡蝶儿觅小英⑰,游蜂儿采嫩蕊,莺声娇转藏花卉⑱。白蘋洲沙暖鸳鸯睡⑲,红蓼岸泥融燕子飞⑳。小鱼儿成群队,翻碧浪双双鸥鹭,戏清波队队鸂鶒㉑。

〔六〕见些踏青的薄媚娘㉒,穿着轻罗锦绣衣,翠冠梳玉项牌金霞帔㉓。乍步行恨杀金莲小㉔,浅印香尘款款移㉕。粉汗溶浸浸湿㉖。兰麝香凄迷葛岭㉗,绮罗丛盈满苏堤㉘。

〔五〕绿垂杨拂画桥㉙,红夭桃簇锦溪㉚,夭桃间柳争红翠。寻芳载酒从心赏,遣兴行春岐路迷㉛。殢春景游人醉㉜,粉墙映秋千庭院,杏花梢招飐青旗㉝。

〔四〕步芳茵近柳洲㉞,选湖船觅总宜,绣铺陈更有金妆饰。紫金罍满注琼花酿㉟,碧玉瓶偏宜琥珀杯㊱。排果桌随时置,有百十等异名按酒㊲,数千般官样茶食㊳。

〔三〕列兵厨比光禄寺更佳㊴,论珍羞尚食局造不及㊵,动箫韶比仙音院大乐犹为最㊶。云山水陆烹炮尽㊷,歌舞吹弹腔韵齐。更那堪东风软春光媚,借着喜人心的山明水秀,又恐怕送残春绿暗红稀㊸。

〔二〕游春客误走到丹青彩画图,寻芳人错行入蜀川锦绣堆,向武陵溪攒砌就花圈圆㊹。看了这佳人宴赏西湖景,胜如仙子嬉游太液池㊺,似王母蟠桃会㊻。灵芝港揭席人散㊼,趁着海棠风赏玩忘归。

〔尾〕看方今宇宙间,遍寰区为第一㊽。论中吴形胜真佳丽㊾,除了天上天堂再无比。

【作者简介】

睢玄明,生平、里籍均不详。明朱权《太和正音谱》将其列于"词林英杰"一百五十人之中。一说即睢景臣。

【注释】

①钱唐:同"钱塘",即浙江杭州。
②希奇:同"稀奇"。
③蓬岛:指蓬莱山,古代传说中的神山名。亦常泛指仙境。
④武夷:指武夷山,位于江西与福建西北部两省交界处。
⑤旖旎:旌旗从风飘扬貌,引申为宛转柔顺。妖妍:艳丽。西子:西施。

⑥杨妃:即杨贵妃,唐玄宗的妃子,名玉环,号太真。姿质丰艳,善歌舞,通音律。为中国古代四大美女之一。

⑦禁烟:禁火,皇宫中的焰火。

⑧士庶:士人和普通百姓。

⑨玉勒:玉饰的马衔。

⑩恣:放纵,放肆。艳冶:艳丽妖冶,多形容女子容态。王孙:王的子孙,后泛指贵族子弟。士女:同"仕女",旧称贵族妇女。

⑪父老每:父老们。

⑫兜轿:即兜子,只有座位而没有轿厢的便轿。欧阳井:即"六一泉",在杭州西湖孤山南麓。苏轼任杭州通判,经欧阳修介绍访西湖僧惠勤。第二年,欧阳修薨逝。又十八年,苏轼知杭州,而惠勤早已去世多年。访其旧居,见惠勤弟子二仲画欧阳修和惠勤像而祀之。数月后,有清泉出惠勤讲堂之后。欧阳修晚年自号"六一居士",因命泉名为"六一泉",或称"欧阳井"。

⑬蹇(jiǎn)驴:跛蹇驽弱的驴子。和靖碑:指北宋隐逸诗人林和靖的墓碑。林和靖,即林逋(967—1028),字君复。曾隐居杭州西湖,结庐孤山,梅妻鹤子。死后,宋仁宗赐谥"和靖",后人称为和靖先生。

⑭选胜:选择胜景。拾翠:拾取翠鸟羽毛以为首饰。后多指妇女游春。语出三国魏曹植《洛神赋》:"或采明珠,或拾翠羽。"

⑮霭:云气,烟雾。

⑯琐:通"锁",封锁,闭锁。晴岚:晴日山中的雾气。

⑰胡蝶:同"蝴蝶"。小英:小花。

⑱娇转:轻柔地鸣叫。转,同"啭(zhuàn)",鸟宛转地鸣叫。

⑲白蘋洲:泛指长满白色蘋花的沙洲。

⑳红蓼(liǎo):蓼的一种。多生长在水边,花呈淡红色。蓼,一年生或多年生草本植物,生长在水边或水中。茎叶味辛辣,可作调味用。

㉑鸂鶒(xīchì):水鸟名。形大于鸳鸯,而多紫色,好并游。俗称紫

鸳鸯。

㉒薄媚:淡雅娇媚的样子。

㉓玉项牌:挂在脖下的玉牌。项,颈的后部,泛指脖子。

㉔乍:突然,忽然。金莲:指女子的纤足。事本《南史·齐纪下·废帝东昏侯》:"凿金为莲华以帖地,令潘妃行其上,曰:'此步步生莲华也。'"

㉕款款:缓缓,慢慢。

㉖浸浸:渐渐。

㉗兰麝:兰与麝香。指名贵的香料。凄迷:指景物凄凉而模糊。葛岭:道教名山胜地,位于西湖北岸,宝石山西面。相传东晋时著名道士葛洪曾于此结庐修道炼丹,故而得名。

㉘绮罗:指穿着绮罗的人,多为贵妇、美女之代称。苏堤:在西湖中。北宋元祐四年(1089),苏轼任杭州知州时,疏浚西湖,堆泥筑堤,南起南屏山麓,北至栖霞岭下,分西湖为内外两湖。其间有桥六座,夹道杂植花柳,有"六桥烟柳"之称。后人为怀念苏东坡浚湖筑堤的政绩,就将这条南北长堤称为苏堤。

㉙画桥:雕饰华丽的桥梁。

㉚夭桃:《诗经·周南·桃夭》:"桃之夭夭,灼灼其华。"后以"夭桃"称艳丽的桃花。

㉛岐路:同"歧路",岔路。

㉜殢(tì):迷恋,沉湎。

㉝招飐:也作"招展",飘扬,摇曳。青旗:青色的旗子,指酒旗。

㉞芳茵:茂美的草地。

㉟金罍:金质或金饰的贮器。琼花:一种珍贵的花,叶柔而莹泽,花色微黄而有香。

㊱琥珀:古代松柏树脂的化石。色淡黄、褐或红褐。

㊲按酒:下酒,下酒物。

㊳茶食:指糖果、脯饵、糕点之类的零食。

㊴兵厨:三国魏阮籍闻步兵校尉厨贮美酒数百斛,营人善酿,乃求为校尉。后因以"兵厨"代称储存好酒的地方。光禄寺:掌管皇室膳食的专职机构。

㊵珍羞:亦作"珍馐",珍美的肴馔。尚食局:古代负责供应皇家伙食的机构。

㊶箫韶:舜乐名。《尚书·益稷》:"箫韶九成,凤凰来仪。"泛指美妙的仙乐。仙音院:蒙古汗国中统元年(1260)设立的掌管乐工的机构。元朝建立后改称玉宸院。亦用以泛称宫廷音乐机构。

㊷云山水陆:义同"山珍海味"。水陆,指水中和陆地所产的食物。烹炮:亦作"烹炰",烧煮熏炙。泛指烹调的手艺。

㊸绿暗红稀:形容暮春时绿荫幽暗、红花凋谢的景象。

㊹武陵溪:指世外桃源,或指仙境。东汉刘晨、阮肇入天台山迷不得返,饥食桃果,寻水得大溪,溪边遇仙女,并获款留。及出,已历七世。复往,不知何所。见《太平御览》卷四一引南朝宋刘义庆《幽明录》。又晋陶潜《桃花源记》载,晋太元中,武陵渔人误入桃花源,见其屋舍俨然,有良田美池,阡陌交通,鸡犬相闻,男女老少怡然自乐。后渔人复寻其处,"遂迷,不复得路"。攒(cuán)砌:堆砌。圈圆:圈套。

㊺太液池:汉代建章宫池名。武帝元封元年(前110)开凿,周回十顷。池中筑渐台,高二十余丈;又起三山,以象瀛洲、蓬莱、方丈三神山,刻金石为鱼龙奇禽异兽之属。另有唐代太液池,在大明宫含元殿北。

㊻王母蟠桃会:神话中西王母在瑶池设的品尝仙桃的宴会。

㊼灵芝港:西湖东南岸柳浪闻莺公园旧有灵芝寺,原为吴越国主的临湖别墅,后因园中生长灵芝,遂舍园为寺。揭席:散席。

㊽寰区:天下,人世间。

㊾中吴:旧时苏州府的别称。此指杭州。形胜:指山川壮美之地。

佳丽:俊美,秀丽。

【解读】

自有西湖以来,写它的作品和作者就非常多,诗、词、曲、文、辞赋,各色体裁都有。当然诗词赞美西湖的作品最多,如白居易《钱塘湖春行》的"乱花渐欲迷人眼,浅草才能没马蹄",苏轼《饮湖上初晴后雨》的"欲把西湖比西子,淡妆浓抹总相宜",杨万里《晓出净慈寺送林子方》的"接天莲叶无穷碧,映日荷花别样红",林升《题临安邸》的"山外青山楼外楼,西湖歌舞几时休",柳永《望海潮》的"重湖叠巘清嘉,有三秋桂子,十里荷花",袁枚《谒岳王墓》的"赖有岳于双少保,人间始觉重西湖"等等,不一而足。元曲中也不少,写西湖的特点,写西湖的繁华,写西湖的好处,从不同角度描摹和赞美西湖的景色,如卢挚的《〔双调〕湘妃怨·西湖》四首,写西湖的四季之景,以及马致远、刘时中、张可久等人唱和之作,竟然发展成了以"首句韵以'儿'字,'时'字为之次,'西施'二字为句绝"的定格曲调,可见西湖的影响力之大而持久。这些佳词妙句,动人心弦,十足的为西湖打足了"广告",坐定了西湖作为游赏胜地的重要地位。

睢玄明这首《〔般涉调〕耍孩儿·咏西湖》与上述吟咏、赞颂西湖的诗文一样,也是一首十足的赞美、推广西湖的广告曲。曲子《耍孩儿》先总写杭州的繁华及山水之美。在作者笔下,西湖的山水就是仙境,末后打了个比方,用西子比西湖,用杨妃比西湖水,非常形象。在《九煞》至《二煞》中,作者具体而微地描写了清明"倾城士庶同游戏"的热闹场面,描述了游赏"欧阳井""和靖碑""白蘋洲""苏堤"等景点的乐趣,描写各色景致以及游赏的氛围,并集中叙写宴饮风物的繁盛,以及一边欣赏歌舞的妍丽,一边欣赏西湖美景的无穷乐趣。《尾煞》极力推赏西湖的无与伦比,合了"上有天堂,下有苏杭"这一民间谚语。西湖美景,可与天堂相媲美,其广告效果自然强烈,震撼人心。

在吟咏、赞美西湖的曲子中,此曲独具特色:一是它体量大,十只曲子组成全套,有时从容闲雅,有时急管繁弦,就像演奏一首交响乐章;二是它写西湖很全面,先总后分,详略得宜,高屋建瓴,写景入微,乐章结束,呼应前文,曲尽其妙;三是它华美而不失雅洁,诗意而不失真实,渲染而不失自然,角度多般,层次井然,春葩丽藻,情景如画。

〔正宫〕叨叨令　　邓玉宾

道　情①

一个空皮囊包裹着千重气②,一个干骷髅顶戴着十分罪③。为儿女使尽些拖刀计④,为家私费尽些担山力⑤。您省的也么哥⑥,您省的也么哥?这一个长生道理何人会?

【作者简介】

邓玉宾,生平不详。元钟嗣成《录鬼簿》将其列入"前辈已死名公有乐府行于世者",并称其为"邓玉宾同知"。后"急流中弃官修道"(邓玉宾《〔中吕〕粉蝶儿》)。《全元散曲》录存其小令四首,套数四套。明朱权《太和正音谱》评其词"如幽谷芳兰"。

【注释】

①道情:曲艺的一种,用渔鼓和简板伴奏。原为道士演唱道教故事的曲子,后来用一般民间故事做题材。

②空皮囊:空的皮袋子。比喻人的肉体,躯壳,言人的躯壳是一个皮做的袋子。

③骷髅:无皮肉毛发的全副死人骨骼或头骨。顶戴:谓头上承物。

④拖刀计:旧小说中指武将假装败走,将刀垂下,乘敌不备,而突然回头攻击之计。

⑤担山力：指将山担走的气力。比喻费尽力气。

⑥您省的也么哥：您知道吗？省，知晓，懂得。也么哥，元明戏曲中常用的衬词。无义。

【解读】

本曲是用"道情"曲艺的形式，讲述人生虚幻、诸般徒劳的道理，意图对世人劝诫，其归旨于修道成仙。"道情"，源于唐代道教在道观内所唱的经韵，为诗赞体。宋代后吸收词牌、曲牌，衍变为在民间布道时演唱的新经韵，又称道歌。用渔鼓、简板伴奏，与鼓子词相类似。之后，道情中诗赞体一支主要流行于南方，为曲白相间的说唱道情；曲牌体一支流行于北方，并在陕西、山西、河南、山东等地发展为戏曲道情，以《耍孩儿》《皂罗袍》《清江引》为主要唱腔，采用了秦腔及梆子的锣鼓、唱腔，逐步形成了各地的道情戏。内容有升仙道化戏、修贤劝善戏、民间生活小戏、历史故事和传奇公案戏四类。本曲属于"升仙道化"类型。

曲子大意是说人只是一个空皮囊内包裹着一重重的气，一个干枯的骨架子头上顶着很多罪孽。为儿为女使尽心机，为家为业费尽力气。您知道吗，这一切都是徒劳，白费心机，倒是有一个长生的道理却没有人理会。曲子最后劝醒世人，不要对人世的事妄想执着，更不要挖空心思、玩弄手段犯下罪孽，要觉悟人生如梦如幻，去追求成道成仙的境界。

〔双调〕雁儿落过得胜令① 邓玉宾子

闲　　适

穷通一日恩②，好弱十年运③。身闲道义尊，心远山林近。　　尘世不同群，惟与道相亲。一钵千家饭④，双凫万里云⑤。经纶⑥,斗许黄金印⑦;逡巡⑧,回头不见人。

　　乾坤一转丸⑨,日月双飞箭。浮生梦一场,世事云千变。　　万里玉门关⑩,七里钓鱼滩⑪。晓日长安近⑫,秋风蜀道难⑬。休干⑭,误杀英雄汉;看看,星星两鬓斑。

　　晴风雨气收,满眼山光秀。寻苗枸杞香,曳杖桄榔瘦⑮。　　识破抱官囚⑯,谁更事王侯?甲子无拘系⑰,乾坤只自由。无忧,醉了还依旧;归休,湖天风月秋。

【作者简介】
　　邓玉宾子,邓玉宾的儿子,名字、籍贯、生平、事迹均不可考。其散曲仅存小令《〔双调〕雁儿落过得胜令》三首。

【注释】
　　①雁儿落过得胜令:由《雁儿落》与《得胜令》两个曲牌组成的带过曲。雁儿落,又称《平沙落雁》,常与《得胜令》连成带过曲。四句,句式为四个五字句,押四平仄韵。得胜令,又称《阵阵赢》《凯歌曲》。八句,句式为四个五字句,两个二、五句,押七个平仄韵。
　　②穷通:困厄与显达。《庄子·让王》:"古之得道者,穷亦乐,通亦乐,所乐非穷通也;道德于此,则穷通为寒暑风雨之序矣。"
　　③好弱:犹好歹,好坏。
　　④一钵千家饭:游方僧手里捧着一个饭钵四处化斋,吃的是千家万户提供的饭菜。《佛祖历代通载》卷十七载:"(梁)明州奉化县布袋和尚……有偈曰:'一钵千家饭,孤身万里游。青目睹人少,问路白云头。'"
　　⑤双凫万里云:脚穿两只鞋行遍万里路之意。《后汉书·方术传上·王乔》:"王乔者,河东人也。显宗世,为叶令。乔有神术,每月朔

望,常自县诣台朝。帝怪其来数,而不见车骑,密令太史伺望之。言其临至,辄有双凫从东南飞来。于是候凫至,举罗张之,但得一只舄焉。乃诏尚方诊视,则四年中所赐尚书官属履也。"

⑥经纶:整理丝缕、理出丝绪和编丝成绳,统称经纶。引申为筹划治理国家大事。

⑦斗许黄金印:像斗差不多大的黄金铸的官印,旧时帝王或高级官员所用。斗,量器。许,表约略估计数。

⑧逡巡:迟疑,犹豫。

⑨转丸:谓转动圆球。多用以比喻顺易。

⑩玉门关:关名。汉武帝置。因西域输入玉石时取道于此而得名。汉时为通往西域各地的门户。故址在今甘肃敦煌西北小方盘城。

⑪七里钓鱼滩:即七里濑,东汉隐士严光钓鱼的地方,在浙江桐庐富春山。

⑫"晓日"句:喻早年奔走,干求功名,但未成功,是所谓长安虽近,但日则距离遥远。这里的"日"喻君王。长安近,典出《世说新语·夙惠》:"晋明帝数岁,坐元帝膝上。有人从长安来,元帝问洛下消息,潸然流涕。明帝问何以致泣,具以东渡意告之。因问明帝:'汝意谓长安何如日远?'答曰:'日远。不闻人从日边来,居然可知。'元帝异之。明日,集群臣宴会,告以此意,更重问之。乃答曰:'日近。'元帝失色曰:'尔何故异昨日之言邪?'答曰:'举目见日,不见长安。'"

⑬"秋风"句:喻仕途的坎坷。秋风,指岁月已暮。蜀道难,谓入蜀道路的艰难。蜀,指四川一带。

⑭休干:休要干求。干,干求,干谒。

⑮桄榔:木名。俗称砂糖椰子、糖树。常绿乔木,羽状复叶,小叶狭而长,肉穗花序的汁可制糖,茎中的髓可制淀粉,叶柄基部的棕毛可编绳或制刷子。

⑯抱官囚:谓做官不自由有如囚犯。指贪恋禄位的人。宋黄庭坚

《四休居士》之一："富贵何时润髑髅，守钱奴与抱官囚。"

⑰甲子：甲，天干的首位；子，地支的首位。古代以天干和地支递次相配，如甲子、乙丑、丙寅之类，统称甲子。从甲子起至癸亥止，共六十，故又称为六十甲子。古人用以纪日或纪年。这里泛指岁月，光阴。

【解读】

第一首，讲穷通、好坏都是君王或命运所安排，自己做不得主。比穷通、好坏更尊贵的东西，那就是道义。所以心就逐渐远离红尘的富贵，而接近山林隐居清静的生活。作者认识到，自己与尘世所追求的是不一样的，觉得与道比较亲近，所以，他羡慕闲云野鹤、万里游方、自由洒脱的生活。至于辅佐君王治理国家，最多获得的是斗大金印、禄位之类的东西，但里面所存在的险恶，只要稍作犹豫，回头再看，瞬间就不见了你自己。曲中用了布袋和尚"一钵千家饭"和东汉仙人王乔"双凫"的典故，抒发了作者追求自由自在生活的志向。

第二首，写天地像"转丸"那样变动不居，时光过得飞快。世事像云彩那样千变万化，浮生就像梦一场。不管是立功万里之外，最终还是要回到自己的家乡，过闲适自在的日子。这里用了班超出使西域三十一年，立功封侯的故事，但最终还是"但愿生入玉门关"（《后汉书·班超传》）；又用了严子陵不愿为官，隐居桐庐富春山垂钓的故事。"晓日长安近，秋风蜀道难"两句用《世说新语》晋明帝"日近""日远"的故事，以及李白"蜀道之难难于上青天"的典故，讲述了作者早年也曾到京城干求功名，但未成功；现在年事已高，这条路就更难以攀登了。以自身的经历和感受，劝世人，真的不要对功名作过多干求，仕途的险恶误杀了多少英雄汉；转眼之间，你就可以看到满鬓的白发了。

第三首，写识破了"抱官囚"的滋味后，就不再干求功名，奔走服事王侯了。退居山林，自然的风光，自由的生活，使作者深深体会到无忧无虑的日子之可贵，所以劝导仕途上的人不如早点归去，湖光山色中有美好的境界。

以上三首作品,表现了作者对社会黑暗以及为官危险的深刻认识,因"识破抱官囚"而不愿再"事王侯",所以走上了"尘世不同群""心远山林近"的隐居道路。作者深受老庄道家思想的影响,认为人生如梦,祸福无常,看破红尘之后,"惟与道相亲",持一种消极避世的人生态度。虽然不满于现实,却只在山光水色以及道家教义中寻求解脱,虽洒脱可喜,但也自有其局限。曲作韵律和谐,用典自如,既有自我感情的抒发,又有深刻的人生哲理的传达,堪称元人散曲中的佳作。

〔仙吕〕寄生草①

查德卿

感　叹

姜太公贱卖了磻溪岸②,韩元帅命博得拜将坛③。羡傅说守定岩前版④,叹灵辄吃了桑间饭⑤,劝豫让吐出喉中炭⑥。如今凌烟阁一层一个鬼门关⑦,长安道一步一个连云栈⑧。

【作者简介】

查德卿,生平、里籍均不详。元钟嗣成《录鬼簿》失载。明朱权《太和正音谱》将其列于"词林英杰"一百五十人之中。明李开先评元人散曲,首推张可久、乔吉,次则举及查德卿(见《闲居集》卷五《碎乡小稿序》),可见其知名度较高。《全元散曲》录存其小令二十二首。

【注释】

①寄生草:仙吕宫曲牌,定格句式为三三、七七七、七七,七句五韵,但此篇用了大量的衬字。

②"姜太公"句:相传姜太公(吕尚)曾隐于磻溪(今陕西宝鸡东

南),后遇周文王,又辅佐周武王灭商纣。这里是说轻易离开了磻溪去做官,不值得。

③"韩元帅"句:韩信初从项羽,因不被重视而归于刘邦。在萧何举荐下,刘邦筑坛拜韩信为大将,终辅佐刘邦得天下。命博得,用性命换得。

④"羡傅说"句:意为傅说不出仕才是值得羡慕的。傅说为殷高宗武丁时贤相,相传原为筑墙的奴隶。岩,即傅岩(在今山西平陆)。版,即筑版。古时筑墙,以两版相夹,填土夯实,去版而墙成,俗称"干打垒"。

⑤"叹灵辄"句:意为灵辄受了赵宣子一饭之恩,就用性命去报答,也很不值得。灵辄,春秋时期晋国侠士。据《左传·宣公二年》载,晋灵公时大夫赵宣子于首阳山(今山西永济蒲州南)打猎,在桑阴中遇到饿昏过去的灵辄,便给他东西吃。灵辄吃了一半,将另一半留与自己的母亲。后晋灵公要刺杀赵宣子,派灵辄作伏兵,他倒戈救了赵宣子,以报当年一饭之恩。

⑥"劝豫让"句:豫让为春秋战国间晋国人,曾事于智伯,深受信用。后智伯为赵襄子所灭。豫让便以漆涂身,吞炭变哑,暗伏桥下,谋刺赵襄子,为智伯报仇。因事败被絷而自杀。这句是说豫让何必吞炭,言外之意也是不值得的。

⑦凌烟阁:封建王朝为表彰功臣而筑的高阁。唐太宗贞观十七年(643),画开国功臣长孙无忌、杜如晦、魏徵、尉迟敬德等二十四人图像于凌烟阁。太宗作赞,褚遂良题阁,阎立本画像。

⑧"长安道"句:形容仕途艰险。连云栈,栈道名。在陕西汉中地区,古为川陕之通道。自凤县东北草凉驿南至开山驿,全长约四百七十里。战国时秦惠王伐蜀所经之栈道,汉张良劝刘邦烧绝所过栈道,皆指此。此泛指危途。

【解读】

此曲几乎通篇用典,借姜太公、韩信、傅说、灵辄、豫让以及凌烟阁上的功臣等事迹,写仕途的险恶,否定功名富贵。此曲自始至终几乎是在全面地质疑传统的价值观,从中可看出元代读书人在压抑与失落中对历史与人生的冷峻反思,带有鲜明的时代烙印。

姜太公为周朝开国元勋,韩信被刘邦拜为大将,二人结局不同,但出仕为官,将自由自在的生活换成名缰利锁则是一样的。这是对自古以来人们孜孜追求的功名的大胆否定。以下三句,借评品历史人物,表明与统治阶级不合作的态度。傅说为商王武丁大臣,灵辄为报一饭之恩而舍命救赵宣子,豫让为替主报仇,不惜以漆涂身,吞炭作哑。对上述为统治阶级卖命的行为,作者并不认同,而是持反对的态度。三句排比而下,淋漓酣畅,表达了作者蔑视统治阶级的激愤情绪。末两句极力渲染仕途之险,把全篇感情推向高潮。凌烟阁是唐太宗画功臣图像的地方,长安道指仕途。作者把凌烟阁指为是黑暗的地狱,这是对旧时代伦理的大胆批判。全曲三个层次,层层递进。排比对仗的运用,使愤懑之情表达得淋漓恣肆。大量使用衬字,一唱三叹的节奏,加强了艺术效果。

〔仙吕〕一半儿　　　　查德卿

拟美人八咏·春妆

自将杨柳品题人①,笑捻花枝比较春,输与海棠三四分②。再偷匀,一半儿胭脂一半儿粉。

【注释】

①品题:谓评论人物,定其高下。

②海棠：落叶乔木，叶子卵形或椭圆形，春季开花，白色或淡红色。品种颇多，供观赏。

【解读】

查德卿《〔仙吕〕一半儿·拟美人八咏》共有八首，此曲咏"春妆"。写一女子常拿杨柳作比方对他人进行评价。柳树枝条轻柔细长，姿态婆娑，十分妩媚动人，所以古人多以喻美丽的女子。如"柳腰"指女子身材苗条，"柳眉"指女子的眉毛秀美，"柳眼"指女子睡眼初展如早春初生的柳叶……但对于自己，她则换了一个角度，是用花来比较。结果，在跟海棠花进行比对之后，她认为自己颜色要逊于海棠花很多，所以赶紧取出胭脂、水粉之类的化妆品对自己重新进行梳妆打扮。又生怕人知道，所以用"偷匀"字眼，将女子爱美争胜的心思描画得淋漓尽致。

海棠花花姿潇洒，花开似锦，自古以来是雅俗共赏的名花，素有"国艳"之誉。据明代《群芳谱》记载，海棠有四品：西府海棠、垂丝海棠、木瓜海棠和贴梗海棠。一般的海棠花无香味，只有西府海棠既香且艳，是海棠中的上品。西府海棠花形较大，四至七朵成簇朵朵向上。其花未开时，花蕾红艳，似胭脂点点；开后则渐变粉红，有如晓天明霞。北京故宫御花园、颐和园和天坛等皇家园林中就种有西府海棠。每到暮春季节，朵朵海棠迎风峭立，花姿明媚动人，楚楚有致，使名园胜景增色不少。正因为海棠花艳美，所以历来中国文人对它的描写和赞美的诗文很多，如郑谷《海棠》"秾丽最宜新著雨，娇娆全在欲开时"，苏轼《海棠》"只恐夜深花睡去，故烧高烛照红妆"，《寓居定惠院之东，杂花满山，有海棠一株，土人不知贵也》"江城地瘴蕃草木，只有名花苦幽独。嫣然一笑竹篱间，桃李漫山总粗俗"，王淇《春暮游小园》"一从梅粉褪残妆，涂抹新红上海棠"，王安石《海棠花》"绿娇隐约眉轻扫，红嫩妖娆脸薄妆"，陈与义《春寒》"海棠不惜胭脂色，独立蒙蒙细雨中"，洪适《好事近》"烂漫海棠花，多谢东君留得"等等。或描写海棠的秾丽鲜艳，或描写海棠的妖娆烂漫，或描写海棠的清雅幽姿，都对海棠褒赞有加。所以"美人"拿海棠来比照,是对自己拥有"国色天香"资质的一种自信。

〔双调〕雁儿落过得胜令　　吴西逸

叹　世

春花闻杜鹃①,秋月看归燕②。人情薄似云,风景疾如箭③。　　留下买花钱④,趱入种桑园⑤。茅苫三间厦⑥,秧肥数顷田。床边,放一册冷淡渊明传。窗前,抄几联清新杜甫篇。

【作者简介】
吴西逸,生平、里居不详。约元仁宗延祐(1314—1320)末前后在世。阿里西瑛作《懒云窝》成,自题《殿前欢》,吴西逸及贯云石皆有和作,可知年代相近或同时。工散曲。现存小令四十七首。明朱权《太和正音谱》评其词"如空谷流泉"。

【注释】
①杜鹃:鸟名。又称子规。其啼声似"不如归去",旧时常用以作思归或催人归去之辞,也表示消极求退。
②归燕:指因秋冬寒冷,回归南方的燕子。
③风景:景况,情景。
④买花钱:旧指狎妓费用。宋俞国宝《风入松》:"一春长费买花钱,日日醉花边。"
⑤趱(zǎn):赶快,加快。
⑥苫(shàn):覆盖,遮蔽。

【解读】

此曲前四句是《雁儿落》,后八句是《得胜令》,因两调音律可以衔接,而作者填完前调意犹未尽,故兼而连带填后调,是谓"带过"。全曲主要叙写作者对光阴易逝、家道中落的切身感受,抒发了其作计归隐园田、过上自给自足生活的理想和感慨。

一、二句借物起兴,慨叹人生苦短,流光易逝。三、四句而后,则叙写人情淡薄,看看日子越过越紧,所以作者赶紧将"买花钱"留下。"买花钱"是指狎妓的费用,这一般是有钱或有权的人流连烟花柳巷的支出。前头一句"风景疾如箭",推测作者遭遇了比较大的变故,家境一落千丈,所以切身感受到世事沧桑——"人情薄似云"。因此,赶紧将平时流连烟花柳巷的钱截留下来,买数亩桑园,盖几间草屋,种几顷稻田,过自给自足的田园生活。最后几句,"床边,放一册冷淡渊明传",表示与渊明同调,避世隐居;"窗前,抄几联清新杜甫篇",杜甫是典型的现实主义者,关心下层人民的生活和感受,所以暗喻作者并未忘情世事。

此曲平易浅近,纯用白话口语,自有其天然淳真之美。全部用对偶句,对仗工整,衔接紧密,转换自然,俗中见雅,颇见功力。

〔双调〕沉醉东风

孙周卿

宫　　词

双拂黛停分翠羽①,一窝云半吐犀梳②。宝靥香③,罗襦素④,海棠娇睡起谁扶⑤?肠断春风倦绣图,生怕见纱窗唾缕⑥。

花月下温柔醉人,锦堂中笑语生春⑦。眼底情,心间恨,到多如楚雨巫云⑧。门掩黄昏月半痕,手抵着牙儿自哂⑨。

【作者简介】

孙周卿,生平不详,约元仁宗延祐(1314—1320)末前后在世。孙楷第《元曲家考略》谓古汴(今河南开封)人,曾客游湘南、巴丘。有女儿孙蕙兰,女诗人,嫁诗人傅若金,23岁病逝。《全元散曲》录存其小令二十三首。

【注释】

①拂黛:涂上青黑色。停分:平分。翠羽:指眉毛。

②犀梳:犀角制的梳子。

③宝靥:花钿,古代妇女首饰。

④罗襦(rú):绸制短衣。襦,短衣,短袄。襦有单、复,单襦则近乎衫,复襦则近袄。

⑤海棠娇睡:比喻美人刚睡醒时娇媚慵懒的样子。用杨贵妃醉酒,而唐玄宗笑其"真海棠睡未足耳"之典。

⑥唾缕:古代女子织绣将要换线结束时用口咬断丝线,吐出来的断线头。

⑦锦堂:色彩鲜艳华美的厅堂。

⑧到多如:倒是比……还多。楚雨巫云:楚地巫峡的云和雨,多比喻男女幽情。

⑨自哂(shěn):独自发笑。哂,微笑。

【解读】

作者《沉醉东风·宫词》共两首。主要写年轻美貌的宫女在幽深寂寞的后宫中感伤春光逝去、孤独无助的惆怅心情。

第一首,前四句写宫女的外貌衣着,"双拂黛停分翠羽",指她把眉毛画成青黑色。"一窝云半吐犀梳",描写少女刚刚睡醒起来,正在梳妆的情态,像云朵一样蓬松的头发正用犀梳梳理着。"宝靥香,罗襦素",脸上贴着花钿,身着短绸衣。"海棠娇睡起谁扶",像海棠刚刚睡醒那娇媚慵懒的情状,好像要人将她扶起来。此用杨贵妃典,《冷斋夜话》卷一:"上皇登沈香亭,诏太真妃子。妃子时卯醉未醒,命力士从侍儿扶掖而至。妃子醉颜残妆,鬓乱钗横,不能再拜。上皇笑曰:'岂是妃子醉,真海棠睡未足耳。'"末二句,"肠断春风倦绣图",突然一转,写少女的心态。春光易逝,伤春遂生,春愁遂长,由长久的孤寂无望遂导致"肠一日而九回"。宫女平常的职事只是梳妆打扮和刺绣之类,日日重复着类似机械的、冷漠的、无聊的工作,宫女对它的倦怠、厌弃之情是可想见的。"生怕见纱窗唾缕"一句,看见吐弃在纱窗底下的"唾缕",由此"唾缕"而引起对自身的伤感。"唾缕"一词,一语双关,既是指刺绣结束时口咬丝线吐出的线头,又暗喻年华易逝、容颜老去后宫女形同"唾缕"的命运。全曲将宫女怀春、伤春而惧怕青春易逝的心理活动刻画得细致入微,生动别致。

第二首宫词写幽居深宫的宫女夜晚的孤寂和自伤自嘲,题材虽不出宫怨范围,却别具特色。且不说曲中赏心乐事之景与空虚孤寂之恨的强烈对比,也不说写情之滋生、恨之繁衍所用的比喻手法,单提最后一句"手抵着牙儿自哂"。在这里,宫女的情感并非一味地沉陷在悲愁之中,而是明知无望,索性不去想它,坐在窗前,手抵着牙儿,嫣然地自嘲一笑。这反映了少女情绪的易变,既易于自宽自解,也反映了天真烂漫性格的一面。全曲用反衬对比的手法,把宫女对美好青春生活的向往和孤寂的愁绪写得细腻传神,声情并茂。

〔双调〕水仙子

孙周卿

山居自乐

西风篱菊灿秋花,落日枫林噪晚鸦。数椽茅屋青山下①,是山中宰相家②,教儿孙自种桑麻。亲眷至煨香芋③,宾朋来煮嫩茶,富贵休夸。

功名场上事多般,成败如棋不待观。山林寻个好知心伴,要常教心地宽,笑平生不解眉攒④。土炕上蒲席厚,砂锅里酒汤暖,妻子团圞⑤。

朝吟暮醉两相宜,花落花开总不知。虚名嚼破无滋味,比闲人惹是非,淡家私付与山妻⑥。水碓里春来米⑦,山庄上线了鸡⑧,事事休提。

【注释】

①椽(chuán):指房屋的间数。

②山中宰相:比喻隐居的高贤。南朝梁陶弘景隐居于句容句曲山(即茅山,在江苏省西南部)。梁武帝时礼聘不出,国家每有大事常前往咨询,时人称之为"山中宰相"。见《南史·隐逸传下·陶弘景》。后亦用以称有宰相之才而不用于世之士。

③亲眷:亲戚眷属。煨(wēi):把生的食物放在带火的灰里使烧熟。香芋:豆科土圞儿属多年生蔓生草本植物,块茎外观似小土豆,直径一般二至四厘米,表皮黄褐色,其肉似薯类,但味道好似板栗,甘而芳香,食后余味不尽,故名香芋。

④不解眉攒:不懂得皱眉。攒(cuán),簇聚,聚集。
⑤团圞(luán):团圆,团聚。
⑥家私:家庭私事,家务;家产,家财。
⑦水碓:利用水力舂米的器械。碓(duì),舂米的工具。最早是一臼一杵,用手执杵舂米。后用柱架起一根木杠,杠的一端装一块圆形的石头,用脚踏另一端,石头连续起落,脱去下面臼中谷粒的皮。尔后又有利用畜力、水力等代替人力的,使用范围亦扩大。舂(chōng):把东西放在石臼或乳钵里捣掉皮壳或捣碎。
⑧线鸡:又称阉鸡。指用刀之类的器具将小公鸡的睾丸劁割掉。

【解读】

这三首曲子,名为"山居自乐",写作者山居生活的快乐。在看破了名利之后,作者退隐山林,过上了自耕自足、家人团聚的生活。这种生活是自然的、自在的,也是快乐的、幸福的。

第一首,写几间茅屋,建在青山脚下,篱边种了菊,正开着花。西风吹拂,菊花灿烂,点明这是晚秋之景。落日映照枫林,晚鸦回巢,在屋前的树林间鸣叫着。"是山中宰相家",写明自己退隐下来,并不是无能,而是有宰相之才,内心的骄傲跃然纸上,也表明了对当时黑暗政治的反感和愤懑。末后"教儿孙自种桑麻"几句,描写的完全是自耕自足,与山民一样的自然自在的生活,表明作者已经融入了普通山民的环境。

第二首,叙述功名险象环生,成败如棋局局新。作者退隐山林,寻个知心的人儿,劝她心地要放宽大,本来作者自己平时是从不懂忧愁之事,所以只求能够温饱,家人团聚,就是最好的生活了。

第三首,写山居生活,吟吟诗,喝喝酒,不再过问世间事,什么虚名,什么是非,都统统放置一旁。就连薄淡的家资、家务都交给妻子去管,自己是一样不管,如水碓舂米、山庄线鸡之事,都不要跟他提起。作者就这样将自己定位成了一个"甩手掌柜",不,连"掌柜"都不要做,

245

就完全是个"闲人"。在空中过活,这是一种理想的"山居自乐"的状态。

曲子文辞雅洁,浅易自然,情调冲淡,韵味悠长。

〔正宫〕端正好^①

邓学可

乐　　道

撇了是和非,掉了争和斗^②。把俺这心猿意马牢收。我则待舞西风两叶宽袍袖,看日月搬昏昼。

〔滚绣球〕^③千家饭足可求,百衲衣不害羞^④。问是么破设设遮着皮肉^⑤,傲人间伯子公侯^⑥。我则待闲遥遥唱个道情^⑦,醉醺醺的打个稽首^⑧。抄化圣汤仙酒^⑨,藜杖瓢钵便是俺的行头^⑩。我则待今朝有酒今朝醉,明日无钱明日求,到大来散诞无忧^⑪。

〔倘秀才〕有一等积书与子孙未必尽收,有一等积金与子孙未必尽守,我劝你莫与儿孙作马牛。今日个云生山势巧,来日个霜降水痕收,怎敖得他乌飞兔走^⑫!

〔滚绣球〕恰才见元宵灯挑在手,又见清明门前插杨柳。正修禊传觞曲水^⑬,不觉的击鼍鼓竞渡龙舟^⑭。恰才是七月七,又早是九月九^⑮。咱能够几番儿欢喜厮守?都在烦恼中过了春秋。你见这纷纷的世事怎待要随缘过,都不顾急急光阴似水流,白了人头。

〔倘秀才〕有一等人造花园磨砖砌甃^⑯,有一等人盖亭馆雕梁画斗^⑰,费尽功夫得成就。今日做了张家地,明朝做了李家楼,刚一似翻手覆手。

〔滚绣球〕划荆棘做沼池⑱,去蓬蒿广栽花柳。四时间如开锦绣,主人家能几遍价来往追游⑲。俺这里亭台即渐衰,花木取次休,荆棘又还依旧,使行人叹源流。往常时奇花异卉千般绣,今日都做了野草闲花满地愁,这不是叶落归秋!

〔呆骨朵〕休言道尧舜和桀纣⑳,则不如郝王孙谭马丘刘㉑。他每是文中子门徒㉒,亢仓子志友㉓。休言为吏道张平叔㉔,烟月的刘行首㉕。则不如阐全真王祖师㉖,道不如打回头马半州㉗。

〔醉太平〕汉钟离本是个帅首㉘,蓝采和是个俳优㉙。悬壶子本不曾去沽酒㉚,铁拐李火焚了尸首㉛。贺兰仙引定个曹国舅㉜,韩湘子会造逡巡酒㉝。吕洞宾三醉岳阳楼㉞,度了一株绿柳。

〔尾〕休言功行何时就,得到玄关便可投㉟。人我场中枉驰骤㊱,苦海波中早回首。四大神游㊲,三岛十洲㊳,神仙隐迹埋名,他则待目前走。

【作者简介】

邓学可,里籍、生平均不详。道士。约元仁宗延祐(1314—1320)中前后在世。与诗人张雨友善。工曲。著有《自然集》。

【注释】

①端正好:曲牌名,属仙吕宫,用于剧曲。又正宫中亦有《端正好》调,用于剧曲和散曲套数。基本定格为:五五七七五,一平韵,三仄韵,可加衬字。

②掉：抛开，丢下。

③滚绣球：曲牌名，属正宫，用于剧曲和散曲套数。以下《倘秀才》《呆骨朵》《醉太平》均同。

④百衲衣：僧衣。即袈裟。百衲，形容补缀之多。

⑤是么：什么。破设设：形容破破烂烂。设设，语助词，无义。

⑥伯子公侯：古代五等（公、侯、伯、子、男）爵位中的前四种。这里泛指有爵位的贵族。

⑦闲遥遥：形容悠闲自得或闲散无聊。

⑧稽首：古时一种跪拜礼，叩头至地，是九拜中最恭敬者。在道士，则举一手向人行礼为稽首。

⑨抄化：募化，求乞。

⑩藜杖：用藜草的老茎做的手杖，质轻而坚实。

⑪散袒：逍遥自在。

⑫敖：同"熬"，煎熬，忍耐，勉力支撑。乌飞兔走：谓光阴流逝。乌，指日。兔，指月。

⑬修禊(xì)：古代民俗于农历三月上旬的巳日（三国魏以后始固定为三月初三）到水边嬉戏，以祓除不祥，称为修禊。传觞流曲：即流觞曲水。于环曲的水流旁宴集，在水的上流放置酒杯，任其顺流而下，杯停在谁的面前，谁就取饮。此句指上巳节。

⑭鼍(tuó)鼓：用鼍皮蒙的鼓，其声亦如鼍鸣。鼍，扬子鳄，也称鼍龙、猪婆龙。此句指端午节。

⑮七月七：乞巧节。九月九：重阳节。

⑯甃(zhòu)：砖砌的井壁。

⑰斗：斗拱。拱是建筑上弧形承重结构，斗是垫拱的方木块。

⑱划：同"铲"，削除。沼(zhǎo)池：水池，池塘。

⑲价：语尾助词，相当于今之地、个、儿等。

⑳尧舜：唐尧和虞舜的并称。远古部落联盟的首领，古史传说中

的圣明君主。桀纣：夏桀和商纣的并称。相传都是暴君，故后用以泛指暴君。

㉑郝王孙谭马丘刘：指道教"全真七子"，全真道创始人王重阳的七位嫡传弟子。即马钰（丹阳子）、丘处机（长春子）、谭处端（长真子）、王处一（玉阳子）、郝大通（太古子）、刘处玄（长生子）和马钰之妻孙不二（清静散人）。

㉒他每：他们。文中子：王通（584—617），字仲淹，道号文中子。河东郡龙门县通化镇（今山西万荣）人。隋代著名教育家、思想家、道家。著有《续书》《续诗》《元经》《礼经》《乐论》《赞易》。死后，其弟子仿《论语》而编《中说》。此书提出了"三教合一"的思想，为后世所重视。

㉓亢仓子：又名庚桑子、亢桑子。春秋时期陈国人。老子的弟子。道教祖师之一，被尊为洞灵真人。志友：志同道合的朋友。

㉔为吏道的张平叔：指曾任过府吏的张紫阳。张伯端（984—1082），字平叔，号紫阳、紫阳山人。天台（今属浙江）人。北宋时期著名高道，道教内丹派南宗开山之祖，全真道南五祖之首，敕封"紫阳真人"。涉猎儒、释、道三家，以至刑法、书算、医卜、战阵、天文、地理，无不留心详究。曾科考不利，任台州临海（今属浙江）府吏数十年。

㉕烟月：烟花风月，指风流韵事。刘行首：元代杨景贤《马丹阳度脱刘行首》（简称《刘行首》）中的主要人物。该剧写全真祖师王重阳遇唐明皇时管玉斝的女鬼求他超度，王令她先转世为妓女刘倩娇。二十年后王的弟子马丹阳奉命度刘出家，于是她摆脱鸨母和与她相爱的林员外的阻挠，出家修道，从而成仙。行首，宋元时称上等妓女。后为名妓的泛称。

㉖阐全真王祖师：阐发全真教的祖师王重阳。王重阳（1112—1170），道教全真道创始人。原名中孚，字允卿，入道后改名嚞，字知明，号重阳子。咸阳（今属陕西）人。曾遇异人传修炼秘诀，即弃家住

终南山修道。后往山东讲道,并制定道士出家的制度。其弟子丘处机正式建立全真道后,尊他为教祖。

㉗打回头:转身回去。马半州:马从义(1123—1183),字宜甫。入道后更名钰,字玄宝,号丹阳子,世称马丹阳。山东宁海(今山东牟平)人。家富,号"马半州"。弱冠能诗,擅针灸。金大定七年(1167)七月,王重阳到宁海传道,遂与妻孙不二师事。后抛弃巨大家业,皈依重阳出家。王重阳逝世后,成为全真道第二任掌教。以修炼、传承他的教理、思想为主的门人派别,称为全真遇仙派。

㉘汉钟离(168—256):姓钟离,名权,字云房,一字寂道,号正阳子。咸阳(今属陕西)人。中国民间及道教传说中的八仙之一。原型为东汉大将,故称汉钟离。后入晋州羊角山隐居。道成,自称"天下都散汉钟离权"。全真道尊为"正阳祖师",后列为全真北宗第二祖。帅首:军队中的主帅。

㉙蓝采和(615—760):真实姓名不详。中国民间及道教传说中的八仙之一。唐朝人,在淮南道濠州钟离濠梁之上(今安徽凤阳)得道成仙。元代杂剧《蓝采和》说他姓许名杰,字伯通。蓝采和是他的乐名。他常穿破蓝衫,一脚穿靴,一脚跣露,手持大拍板,行于闹市,乘醉而歌,周游天下。俳优:古代以乐舞谐戏为业的艺人。

㉚悬壶翁:壶公,又名玄壶子。传说中的仙人。《后汉书·方术传下·费长房》:"费长房者,汝南人也。曾为市掾。市中有老翁卖药,悬一壶于肆头,及市罢,辄跳入壶中。市人莫之见,唯长房于楼上睹之,异焉,因往再拜……遂能医疗众病。"宋元时,道教八仙尚不固定,悬壶翁时被列入八仙。

㉛铁拐李:中国民间及道教传说中的八仙之一。相传姓李,曾遇太上老君得道。神游时因其肉身误为徒弟火化,游魂无所依归,乃附一饿死者的尸身而起。蓬首垢面,坦腹跛足,并用水喷倚身的竹杖,变成铁杖,故称铁拐李。

㉜贺兰仙:即何仙姑,传说中的女仙,道教八仙之一。曹国舅:道教八仙之一。传说为宋仁宗曹太后之弟,名友,入山修道,被汉钟离、吕洞宾度去成仙。

㉝韩湘子:道教八仙之一。原称韩湘,字清夫。韩愈的侄子。拜吕洞宾为师学道。擅吹洞箫,道教音乐《天花引》相传为韩湘子所作。逡巡酒:传说中神仙酿造的顷刻即成之酒,也称"顷刻酒"。唐韩若云《韩仙传》载,湘欲度其叔愈。会愈宴集朋僚,湘赴宴,劝愈弃官学道,呈愈诗有"解造逡巡酒,能开顷刻花"等句,愈斥为异端,不从。湘乃以径寸葫芦酌酒遍饮座客,又以火缶载莲,顷刻开花,花上有字成联云:"云横秦岭家何在?雪拥蓝关马不前。"愈终不悟,乃别去。后愈以谏迎佛骨事贬刺潮州,别家赴任,经蓝关,值大雪,马毙于道。湘忽至,愈悟曰:"子言验矣!"湘护愈抵任,最后乃度愈成仙。

㉞吕洞宾:传说中的人物,道教八仙之一。名岩,字洞宾,道号纯阳子。河东蒲州河中府(今山西芮城永乐镇)人。咸通中及第,两调县令。后移家终南山修道,不知所终。一说,屡举进士不第,游江湖间,遇钟离权授以丹诀而成仙。元代封为"纯阳演政警化尊佑帝君",通称吕祖。马致远著杂剧《吕洞宾三醉岳阳楼》,写吕洞宾三到岳阳楼,度化柳树精和白梅花精成仙。全剧共四折一楔子。

㉟玄关:佛教称入道的法门。

㊱人我:他人与我。借指尘世。驰骤:驰骋,疾奔。

㊲四大:道家以道、天、地、人为四大。

㊳三岛十洲:泛指仙境。三岛,指传说中的蓬莱、方丈、瀛洲三座海上仙山。十洲,道教称大海中神仙居住的十处名山胜境。《海内十洲记》:"汉武帝既闻王母说八方巨海之中有祖洲、瀛洲、玄洲、炎洲、长洲、元洲、流洲、生洲、凤麟洲、聚窟洲。有此十洲,乃人迹所稀绝处。"

【解读】

此套曲收在隋树森编《全元散曲》最后"无名氏"《自然集》中,有

注:"此套《太平乐府》卷六属邓学可。"《自然集》,道经名,一卷。原不著撰人,应为元代道士邓学可撰。底本出《正统道藏·太平部·自然集》。

《自然集》中的曲子都是"道情"曲。此曲主要讲述光阴迅速,人生虚幻,应抛开是非、争斗,志心学道修仙。与其他避世隐居的曲词同样都有劝世、警世的成分。

曲中以全真教为主,列叙了许多道教或传说中的神仙人物,对于了解道教的主要思想和行迹有一定意义。文辞浅易通俗,也自然谐趣。

〔正宫〕端正好　　　　　　邓学可

我做的利己脱身术①,恁做的害众成家活②,恁道我风魔你更风魔。俺这里无名无利都参破,你利害有他这天来大。

〔滚绣球〕俺这里,笑一合,利名场朗然识破。没来由为儿女劫劫波波③,便攒下不义财④,积下些无用货。死临头怎生逃躲,少不的打轮回作马骡。明放着天堂有路人行少,地狱无门去的多,落落魄魄⑤。

【注释】

①脱身:抽身,逃出险境。
②恁:你。害众:伤害众人。家活:家业,财产。
③劫劫波波:勤勉忙碌貌。
④攒(zǎn):汇聚,积聚。
⑤落落魄魄:指失去魂魄,失魂落魄。

【解读】

这也是《自然集》中讲"道情"的作品之一,自然也具有劝世的作用。

《端正好》以"我"和"你"作为对立的双方来比较,讲的是,我修道,是为的成仙,为的利己,为的逃离尘世这个险境。这个"利己"不是我们普通意义上的利己主义,它是指从人生命的角度来完善自己,利益自己,有追寻生命终极意义的意思,而非指俗世斤斤计较的利益而言。而"我"的另一方,"你",这是众人的泛称,整天忙忙碌碌,为的是财产家业的增长,再不关注生命的意义。俗世中的人平时对于修道的人也是看不起的,认为修道的人像发了癫的疯子,而修道的人认为俗世中的人则更为疯癫。修道的人是参破了名利,看透了俗世的虚幻,而凡夫俗子是不懂其中的利害的。

《滚绣球》曲子,讲述"我"参破了名利场的虚幻,所以对这些整日为儿女奔波忙碌的人是不以为然,且心生怜悯的。"你"积下些不义财和无用的东西,终究解决不了生死的问题。佛教认为人死后会落入六道轮回,所以修道,是为达到觉悟涅槃之境,不再六道轮转。中期道教显然也吸取了佛教的这种轮回思想,要超脱生死,修道成仙,这是解决生命终极意义的最重要的追求。最后,劝勉世人,要修天堂的路,莫入地狱的门,免得在生死的路上失魂落魄。

〔正宫〕端正好　　　　刘时中

上高监司①

众生灵遭磨障②,正值着时岁饥荒。谢恩光③,拯济皆无恙④,编做本词儿唱。

〔滚绣球〕去年时正插秧,天反常,那里取若时雨降⑤?旱魃生四野灾伤⑥。谷不登⑦,麦不长,因此万民失望,一日日物价高涨。十分料钞加三倒⑧,一斗粗粮折四量⑨,煞是凄凉。

〔倘秀才〕殷实户欺心不良⑩,停塌户瞒天不当⑪,吞象心肠歹伎俩⑫。谷中添粃屑⑬,米内插粗糠,怎指望他儿孙久长。

〔滚绣球〕甑生尘老弱饥⑭,米如珠少壮荒。有金银那里每典当⑮?尽枵腹高卧斜阳⑯。剥榆树餐,挑野菜尝。吃黄不老胜如熊掌⑰,蕨根粉以代糇粮⑱。鹅肠苦菜连根煮⑲,荻笋芦蒿带叶噇⑳,则留下杞柳株樟㉑。

〔倘秀才〕或是捶麻柘稠调豆浆㉒,或是煮麦麸稀和细糠,他每早合掌擎拳谢上苍㉓。一个个黄如经纸㉔,一个个瘦似豺狼,填街卧巷。

〔滚绣球〕偷宰了些阔角牛,盗斫了些大叶桑。遭时疫无棺活葬㉕,贱卖了些家业田庄。嫡亲儿共女,等闲参与商㉖。痛分离是何情况!乳哺儿没人要撇入长江㉗。那里取厨中剩饭杯中酒,看了些河里孩儿岸上娘,不由我不哽咽悲伤!

〔倘秀才〕私牙子船湾外港㉘,行过河中宵月朗,则发迹了些无徒米麦行㉙。牙钱加倍解㉚,卖面处两般装,昏钞早先除了四两㉛。

〔滚绣球〕江乡相㉜,有义仓㉝,积年系税户掌。借贷数补答得十分停当,都侵用过将官府行唐㉞。那近日劝粜到江乡㉟,按户口给月粮。富户都用钱买放㊱,无实惠尽是虚桩㊲。充饥画饼诚堪笑,印信凭由却是谎㊳,快活了些社长知房㊴。

〔伴读书〕磨灭尽诸豪壮,断送了些闲浮浪㊵。抱子携男扶筇杖㊶,尪羸伛偻如虾样㊷。一丝好气沿途创㊸,阁泪汪汪㊹。

〔货郎儿〕见饿莩成行街上㊺,乞出拦门斗抢,便财主每也怀金鹄立待其亡㊻。感谢这监司主张,似汲黯开仓㊼。披星带月热中肠㊽,济与桌亲临发放。见孤孀疾病无飯向㊾,差医煮粥分厢巷。更把赃输钱分例米,多般儿区处的最优长㊿。众饥民共仰,似枯木逢春,萌芽再长。

〔叨叨令〕有钱的贩米谷置田庄添生放㉛,无钱的少过活分骨肉无承望㉒;有钱的纳宠妾买人口偏兴旺,无钱的受饥馁填沟壑遭灾障㉓。小民好苦也么哥!小民好苦也么哥!便秋收鬻妻卖子家私丧。

〔三煞〕这相公爱民忧国无偏党㉔,发政施仁有激昂㉕。恤老怜贫,视民如子,起死回生,扶弱摧强。万万人感恩知德,刻骨铭心,恨不得展草垂缰㉖。覆盆之下㉗,同受太阳光。

〔二〕天生社稷真卿相,才称朝廷作栋梁。这相公主见宏深,秉心仁恕,治政公平,莅事慈祥㉘。可与萧、曹比并㉙,伊、傅齐肩㉠,周、召班行㉡。紫泥宣诏㉢,花衬马蹄忙㉣。

〔一〕愿得早居玉笋朝班上㉤,伫看金瓯姓字香㉥。入阙朝京,攀龙附凤㉦,和鼎调羹㉧,论道兴邦。受用取貂蝉济楚⑱,衮绣峥嵘⑲,珂珮丁当⑳。普天下万民乐业,都知是前任绣衣郎㉑。

〔尾声〕相门出相前人奖㉒,官上加官后代昌。活被生灵恩不忘,粒我烝民德怎偿㉓?父老儿童细较量,樵叟渔夫曹论讲㉔。共说东湖柳岸旁,那里清幽更舒畅。靠着云卿苏圃场㉕,与徐孺子流芳挹清况㉖。盖一座祠堂人供养,立一统碑碣字数行。将德政因由都载上,使万万代官民见时节想。

【作者简介】

刘时中,生平不详。约元成宗大德年间(1297—1307)前后在世。洪都(今江西南昌)人。

【注释】

① 高监司:高纳麟,天历二年(1329),任江西道廉访使。监司,负有监察之责的官吏。汉以后的司隶校尉和督察州县的刺史、转运使、按察使、布政使等通称为监司。

② 磨障:阻碍,折磨。

③ 恩光:犹恩泽。

④ 无恙:没有疾病,没有忧患。

⑤ 取:得到,求得。若时雨:顺时雨,及时雨。若,顺。

⑥ 旱魃(bá):传说中引起旱灾的怪物。《诗经·大雅·云汉》:"旱魃为虐,如惔如焚。"孔颖达疏:"《神异经》曰:'南方有人,长二三尺,袒身,而目在顶上,走行如风,名曰魃,所见之国大旱,赤地千里,一名旱母。'"

⑦ 登:谷物成熟,丰收。

⑧ "十分"句:指购买粮食要多付百分之三十的钱。料钞,元初发

行的新币,它是以丝料作本位的,故名"料钞"。加三倒,旧钞兑换新钞,要加三成,这是说钞票贬值。倒,兑换。

⑨折四量:打四折计算。这是因为钞票贬值,买粮时只能打个四折。

⑩殷实户:富裕户。殷实,充实,富裕。

⑪停塌户:囤积户。停塌,囤积。宋、元时有"塌坊""塌房",即堆栈。宋灌圃耐得翁《都城纪胜·坊院》:"其富家于水次起叠塌坊十数所,每所为屋千余间,小者亦数百间,以寄藏都城店铺及客旅物货。"

⑫吞象心肠:即俗语"人心不足蛇吞象"之意,比喻人的贪心不足,就像蛇想吞食大象一样。歹伎俩:坏的手段,坏的花招。

⑬秕(bǐ):籽实不饱满的谷粒。屑:碎末。

⑭甑(zèng)生尘:形容贫苦人家断炊已久。典出《后汉书·范冉传》:"(冉)所止单陋,有时绝粒,穷居自若,言貌无改。闾里歌之曰:'甑中生尘范史云,釜中生鱼范莱芜。'"范冉字史云,桓帝以为莱芜长。甑,古代蒸饭的一种瓦器。底部有许多透蒸气的孔格,置于鬲上蒸煮,如同现代的蒸锅。

⑮那里每:即哪里,何处。每,语气词。

⑯枵(xiāo)腹:空腹。谓饥饿。枵,空虚。

⑰黄不老:"黄檗"的音转。黄檗是一种落叶乔木,果实如黄豆,可食。

⑱糇(hóu)粮:食粮,干粮。

⑲鹅肠:即繁缕,一年生草本植物。茎蔓延地上,细长,断之有缕如丝,叶卵形对生,花白色,五瓣。嫩叶可食。苦菜:越年生菊科植物。春夏间开花。茎空,叶呈锯形,有白汁。茎叶嫩时均可食,略带苦味,故名。

⑳荻(dí)笋:荻的幼苗,像笋,故名。荻,多年生草本植物,生在水边,叶子长形,似芦苇。芦蒿:多年生草本植物,菊科蒿属。植株具清

香气味。嫩茎叶可食。噇(chuáng):吃喝,胡乱吃喝。

㉑杞柳株樟:均不能食之树木。杞柳,落叶乔木,枝条细长柔韧,可编织箱筐等器物,也称红皮柳。株樟,即樟树。常绿乔木,木质坚硬细致,有香气,做成箱柜可防蠹虫。

㉒麻:草本植物,种类很多,有"苎麻""苘麻""亚麻"等。茎皮纤维通常亦称"麻",可制绳索、织布。柘(zhè):落叶灌木或小乔木,叶子卵形或椭圆形,头状花序,果实球形。叶可喂蚕,木质密致坚韧。

㉓他每:他们。合掌擎拳:拱手合十作礼。形容恭敬有礼。

㉔经纸:道教、佛教用于经籍、符咒的黄色纸张。

㉕时疫:一时流行的传染病。

㉖等闲:指轻易,随便。参与商:参星与商星。参星在西,商星在东,此出彼没,永不相见。借以喻骨肉分离。

㉗乳哺儿:还在吃奶的婴儿。

㉘私牙子:旧时私下为买卖双方撮合从中取得佣金的人。

㉙发迹:指由卑微而得志显达,或由贫困而富足。无徒:指无赖之辈。

㉚牙钱:牙人抽取的佣金。解(jiè):交付。

㉛昏钞:破旧的纸币。因用久钞面字迹模糊,故称。

㉜江乡:多江河的地方。多指江南水乡。

㉝义仓:隋以后各地为备荒而设置的粮仓。

㉞侵用:用不正当手段占用公物或他人之物。将官府行唐:对官府那边搪塞。行,这边,那边。唐,同"搪"。

㉟劝粜(tiào):放粮赈灾。

㊱买放:谓暗中行贿,多领官府放赈的钱粮。

㊲实惠:实际的好处。虚桩:虚假的存粮,虚假的行为。桩,宋有封桩库,为储存备用物的内库,因亦以"桩"指存储、储备。

㊳印信:公私印章的总称。凭由:官府发给的凭证。

㊴社长：一社之长。古代以社为基层地方组织，选年老晓农事者任社长。知房：指同姓房族中的管事人。

㊵闲浮浪：到处闲逛，不务正业的人。

㊶筇（qióng）杖：竹杖。筇，古书上说的一种竹子，可以做手杖。

㊷尪羸（wānglé i）：瘦弱。伛偻（yǔlǚ）：脊梁弯曲，驼背。

㊸创：通“怆”，悲伤，慌乱。

㊹阁泪：含着眼泪。

㊺饿莩（piǎo）：饿死的人。莩，同“殍”。

㊻鹄（hú）立：谓如鹄之引颈而立。形容直立。《后汉书·袁绍传》：“今整勒士马，瞻望鹄立。”鹄，天鹅。

㊼似汲黯开仓：汲黯是西汉有名的直臣，好直谏廷诤，汉武帝刘彻称其为“社稷之臣”。《史记·汲郑列传》载，汲黯奉命巡视河内（今河南黄河以北），路过河南（今河南洛阳），“河南贫人伤水旱万余家，或父子相食，臣谨以便宜，持节发河南仓粟以赈贫民”。

㊽披星带月：顶着星月奔走。形容早出晚归或夜行。亦作“披星戴月”。

㊾孤孀：孤儿寡妇。皈向：归依，归附。

㊿脏输钱：没收的赃款。分例米：指按定例发放的粮食。区处：处理，筹划安排。

(51)生放：放债生息。

(52)承望：指望。

(53)填沟壑：言倒毙在野外。《孟子·梁惠王下》：“凶年饥岁，君之民，老弱转乎沟壑。”灾障：灾难。

(54)相公：旧时对宰相的敬称。也泛称高级官吏。偏党：指偏私，偏向。

(55)发政施仁：发布政令，实施仁政。

(56)展草：晋陶潜《搜神后记》卷九：“广陵人杨生，养一狗，甚爱怜之，行止与俱。后生饮酒醉，行大泽草中，眠不能动。时方冬月，燎原，风势极盛。狗乃周章号唤，生醉不觉。前有一坑水，狗便走往水中，还以身洒生左右草上，如此数次，周旋跬步，草皆沾湿，火至免焚，生醒方见之。”后即以“展草”指报恩事。垂缰：南朝宋刘敬叔《异苑》卷三：“苻坚为慕容冲所袭，坚驰騧马，堕而落涧，追兵几及，计无由出。马即踟蹰，临涧垂韁与坚。坚不能及，马又跪而授焉，坚援之，得登岸而走庐江。”清周亮工《书影》卷十述此事作“垂缰”，引李子田曰：“马有垂缰之恩始此。”古诗文中常用作报恩的典故。

(57)覆盆：覆置的盆。晋葛洪《抱朴子·辨问》：“是责三光不照覆盆之内也。”谓阳光照不到覆盆之下。后因以喻社会黑暗或无处申诉的沉冤。

(58)莅(lì)事：视事，治事，处理公务。

(59)萧、曹：萧即萧何，曹即曹参，都是西汉开国功臣，先后任丞相，“萧规曹随”。

(60)伊、傅：伊即伊尹，商汤的贤相；傅即傅说，殷高宗武丁的贤相。

(61)周、召：周成王时共同辅政的周公旦和召公奭，两人分陕而治，皆有美政。

(62)紫泥宣诏：古代皇帝的诏书要用紫泥封印，故称。

(63)花衬马蹄忙：一路鲜花簇拥着马儿奔跑，形容得志的情状。唐孟郊《登科后》：“春风得意马蹄疾，一日看尽长安花。”

(64)玉笋朝班：朝廷大臣上朝时排列的队伍叫朝班，玉笋言朝班中出类拔萃的人。《新唐书·李宗闵传》：“俄复为中书舍人，典贡举，所取多知名士，若唐冲、薛庠、袁都等，世谓之玉笋。”

(65)金瓯：金的盆、盂之属。比喻疆土之完固。亦用以指国土。《南史·朱异传》：“(武帝)尝夙兴至武德阁口，独言：‘我国家犹若金瓯，无一伤缺。’”

(66)攀龙附凤：喻依靠君主以建功立业。

⑰和鼎调羹：调好鼎中肉汤的味道，使咸得其宜。喻宰相等重臣辅佐君主治理好国家。

⑱貂蝉：貂尾和附蝉，古代为侍中、常侍等贵近之臣的冠饰。指侍中、常侍之官。亦泛指显贵的大臣。济楚：整齐漂亮的样子。

⑲衮绣：即衮衣绣裳，指画有卷龙的上衣和绣有花纹的下裳，古代天子和上公所穿的礼服。峥嵘：卓越，不平凡。

⑳珂珮：珂制的配饰。珂，玉石。丁当：形容玉石、金属等撞击的声音。

㉑绣衣郎：指绣衣直指。汉武帝天汉年间，民间起事者众，地方官员督捕不力，因派直指使者衣绣衣，持斧仗节，兴兵镇压，刺史郡守以下督捕不力者亦皆伏诛。后因称此等特派官员为"绣衣直指"。绣衣，表示地位尊贵；直指，谓处事无私。亦称"绣衣使者"。因由侍御史充任，亦称"绣衣御史"。这里指高监司。

㉒相门出相：宰相人家的后代会出宰相。亦泛指名门必出佳子弟。《史记·孟尝君列传》："文（田文）闻将门必有将，相门必有相。"

㉓粒我烝民：使人民有饭吃。《尚书·益稷》："烝民乃粒。"粒，这里作动词用，意为以谷物为食。烝民，民众，百姓。

㉔樵叟渔夫曹：樵叟、渔夫们。曹，等、辈。

㉕云卿苏圃场：苏云卿，广汉（今属四川）人，南宋隐士。《宋史·隐逸下·苏云卿》："绍兴间，来豫章东湖，结庐独居……披荆畚砾为圃，艺植耘芟，灌溉培壅，皆有法度。虽隆暑极寒，土焦草冻，圃不绝蔬，滋郁畅茂，四时之品无阙者。"圃场，菜园。

㉖徐孺子：徐穉，字孺子，东汉豫章（今江西南昌）人。家贫而品格高尚，不肯应征做官，筑室隐居，常亲自耕稼，人称"南州高士"。挹：舀，把液体盛出来。况：同"况"，寒水。

【解读】

此曲见于元杨朝英辑《阳春白雪》后集卷三，署名为"古洪刘时中"。元代散曲作家有两个刘时中,一是石州宁乡(今山西平阳)人,曾任翰林待制等职,一个是洪都(今江西南昌)人。在此套散曲后套中,有"据江西剧郡洪都"一语,且写江西发生的事情,可知此曲作者应是江西南昌的刘时中。

又元刊《阳春白雪》收有署名为刘时中的《新水令·代马诉冤》,以马的口吻诉说"世无伯乐","把我埋没在蓬蒿,失陷污泥",情绪十分悲愤。山西的刘时中,世代长缨,高官厚禄,不可能有这样的情感,它只能是江西的刘时中的作品。由此推知,这刘时中是胸怀大志而穷愁潦倒的人物。

此曲题为"上高监司",高监司为高纳麟,天历二年(1329)任江西道廉访使。据《新元史·高纳麟传》:"岁饥,发粟赈民,行省难之。纳麟曰:'朝廷若不允,我愿以家赀偿之。'议始决。全活无算。又劾罢贪吏平章政事八失忽都,民尤颂之。"此曲即记天历二年饥荒及赈灾事。曲中说"前任绣衣郎",当写于高纳麟卸任后。

《端正好·上高监司》为叙事套曲,分前后两套,是曲中罕见的长调。前套写大旱之年,天灾人祸给人民带来的深重灾难,同时歌颂了高监司开仓赈粮、救济饥民的"德政";后套再现了元代历史上起恶劣作用的"钞法"给广大人民的无穷危害,揭露了从官吏到商人的种种罪行。在元散曲作品里,表现作者厌世的、玩世的和出世的作品占着很大的比重,直接反映社会现实、表现社会重大问题的题材却寥若晨星。而在这些为数很少的题材中,指斥时弊的作品更是屈指可数。这两套《上高监司》则可称得上是这类作品中的佼佼者。它不仅篇幅最长,且以强烈的现实主义精神为历来的文学史家和元曲研究者所称道。此选其前套。

此曲真实描绘了一幅惨绝人寰的灾民流离图,刻画了一个恤老爱贫、公正无私的清官形象,深刻揭露和无情批判了当时昏暗无道的社会现实。

大体可以分为五部分。第一部分为首曲《端正好》,可视为全套的序曲,与《尾声》相呼应,交待写作的缘起。第二部分是《滚绣球》与《倘秀才》的三次反复,共六支曲子,描写天灾与民瘼。这是全曲的重头戏。第三部分是《滚绣球》与《伴读书》两支曲子,揭露官吏昏庸,与劣绅勾结,加重了百姓的困苦。第四部分是《货郎儿》和《叨叨令》两支曲子,先写高监司的仁政给百姓带来一线生机,继而再写百姓的困苦情状,向高监司呼吁。第五部分由《煞》《尾》四支曲组成,歌功颂德,表达了对高监司的感激与祝福。

　　全套曲子不以华丽的词藻见长,而是用不加任何粉饰的白描手法将天灾的严重、粮食的匮乏、饥民的困苦、社会的混乱,十分生动细致地描绘出来。而对奸商的鬼蜮伎俩、官绅勾结的手段,也毫不留情地揭露。

　　作品中,对灾民的悲悯之情、对奸商的憎恶之情、对贪官的愤慨之情、对高监司由衷的感激之情,都一一渗透于字里行间,而这些都表现出作者强烈的社会责任感与爱憎分明的情怀。

【点评】

　　元散曲作家刘时中有《上高监司》曲文两大套,刻画世态,至为深切。(郑振铎《论元人所写商人、士子、妓女间的三角恋爱剧》)

　　这里是一幅最真实的民生疾苦图。在元曲里充满了个人的愁叹,而这里却是为民众而呼吁着;这不能不说是空谷足音了。时中的文笔是那样的明白如话,那样的婉曲形容,不仅是白居易的《新乐府》的同流,也有能类于陆贽的奏议了。以不易驱遣的文体来描状社会情形,来宣达民生的疾苦,来写出奸商滑吏的操纵市面,钞票流行时的种种积弊的实况,令我们有如目睹,其技巧是很不可及的。在文学里写这种问题的,古今来很罕见。而这一篇最成功。(郑振铎《中国俗文学史》)

　　这套曲形象地描绘了一幅饥民图,并揭露了富豪巨商趁火打劫带给人民的沉重灾难,后套陈述钞法的弊坏和吏役狼狈为奸、欺压乡里的丑行;两套共同展示了元代政治的腐败和尖锐的社会矛盾。此曲本为歌颂高监司赈济洪都灾民的"盛德而作",故其中也不乏颂扬讴歌的套语。套曲由四十九支曲子组成,篇幅之浩大,在元代散曲中较为罕见。语言古朴质直,叙事具体真切。(李修生《元曲大辞典》)

〔正宫〕醉太平 　　　　　无名氏

堂堂大元,奸佞专权。开河变钞祸根源①,惹红巾万千②。官法滥,刑法重,黎民怨。人吃人,钞买钞③,何曾见?贼做官,官做贼,混愚贤。哀哉可怜!

【注释】

①开河变钞:元朝末年,朝廷下令开黄河新河道,并大量发行纸钞,造成元末社会矛盾空前尖锐。

②红巾:红巾军是元朝末年起义反抗元朝的主要力量。最初是与明教、白莲教、弥勒教等民间宗教结合所发动的,因打红旗,头扎红巾,故称作"红巾"或"红军"。

③钞买钞:指钱钞贬值,用旧钞倒买新钞。

【解读】

陶宗仪《辍耕录》卷二十二有"《醉太平》小令"条目,内容即本曲,其按语曰:"《醉太平》小令一阕,不知谁所造。自京师以至江南,人人能道之。古人多取里巷之歌谣者,以其有关于世教也。今此数语,切中时病,故录之,以俟采民风者焉。"

元至正四年(1344)五月,黄河中游连降暴雨,由于河堤年久失修,黄河暴溢决口,平地水深两丈多,北决白茅堤。六月,又北决金堤,造成特大水灾,沿河郡邑均遭到影响。溢出的河水涌入运河河道,造成运河决口,使济南路、河间路州县也遭到水灾。这次大灾影响严重,到八月份,山东已经出现人吃人的惨景。祸不单行,旱灾、蝗灾、瘟疫相继发生,许多人死亡,侥幸活着的人也朝不保夕。

至正十一年(1351),朝廷以工部尚书贾鲁总治河防,征发汴梁、大名等十三路十五万民工,及庐州等十八翼两万军队,开凿两百八十里新河道,合淮河入海。时间紧,工期迫,官吏乘机舞弊,人民如处水火。

黄河泛滥,不仅阻碍南粮北调,还冲毁盐场,致使国库收入大减,加上统治阶层挥霍无度,用作货币的贵金属等入不敷出,财政也渐趋拮据。为了转嫁危机,至正十年(1350),元顺帝下诏:"以中统交钞壹贯文权铜钱壹千文,准至元宝钞贰贯,仍铸至正通宝钱并用,以实钞法。"但铸造铜钱显然比印刷钞票来得麻烦,所以元王朝趋简避繁,偷工减料,铜钱没铸多少,钞票倒印了一堆。《元史·食货志五》称:"每日印造,不可数计。舟车装运,轴轳相接,交料之散满人间者,无处无之。"至于汇率兑换,朝廷规定交钞兑宝钞为一比二,等于硬生生地把老百姓手中的票子贬值了一半,与打劫无异。这还不算,由于交钞印刷毫无节制,很快造成通货膨胀,"行之未久,物价腾贵,价逾十倍",在京城五百贯交钞,还买不到一斗小米。

开河与变钞,是元末农民起义的导火索。

当时在黄河流域流传着这样一首童谣:"石人一只眼,挑动黄河天下反。"民工在修治黄河时,恰好在黄陵冈挖出一个独眼石人,背上刻着"莫道石人一只眼,此物一出天下反"两行字,与当时流传的童谣相呼应。消息传出,黄河流域人心思乱。于是,至正十一年五月,白莲教首领韩山童、刘福通等人趁机起义,以红巾为标志,遂吹响了反抗元朝统治的号角。

曲子描写的正是元朝末年政治混乱、民不聊生的情状。当权者横征暴敛,法令残酷,官与贼狼狈为奸,特别是至正年两件大事,一是新开黄河,二是变更钞法。天灾人祸,民不聊生,以致天怒人怨,社会动荡。这首曲子正反映了广大人民对黑暗统治强烈不满,进而奋起反抗的历史事实。

〔正宫〕醉太平   无名氏

讥贪小利者

夺泥燕口,削铁针头,刮金佛面细搜求,无中觅有。鹌鹑嗉里寻豌豆①,鹭鸶腿上劈精肉②,蚊子腹内刳脂油③,亏老先生下手④!

【注释】

①鹌鹑:鸟名。状如小鸡,头小尾秃。也叫"鹑"。嗉(sù):同"嗦",鸟类的食囊。

②鹭鸶(lù sī):水鸟名。腿长而细瘦,栖沼泽中,捕食鱼类。因其头顶、胸、肩、背部皆生长毛如丝,故称。

③刳(kū):挖。

④亏:幸亏、亏得的反说,表示讥讽。老先生:元代对朝廷官员的称呼。

【解读】

作者运用极度夸张的手法和一系列的巧妙比喻,痛快淋漓地嘲讽了那些贪婪成性者。曲词大意:从燕子嘴巴里夺泥,从针尖上削铁,从镀金的佛面上刮削金粉,从鹌鹑的食囊里寻找豌豆,从鹭鸶腿上劈些精肉下来,从蚊子肚腹里挖些肥油出来……作者将常人看来根本不可能的六件事进行罗列铺叙,造成一种奇妙的强烈的反讽效果。这种种"无中觅有"的行径,种种不择手段的搜刮,鲜明地反映出"贪小利者"

异常贪婪的本性。结句,"亏老先生下手",反话正说,冷隽幽默。此曲于嬉笑间对当时贪婪无度、残剥民脂的贪官污吏进行了深刻而尖锐的揭露和抨击,生动形象,入木三分,十分精警有力。

〔仙吕〕寄生草 无名氏

相　思

有几句知心话,本待要诉与他。对神前剪下青丝发①,背爷娘暗约在湖山下,冷清清湿透凌波袜②。恰相逢和我意儿差,不剌③,你不来时还我香罗帕。

【注释】

①青丝:喻指黑发。李白《将进酒》:"君不见高堂明镜悲白发,朝如青丝暮成雪。"

②凌波袜:美女的袜子。语出三国魏曹植《洛神赋》:"凌波微步,罗袜生尘。"

③不剌:助词,表顺连上句,并加强下文语气。

【解读】

此曲抒写一位少女对情郎的相思之情。大意是,有几句知心话要对情郎说。她在神前剪下自己的黑发,背着爷娘暗约在湖山下相见,夜里天很凉,少女的袜子都打湿了。但是没有等到情郎到来,所以少女就在心里发狠道:你不来,就把我的香罗帕还给我。"恰相逢和我意儿差",根据曲子前后的意思,是没有见到情郎。少女是赶着赴约,而且等候的时间很久,露水将袜子都打湿了。少女极盼相逢,"和我意儿差",但现实正好和她的愿望相反,情郎没有来,所以少女心生怨意,才说了要还"香罗帕"的话。

曲子将少女痴情、执着和天真的情态刻画尽致,非常口语化,非常生动,情景如画。

〔仙吕〕寄生草　　　无名氏

情　叙

恰才个读书罢,窗儿外谁唤咱?原来是娇娃独立花阴下①,露苍苔湿透凌波袜,靠前来叙说昨宵话。我与你金杯打就凤凰钗②,你与我银丝捻做香罗帕③。

【注释】

①娇娃:美人,少女。

②凤凰钗:一种贵重的金钗。钗头上饰以凤凰形。

③银丝:指白色的丝线。捻:用手指搓或转动。意谓用银色丝线绣帕子。

【解读】

标题为"情叙",自然内容是叙写男女之间的情意。此曲以一位书生的口吻叙说与意中人幽会的情景。曲子大意是,书生才读完书,就听见窗外有谁叫唤他的名字。打开窗子一看,原来是昨夜幽会的那位美人,独自站在花阴下,露水打湿了苍苔,也打湿了她的袜子,少女肯定已是立定多时。她主动来到书生窗前与他说话,回忆昨宵甜蜜的幽会情景,以及他们之间的情话:书生说要用金杯打造一支凤凰钗送给她,同时要求少女用银色丝线绣一块香罗帕子回赠给自己。情词缠绵而率真,纯用口语,增添了活泼的意味。

〔仙吕〕寄生草 无名氏

遇　美

猛见他朱帘下过,引的人没乱煞①。少一枝杨柳瓶中插②,少一串数珠胸前挂③,少一个化生儿立在傍壁下④。人道是章台路柳出墙花⑤,我猜做灵山会上活菩萨⑥。

【注释】

①没乱:意谓迷离惝恍,心神无主,手足无措。煞:很,极,程度副词。

②杨柳瓶:此指观世音菩萨手里拿的净瓶。

③数珠:佛教徒诵经时用来摄心计数的成串的珠子,每串多为一百零八颗。也称念珠、佛珠。

④化生儿:佛教所谓"四生"之一。指无所依托,借业力而忽然出现者,如诸天神、饿鬼及地狱中的受苦者。这里指观音菩萨身边的侍者。傍壁下:傍边。

⑤章台路柳出墙花:章台路上的柳枝,逸出院墙的花朵,意指妓女或有外遇的女子。章台,汉长安中街名,在陕西长安故城西南,是繁华的地方,后来每借称妓院所在。唐许尧佐《柳氏传》载,唐韩翃有姬柳氏,以艳丽称。韩获选上第归家省亲,柳留居长安,安史乱起,出家为尼。后韩为平卢节度使侯希逸书记,使人寄柳诗曰:"章台柳,章台柳,昔日青青今在否?纵使长条似旧垂,亦应攀折他人手。"柳为蕃将沙咤利所劫,侯希逸部将许俊以计夺还归韩。后以"章台柳"形容窈窕美丽的女子。出墙花,形容有外遇的女子。宋叶绍翁《游园不值》:"春色满园关不住,一支红杏出墙来。"宋话本《西山一窟鬼》:"如捻青梅窥少

俊,似骑红杏出墙头。"

⑥灵山会:在灵鹫山举行的佛会。灵山,印度佛教圣地灵鹫山的简称。活菩萨:这里专指观音菩萨。

【解读】

标题为"遇美",是遇到美人之意。曲中写一位男子猛然遇到一位美人从红帘子下走过,就引得他意乱心迷,手足无措。整个曲子是将女子当作观音菩萨的化身来描写的。观音菩萨手执净瓶与柳枝,体察众生的苦痛,时以瓶中甘露水遍洒世间。这里写所见到的那位美丽的女子,只是比观音菩萨少拿了一个插着杨柳的净瓶,少在胸前挂了一串数珠,同时也缺了一位侍者(善财、龙女)在身边。末两句,点出美人的身份,是世人眼中的"章台路柳出墙花",意指妓女或不正经类的人物,但在男子的心里却是把她当作了灵山会上的观音菩萨。通篇以观音菩萨作比,但先不明说,巧妙地将杨柳枝、净瓶、念珠等诸多意象曲曲写来,最后点题,一位窈窕的美人形象就跃然纸上。

〔中吕〕朝天子 无名氏

一悭①,二奸②,困煞英雄汉。陈抟占却一半山,不复梦周公旦③。雨笠烟蓑④,星驰云栈⑤,利和名自古难。这番,上杆⑥,休掇了梯儿看。

【注释】

①悭(qiān):悭吝,小气。

②奸:奸邪,狡黠,刁滑。

③不复梦周公旦:不再梦见周公旦。语出《论语·述而》:"子曰:'甚矣吾衰也!久矣吾不复梦见周公。'"原意是,孔子思念周公,欲行

其道,故常梦见周公。后以东周日衰,自己亦已年老,乃不思周公矣,不思则不梦,故有此感叹。周公,姬姓,名旦,是周文王姬昌第四子,周武王姬发的弟弟,曾两次辅佐周武王东伐纣王,并制作礼乐。因其采邑在周,爵为上公,故称周公。周公是西周初期杰出的政治家、军事家、思想家、教育家,被尊为"元圣"和儒学先驱。

④雨笠烟蓑:指蓑衣斗笠两种雨具。为渔夫的衣饰,亦借指渔夫。

⑤星驰云栈(zhàn):星星照洒在山间栈道。比喻樵子披星戴月打柴归来的情景。云栈,悬于半空中的栈道。

⑥上杆:同"上竿"。古代杂技名,似今之爬竿。比喻干禄求进。

【解读】

曲子大意是:悭吝,奸巧,这两样东西都能将英雄汉困死。陈抟老祖隐居在华山,年纪大了,形势变了,雄心衰老了,所以不再做见周公的梦了。且做一个渔夫,或做一个樵子罢,名利场的攀登自古以来就非常艰难。这次,就不要再撺掇着我去爬竿,你们好将梯子搬掉然后看我难堪的把戏了。

此曲写名利场上的艰险,以及名利场追求所需要的工夫,"一悭,二奸",对于英雄汉来说,都不具备。所以作者认为不如学陈抟老祖,退避隐居,或做渔夫,或做樵子,外面"上竿"之类仕途上干禄求进的事休得再提,免得他人再看笑话。用典自然巧妙,俗语入曲,形象生动。

〔中吕〕朝天子　　　　无名氏

志　　感

不读书有权,不识字有钱,不晓事倒有人夸荐①。老人只恁心偏②,贤和愚无分辨。折挫英雄,消磨良善,越聪明越运蹇③！志高如鲁连④，德过如闵骞⑤，依本分只落的人轻贱⑥。

【注释】

①夸荐：夸赞，举荐。

②老人：称尊长，与"老先生"义近，元朝官场对官员的称呼。只恁：就这样，只是这样。

③运蹇：命运乖舛，时运不顺。

④鲁连：指鲁仲连。战国时齐国人。有计谋，但不肯做官。常周游各国，排难解纷。秦军围赵都邯郸，鲁仲连以利害进说赵魏大臣，劝阻尊秦昭王为帝："彼即肆然称帝，连有蹈东海而死耳！"后十余年，齐国要收复被燕国占据的聊城，屡攻不下，他写信劝说燕将撤守。齐王打算给予他官位，他便逃到海上。是一个兼有隐士、侠客和政治家特点的人。事见《史记·鲁仲连邹阳列传》。后因被视为奇伟高蹈、不慕荣利的代表人物。

⑤闵骞：指闵损，字子骞，春秋时鲁国人，孔子弟子，以德行著称。

⑥本分：本身分内的权利和责任。落的：落得，得到某种坏的结果。轻贱：轻视。

【解读】

标题是"志感"，内容是抒发感慨的。作者看到了太多社会不公平的现象，贤愚不分，是非不辨，不读书的掌权，不识字的有钱，良善被消磨，英雄备受挫折，有高尚志向、高尚道德、依照本分行事的人反被人轻贱……在这样普遍的颠倒黑白的现实状况下，让人看不到希望。曲子揭破了元朝社会的黑暗，控诉了元朝官场的罪恶。

图书在版编目（CIP）数据

金元曲选读 / 伍恒山编著. -- 武汉：崇文书局，2023.9
（中华诗文选读丛书）
ISBN 978-7-5403-7420-4

Ⅰ.①金… Ⅱ.①伍… Ⅲ.①元曲－选集 Ⅳ.①I222.9

中国国家版本馆CIP数据核字（2023）第174248号

出 品 人：韩　敏
选题策划：曾　咏　张　弛
责任编辑：陈春阳
封面设计：杨　艳
责任校对：董　颖
责任印刷：李佳超

金元曲选读
JINYUANQU XUANDU

出版发行：长江出版传媒｜崇文书局
地　　址：武汉市雄楚大街268号C座11层
电　　话：(027)87677133　邮政编码：430070
印　　刷：湖北新华印务有限公司
开　　本：880×1230　　1/32
印　　张：9.25
字　　数：230千
版　　次：2023年9月第1版
印　　次：2023年9月第1次印刷
定　　价：38.00元
（如发现印装质量问题，影响阅读，由本社负责调换）

　　本作品之出版权（含电子版权）、发行权、改编权、翻译权等著作权以及本作品装帧设计的著作权均受我国著作权法及有关国际版权公约保护。任何非经我社许可的仿制、改编、转载、印刷、销售、传播之行为，我社将追究其法律责任。